Perseguindo o Bicho-Papão

"*Perseguindo o Bicho-Papão* é muito assustador,
fiquei eufórico ao final, pois jamais havia me deparado
com algo semelhante. Li compulsivamente. É de arrepiar...
Pensei muitas vezes em *Eu terei sumido na escuridão*,
mas nunca em detrimento da história.
A influência de Ray Bradbury está por toda parte,
mas ele jamais poderia ter escrito aquele final.
Perseguindo o Bicho-Papão consegue fazer o que as obras
sobre *true crime* não costumam ser capazes:
proporcionar arrepios e um desfecho genial."

STEPHEN KING

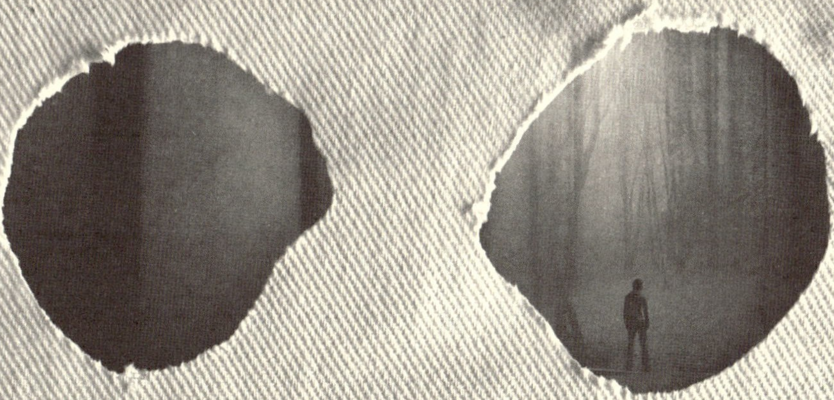

PERSEGUINDO O BICHO-PAPÃO

RICHARD CHIZMAR

Tradução
Marcello Lino

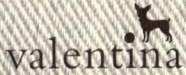

valentina

Rio de Janeiro, 2024
2ª Edição

Copyright © 2021 *by* Richard Chizmar

TÍTULO ORIGINAL
Chasing the Boogeyman

CAPA
Raul Fernandes

FOTO DE CAPA/4ª CAPA
Dirk Wustenhagen/Trevillion Images

FOTO DO AUTOR
Jeff Zinger

DIAGRAMAÇÃO
Fátima Affonso / FQuatro Diagramação

Impresso no Brasil
Printed in Brazil
2024

CIP-BRASIL. CATALOGAÇÃO NA PUBLICAÇÃO
SINDICATO NACIONAL DOS EDITORES DE LIVROS, RJ
Meri Gleice Rodrigues de Souza – Bibliotecária – CRB-7/6439

C471p

2. ed.
Chizmar, Richard
    Perseguindo o bicho-papão / Richard Chizmar; tradução Marcello Lino. – 2. ed. – Rio de Janeiro: Valentina, 2024.
    336p.; 23 cm.

    Tradução de: Chasing the boogeyman
    ISBN 978-65-88490-74-7

    1. Ficção americana. I. Lino, Marcello. II. Título.

24-88572

CDD: 813
CDU: 82-3(73)

Todos os livros da Editora Valentina estão em conformidade com o novo Acordo Ortográfico da Língua Portuguesa.

Todos os direitos desta edição reservados à

EDITORA VALENTINA
Rua Santa Clara 50/1107 – Copacabana
Rio de Janeiro – 22041-012
Tel/Fax: (21) 3208-8777
www.editoravalentina.com.br

Para Kara.
Novamente.

nota aos leitores

*P*erseguindo o Bicho-Papão é uma obra de ficção, um thriller em home-nagem à minha cidade natal e à minha paixão por *true crime* (livros/histórias sobre crimes reais). Há cenas do cotidiano retratadas ao longo do livro que foram fortemente inspiradas na minha história pessoal, mas outros acontecimentos e pessoas, lugares e publicações reais foram usados ficcional-mente, também para dar verossimilhança a esta história de crime. Outros nomes, personagens, ambientações, publicações e eventos saíram diretamente da minha imaginação, às vezes um lugar não muito agradável de se habitar, admito.

sumário

prefácio

James Renner

E screvo sobre crimes e, às vezes, persigo serial killers pelo país. Ganhei experiência no *Free Times*, em Cleveland, publicação onde trabalhei como jornalista investigativo em uma época na qual moças estavam desaparecendo na zona oeste da cidade. Todo mundo sabia que havia um assassino em série entre nós, mas ninguém conseguia caçá-lo. Passei um mês pesquisando os casos das vítimas Amanda Berry e Gina DeJesus. Um dos ex-namorados de Amanda parecia se encaixar no perfil, mas a polícia não tinha provas. Até que um dia, em 2013, enquanto eu observava meu filho dando piruetas na aula de ginástica, recebi uma mensagem de texto de uma antiga fonte no Departamento de Polícia de Cleveland: *Amanda e Gina acabaram de sair de uma casa na Zona Oeste. E uma terceira mulher se encontra aqui.* No final do dia, Ariel Castro estava detido. Quando revisei minhas anotações, o nome de Castro estava lá. Sua filha foi a última pessoa a estar com Gina DeJesus antes de ela ser raptada. Meu editor havia me pedido para não entrevistá-la porque, na época, ela era menor de idade. Para sempre vou me perguntar o que poderia ter acontecido se eu não tivesse dado ouvidos a ele.

No verão após Castro ter sido preso, tirei férias com minha família e fui para Ocean City, Maryland. Eu precisava dar um tempo de tudo e pretendia mergulhar em alguns romances de Stephen King e John Irving enquanto meus filhos construíam castelos de areia na praia. O apartamento tinha uma mesa velha e irritantemente bamba na sala de jantar e, já no segundo dia, eu estava louco para consertá-la. Inspecionei as estantes do proprietário em busca de um livro em edição de bolso do tamanho exato para servir de calço e me deparei com um exemplar desbotado de *Perseguindo o Bicho-Papão*,

11

de Richard Chizmar, sobre *true crimes*. Comecei a folheá-lo e logo esqueci a mesa. Na hora do jantar, eu estava obcecado com os detalhes revelados no livro e os horríveis assassinatos não solucionados que abalaram a pequena cidade de Edgewood em 1988. À meia-noite, eu já havia terminado o livro.

Levei *Perseguindo o Bicho-Papão* comigo quando fomos embora. Acho que isso é roubo, mas ponderei que aquele era um destino melhor para o livro do que calçar um dos pés da mesa de jantar. Ao chegar em casa, fiquei ciscando na internet tentando descobrir se tinham pegado o sujeito, mas tudo o que consegui encontrar foram velhos artigos na LexisNexis. Nenhuma atualização nos últimos dez anos. Fiquei surpreso, porém, ao descobrir que o próprio Chizmar havia se tornado um grande editor, tendo publicado alguns títulos de ninguém menos do que Stephen King. Eu até tinha um número antigo de *Cemetery Dance*, a revista que ele editava na época da faculdade, e seu contato estava na página de créditos.

Em um rompante, decidi mandar um e-mail a Chizmar. *Alguma novidade sobre o mistério do Bicho-Papão?* Tirei uma foto do meu exemplar surrupiado, mandei-a em anexo e também incluí meu número de telefone. Cinco minutos mais tarde, meu celular tocou. Era Chiz. Acho que conversamos sobre os assassinatos por duas ou três horas naquela noite. Vinte e poucos anos haviam se passado, mas ele lembrava de todos os detalhes e todas as fontes com quem havia falado. Deu para perceber que ainda era uma obsessão. Eu havia planejado escrever um artigo sobre seu empenho na juventude para encontrar o assassino, mas outras histórias, mais novas, foram surgindo e…

Então, em uma manhã de 2019, vi "O Bicho-Papão" como *trending topic* no Twitter. Cliquei no link, achando que era uma ação de marketing para algum novo filme de terror, uma parte de mim tentando não gerar grandes expectativas, e, é claro, o assunto eram os assassinatos de Edgewood. Senti meu corpo ficar entorpecido quando li o nome do homem que a polícia acabara de prender. Era a última pessoa que eu imaginava.

Chizmar não atendeu o telefone naquele dia, nem durante o resto da semana. Obtive os detalhes por meio das atualizações de Carly Albrigh no *Washington Post*. Havia no ar uma sensação palpável de alívio que me fazia lembrar de quando o Assassino do Estado Dourado foi detido. Quando, contra todas as probabilidades, um monstro é finalmente pego... parece magia. O autor J.R.R. Tolkien tinha uma palavra para esse sentimento: *eucatástrofe*. O oposto de uma catástrofe, algo ainda mais importante porque ainda mais raro.

Sigo esperando as palavras finais de Richard Chizmar a respeito. Soube que ele entrevistou o assassino na prisão e fiquei ansioso para ouvir o que havia sido descoberto. Portanto, é uma grande honra ser convidado para escrever o prefácio desta bela edição, há muito esperada, do seu livro.

Se aprendi alguma coisa com a jornada de Chizmar é que, no fim, a paciência e a esperança vencem a maldade e a indiferença. Quase sempre. Espero que vocês concordem.

James Renner,
3 de março de 2020

James Renner é autor de *True Crime Addict*, um polêmico livro sobre o desaparecimento de Maura Murray, além dos romances *The Man from Primrose Lane* e, mais recentemente, *Muse*. Iniciou a carreira como repórter policial em Cleveland. Atualmente apresenta o podcast *Philosophy of Crime*.

"Que tipo de monstro faz uma coisa dessas?"

Q uando comecei a recortar artigos de jornal e fazer anotações sobre os trágicos eventos que ocorreram na minha cidade natal, Edgewood, Maryland, durante o verão e o outono de 1988, eu não pensava em, um dia, transformar aquelas observações desorganizadas num livro.

Muitos dos meus amigos e colegas mais próximos custam a acreditar nisso, mas juro que é verdade.

Talvez *alguma coisa* no fundo do porão do meu subconsciente tivesse um pressentimento de que ali podia existir uma história a ser contada, mas o Rich Chizmar da superfície, um sujeito de 22 anos e aparência jovial — que em certa tarde no início do mês de junho colocou seus parcos pertences (inclusive o amado computador Apple Macintosh, que ainda estou pagando em prestações mensais) no banco traseiro e no porta-malas do seu velho Toyota Corolla marrom e seguiu para o norte na rodovia interestadual I-95 até a casa dos pais na esquina da Hanson Road com a Tupelo Road —, não fazia a mínima ideia.

Eu só sabia o seguinte: três dias antes, a alguns quarteirões de onde eu havia crescido, uma jovem fora tirada do próprio quarto no meio da noite. Seu corpo seviciado havia sido descoberto em um bosque próximo na manhã seguinte. A polícia local não tinha suspeitos.

Obtive a maioria dessas informações de alguns artigos de jornal e do telenoticiário noturno. No início, os repórteres foram vagos, acertadamente, em relação ao estado do corpo, mas o tio de um velho amigo meu era o xerife do condado de Harford e revelou todos os detalhes assustadores. "Meu Deus, Rich. Que tipo de monstro faz uma coisa dessas?", meu amigo me perguntou, como se o interesse pelo macabro que sempre nutri me tornasse um especialista em desvios de comportamento.

Naquele dia, não tive resposta alguma que pudesse dar a ele, e agora, mais de um ano depois, ainda não tenho. Podem me chamar de ingênuo, mas acredito que algumas coisas simplesmente não podem ser entendidas. Boa parte da vida — e da morte — é um mistério.

Meu pai estava calmo como sempre quando nos falamos ao telefone na véspera da minha volta para casa — sua maior preocupação era o que eu ia querer jantar na minha primeira noite de volta, para que ele pudesse fazer compras no mercado da base militar —, mas minha mãe estava abalada. "Conhecemos os Gallagher há mais de vinte anos", ela disse, a voz embargada. "Eles se mudaram para cá logo depois da gente. O Joshua engatinhava e a pobrezinha da Natasha ainda nem tinha nascido. Você vai ter que procurar o Josh quando chegar em casa. Não consigo nem imaginar como deve ser perder uma irmã mais nova... ainda mais assim dessa maneira. Acha que consegue? Você vai ao velório conosco, não vai? Você e o Josh se formaram juntos, não foi?" E assim por diante, sem parar.

Eu a tranquilizei dizendo que não, não conseguia imaginar como seria perder uma irmã mais nova (o fato de eu ser o caçula da família Chizmar e, portanto, não ter uma irmã mais nova, não tinha a menor importância; a questão obviamente não era essa), e, sim, claro, eu iria ao velório com eles, e, sim, Josh e eu havíamos de fato nos formado juntos, embora não fôssemos particularmente próximos, cada um tendo galeras diferentes.

Apesar de ser relativamente jovem, eu já estava no bom caminho para me tornar um católico reformado, mas meus pais eram muito carolas, especialmente minha mãe. Quando o mundo à sua volta sofria — um terremoto mortal na Ásia, inundações na América do Sul, um distante primo de segundo grau com um diagnóstico de câncer tratável; a distância não importava —, minha mãe sofria junto. Ela sempre foi assim.

Quase sem fôlego àquela altura da conversa, mamãe disse que fazia uma semana que ela e Norma Gentile, nossa vizinha bem idosa, iam à missa todas as manhãs para rezar pela família Gallagher. Também levaram uma bandeja de frango frito e salada de repolho para demonstrar apoio. Ouvi a voz abafada do meu pai ao fundo, criticando minha mãe por me prender tanto tempo no telefone, ao que ela respondeu enfática "Fica quietinho aí, fica." Quando voltou a falar comigo, ela se desculpou por estar tão chateada e alugando meu ouvido, e disse que nunca tinha acontecido uma coisa como aquela em Edgewood. Antes que eu pudesse responder alguma coisa, ela me desejou boa noite e desligou.

No final da tarde do dia seguinte, enquanto eu pegava a saída da I-95 com meu Toyota supercarregado e rumava para a Hanson Road, a locutora da rádio praticamente repetiu o que minha mãe havia dito. Sempre houve um número razoável de crimes em uma cidade como Edgewood — ataques e agressões, arrombamentos e invasões, roubos, vários delitos relacionados a drogas ou, de vez em quando, um homicídio —, mas ninguém lembrava de algo tão violento ou perverso. Era quase como se um botão invisível tivesse sido apertado, afirmava a repórter, e agora estivéssemos vivendo em um local e um tempo diferentes. Nossa cidadezinha havia perdido o pouco que restava da sua inocência.

Ao meu lado, no banco do carona, encontrava-se o meu diploma da Escola de Jornalismo da Universidade de Maryland, ainda enrolado no mesmo tubo de papelão em que a faculdade o havia enviado. Não me dei ao trabalho de mandar emoldurar. Para a decepção dos meus pais, eu nem sequer me dera ao trabalho de atravessar o palco na cerimônia de colação de grau no início do mês.

Depois de quatro anos e meio aparentemente infinitos, eu estava farto da educação formal. Era hora de ir para o mundo real e fazer *algo*.

Só havia um probleminha.

Eu não tinha certeza do que era esse *algo*.

17

Eu havia publicado uma boa quantidade de material nos últimos anos, a maioria matérias esportivas e um punhado de reportagens de utilidade pública no jornal da faculdade. Também tive sorte e consegui publicar (duas vezes) no semanário da minha cidade natal, o *The Aegis*, do condado de Harford, e no *Baltimore Sun* (uma vez). Como torcedor dos Orioles desde que me entendo por gente, fiquei especialmente orgulhoso da reportagem sobre Earl Weaver que escrevi para o *Sun*. Ao contrário do meu diploma, ela estava lindamente emoldurada e protegida em plástico bolha no banco traseiro do carro.

Então, armado com minha impressionante coleção de recortes e meu diploma de jornalismo novinho em folha, seria de imaginar que eu estivesse ansioso para me instalar em casa e começar logo a buscar incansavelmente um emprego.

Ledo engano.

Veja, em algum ponto do caminho, no meio de todas aquelas aulas pomposas sobre como redigir corretamente uma introdução, quando utilizar uma fonte anônima e como entrevistar um indivíduo arredio, eu me apaixonei perdidamente por um tipo diferente de escrita. Aquele tipo que tem muito menos regras e nenhum chefe estressado gritando no seu ouvido "Anda logo, Chizmar, precisamos mandar para o prelo!".

Isso mesmo, estou falando da ruína da existência de todo jornalista que se preze — o mundo idealista e infantiloide do Faz de Conta: a ficção.

Mas espere, a situação é ainda pior. Estou falando de ficção *de gênero*. Crime, mistério, suspense (o *thriller* em geral) e o patinho mais feio de todos: a literatura de terror.

Eu já havia conseguido vender meia dúzia de contos para publicações de pequena tiragem país afora. Revistas com nomes ilustres como *Scifant*, *Desert Sun*, *StarSong* e *Witness to the Bizarre*. Revistas com uma circulação de poucas centenas de exemplares que muitas vezes chegavam na minha caixa postal mal grampeadas e com ilustrações em preto e branco dolorosamente amadoras na capa; revistas que pagavam um *cent* por palavra se você tivesse sorte, mas que, em geral, não pagavam nada.

Como prova adicional da minha ignorância e presunção juvenis, eu já havia dado um passo a mais em direção ao meu amor pela ficção de gênero e recém-anunciado o início da minha própria revista de terror e suspense, uma publicação trimestral intitulada, numa decisão no mínimo questionável, *Cemetery Dance* (nome roubado do meu segundo conto, cujo título recebeu elogios de cerca de uma dúzia de editores e cuja história em si, contudo, não recebeu elogio algum). O primeiro número de *Cemetery Dance* estava programado para ser lançado dali a poucos meses — em dezembro de 1988 — e, como sempre, eu estava sobrecarregado. Uma enorme sequência de longos dias e noites de aprendizado no trabalho me aguardava.

Mas, antes, vinha a parte difícil: explicar aos meus antiquados pais, certinhos e conservadores, que eu não tinha planos de preparar um currículo e muito menos de procurar um emprego "de verdade". Em vez disso, tinha um outro estratagema em mente: primeiro, estabeleceria domicílio no meu antigo quarto, no segundo andar da casa da minha infância. Depois passaria os sete meses seguintes compartilhando a mesa de jantar na maioria das noites, preparando-me para meu iminente casamento (e subsequente mudança para a cidade de Baltimore, de modo que Kara, minha futura esposa, pudesse concluir sua graduação na Universidade Johns Hopkins antes de entrar para a escola de fisioterapia, garantindo assim que pelo menos um de nós tivesse uma renda estável), e circulando pela casa de moletom ou de pijama enquanto trabalhava na minha pequena revista e escrevia histórias sobre vilões e monstros.

Um plano infalível, não é mesmo?

Por sorte, meus pais logo se revelaram ainda mais santos (como continuam a ser até hoje) e, por motivos desconhecidos à inteligência humana, concordaram em apoiar meu plano e expressaram uma fé inabalável em mim.

Então, cá estamos... essa era a situação em que me encontrava nos primeiros dias do verão de 1988, sentado atrás da minha escrivaninha, embaixo de uma janela que dava para o jardim lateral da casa onde eu havia crescido. Toda vez que eu fazia uma pausa para descansar da tela do computador e olhava para fora, imaginava os fantasmas dos meus amigos de infância correndo sem camisa pelo gramado, engasgando de tanto rir e desaparecendo nas sombras oscilantes embaixo do grande salgueiro-chorão cujos galhos espigados haviam agarrado muitas das nossas Wiffle Balls, e proporcionado horas de sombra refrescante para jogarmos bola de gude ou comermos sanduíches e trocar figurinhas de beisebol. Até beijei minha primeira namorada embaixo daquela árvore aos 11 anos de idade. O nome dela era Rhonda e jamais a esqueci.

Mas isso era o passado e por mais que meus devaneios fossem influenciados por aquelas imagens douradas e docemente nostálgicas, logo percebi que, naquele momento, havia um novo presente bem na minha frente, só esperando para ser aberto.

À medida que os dias extremamente úmidos passavam e as palavras se acumulavam no monitor, no fundo da minha alma a decisão de voltar para casa foi se revelando cada vez mais acertada, quase como se uma espécie de predestinação estivesse acontecendo — e, francamente, aquilo me surpreendeu. Quando Kara — uma beleza efervescente, paciente e de olhos verdes (que coincidentemente também vinha de uma família numerosa de Edgewood) — sugeriu pela primeira vez que eu voltasse para a casa dos meus pais nos meses anteriores ao nosso casamento, achei que ela tivesse enlouquecido. Eu amava meus pais do fundo do coração, mas fazia cinco longos anos, desde os meus 17, que eu não passava mais do que uma semana de férias na casa deles. Eu temia, com razão, que, ao voltar a morar sob o mesmo teto, nós três acabássemos enlouquecendo e minha mãe até me envenenasse no jantar.

Mas, por sorte, Kara era dotada de uma intuição afiadíssima, além daquele sorriso de um milhão de dólares, e, como se tornaria rotina nos anos seguintes, tinha razão sobre tudo.

Os sete meses que passei na Hanson Road foram exatamente o que eu precisava. De certa maneira, para mim, se tornaram uma espécie de ponte para a idade adulta — e para tudo de bom e de ruim que veio junto.

Primeiro, as coisas boas: trabalhei arduamente no confortável silêncio do meu antigo quarto e me aprimorei no meu ofício. Um punhado de histórias vendidas e o primeiro número de *Cemetery Dance* publicado dentro do prazo e orçamento estabelecidos, revelando-se um sucesso moderado. Revi pessoas que eu não encontrava havia anos. Reatei antigas amizades. Ajudei meu pai a cortar grama e aparar arbustos naquele verão, e a recolher folhas e limpar calhas naquele outono. Demos uma boa geral na oficina do coroa, que ficava na garagem, enquanto assistimos aos jogos dos Orioles no porão compartilhando pratos de papel com pilhas de cream crackers com queijo e latas de cerveja Coors bem geladas. Vi o mostrador da balança do banheiro subindo sem parar enquanto eu me deliciava com a comida caseira da minha mãe, e o riso dos meus pais — enquanto assistiam a séries de comédia na televisão em seu quarto escuro — se tornou minha canção de ninar.

Mas também tinha a parte ruim, inacreditável e indescritivelmente perversa, que pairava sobre todas aquelas lembranças maravilhosas como um céu cinzento que prenuncia uma furiosa tempestade. Quatro garotas inocentes assassinadas. Quatro famílias dilaceradas. E uma cidade refém de um louco sem rosto, um monstro muito mais assustador e malvado do que qualquer coisa que eu pudesse imaginar em uma das minhas ficções.

Por um breve período, logo depois do terceiro assassinato, tentei me convencer de que, na verdade, eu não conhecia tão bem assim nenhuma daquelas garotas. Mas isso não era importante — eu sabia. Elas eram nossas vizinhas. Eram amigas de amigos, irmãs de amigos ou, em alguns casos, filhas de amigos. E eram de Edgewood. O lugar que eu melhor conhecia e mais amava no mundo.

Tive muito tempo para pensar a respeito — um pouco mais de um ano e meio, para ser exato — e acho que a locutora da rádio naquela distante tarde de junho tinha razão quando disse que era como se tivéssemos perdido a inocência. Depois de tudo o que havia acontecido, parecia que nunca mais voltaríamos a ser como antes.

E talvez não devêssemos mesmo.

Talvez o sofrimento sirva para isso: nunca esquecer o que perdemos.

Não consigo explicar como ou por que aquilo aconteceu daquela maneira, por que eu estava novamente na Hanson Road quando os assassinatos foram cometidos. Não sei se foi o destino (como muitas pessoas na minha vida gostariam de acreditar) ou simplesmente azar. No final das contas, os motivos não importam.

Eu *estava* lá.

Eu testemunhei.

E, de alguma maneira, a história do monstro se tornou a minha própria história.

Richard Chizmar,
20 de junho de 1990

um

A Cidade

"Foi durante uma daquelas caminhadas demoradas, lentas e sem fôlego por aquela entrada de cascalho que, pela primeira vez, contei uma história de terror para os meus amigos."

1

A ntes de chegar ao Bicho-Papão e ao seu reino de terror durante o verão e outono de 1988, quero falar da cidade onde eu cresci. É importante que você tenha uma imagem clara do lugar — e das pessoas que lá viviam — ao ler a história a seguir para poder entender exatamente o que foi que todos nós perdemos. Penso frequentemente em uma citação de John Milton enquanto dirijo pelas ruas da minha cidade natal: *"A inocência, uma vez perdida, jamais pode ser recuperada. A escuridão, uma vez contemplada, jamais pode ser perdida."*

Para os cidadãos de Edgewood, aquela foi a nossa era da escuridão.

2

A credito que a maioria das cidades pequenas tem duas caras: uma pública, composta de fatos verificáveis que envolvem linhas do tempo históricas, aspectos demográficos, questões geoeconômicas; e uma outra face oculta, consideravelmente mais privada, formada por uma frágil teia de histórias, lembranças, boatos e segredos transmitidos de geração em geração, sussurrados por aqueles que conhecem bem a cidade.

Edgewood, Maryland, localizada quarenta quilômetros a nordeste de Baltimore, na região sul do condado de Harford, não era exceção. Situada na parte superior central de uma península com forma de triângulo invertido formada pela baía de Chesapeake ao sul, o rio Gunpowder a oeste e o rio Bush a leste, Edgewood era o lar de vários povos originários americanos, sobretudo os powhatan e os susquehannock. O capitão John Smith esteve entre os primeiros a navegar o Bush, batizando-o de rio "Willowbyes" em homenagem à sua amada cidade natal na Inglaterra. Em 1732, o templo Presbury foi fundado na margem do rio como uma das primeiras igrejas metodistas dos Estados Unidos.

Uma linha férrea construída na região em 1835 garantia distribuição para os mercados agrícolas locais, e a extensão da ferrovia em meados da década de 1850 forneceu a base para o desenvolvimento da cidade de Edgewood. A ponte ferroviária de madeira que cruza o Gunpowder, ali perto, pegou fogo em abril de 1861 durante os Protestos de Baltimore e os soldados confederados a queimaram pela segunda vez em julho de 1864.

Embora a população nativa de Edgewood fosse de apenas três dúzias de habitantes em 1878, a ferrovia e as exuberantes terras agrícolas vizinhas contribuíram para que a cidade florescesse. Pouco tempo depois, um grande número de casas novas surgiu na área, inclusive várias residências extravagantes, muitas construídas por homens de negócios que iam trabalhar diariamente em Baltimore de trem. Uma escola, uma agência dos correios, um hotel, uma mercearia e um ferreiro logo se estabeleceram.

A estação ferroviária de Edgewood também se popularizou devido à proximidade com valiosos terrenos destinados à caça dotados de várias espécies de aves aquáticas. Logo, cavalheiros desportistas de cidades do nordeste tão distantes quanto Nova York e Boston começaram a viajar até Edgewood para participar das caçadas. O general George Cadwalader, um exuberante herói de guerra e respeitado advogado da Filadélfia, foi gradualmente adquirindo grandes lotes na região, perfazendo quase três mil e trezentos hectares, e costumava convidar amigos abastados e influentes para visitá-lo. Alugou terrenos de frente para o mar para vários clubes de caça e estabeleceu mais de uma dúzia de fazendas na propriedade. Os rendeiros davam duro e pagavam a Cadwalader uma polpuda porcentagem de suas colheitas sazonais.

Outro personagem proeminente nos primórdios de Edgewood foi Herman W. "Boss" Hanson. Um próspero cavalheiro membro de longa data da Assembleia Estadual de Maryland, Hanson também era um astuto homem de negócios. Os tomates eram a cultura mais rentável da sua empresa e, a certa altura, ele comandava quatro fábricas de conservas na região e comprava os tomates de todos os outros fazendeiros locais para dar conta das encomendas. O fruto enlatado era comercializado sob a marca Queen e vendida em todo o país, chegando até a ser exportada.

O único drama verdadeiro na história da cidade até aquela altura aconteceu no verão de 1903, quando um grupo de bandidos armados tentou roubar um trem pagador parado na estação de Edgewood. Houve um tiroteio feroz com o chefe da polícia local e seus homens, resultando na morte de dois policiais, um funcionário da empresa de pagamentos e todos os seis bandidos. O repórter de um jornal local contou mais de duzentos e cinquenta buracos de bala nas paredes da estação. Felizmente, violência desse tipo era rara na cidadezinha ainda rural.

A pouca distância dos trilhos ficava a estação Magnolia, cujo nome era uma homenagem às lindas árvores de magnólia que floresciam ali. Do outro lado da estação, ficava o parque Magnolia Meadows, um local popular para piqueniques, eventos ao ar livre e excursões de grupos vindos de Baltimore. Um espaçoso pavilhão no centro do parque era usado para bailes e casamentos e, no início dos anos 1900, o entorno da estação Magnolia podia se orgulhar de ter uma agência dos correios, uma igreja, uma escola, uma fábrica de conservas, uma mercearia, uma sapataria e uma barbearia.

A vida bucólica daqueles que moravam em Edgewood e nos seus arredores mudou dramaticamente em outubro de 1917, quando o governo dos EUA se apropriou de todas as terras ao sul dos trilhos para criar o complexo militar do Arsenal de Edgewood. Milhares de pessoas foram para a região construir instalações projetadas com o intuito de lidar com os vários aspectos da produção de armas químicas. O governo construiu fábricas enormes de produtos químicos extremamente tóxicos, como gás mostarda, cloro, cloropicrina e fosgênio. Até foram produzidas máscaras de gás para cavalos, burros e cães. No auge, em julho de 1918, o número de pessoas empregadas totalizava 8.342 civis e 7.175 militares.

Enquanto residentes ricos como o general Cadwalader eram indenizados pelas propriedades perdidas, os rendeiros e meeiros locais não recebiam nada. Vários fazendeiros negros se mudaram e estabeleceram uma pequena comunidade de casas modestas na área da Magnolia conhecida como Dembytown. Uma mercearia, uma escola com duas salas e um clube de jazz caindo aos pedaços chamado Black Hole foram erguidos em três construções feitas de ripas de madeira ao longo da fronteira nordeste de Dembytown. O clube pegou fogo em 1920 em circunstâncias suspeitas.

A crescente presença militar logo transformou Edgewood. Escolas, casas e uma série de empresas se espalharam pela região. A Segunda Guerra Mundial trouxe mais uma onda de pessoal militar e civil para a cidade. Uma estação ferroviária moderna foi construída às pressas para dar conta da grande afluência de gente. Mais residências temporárias para civis e moradias militares fora das bases foram erguidas em vários locais de Edgewood, inclusive em um complexo de dez hectares chamado Cedar Drive. A profusão de novos moradores, unida à conclusão da Route 40, uma rodovia de quatro pistas que atravessa Edgewood, estimulou mais crescimento econômico. Edgewood Meadows, uma extensa comunidade de casas unifamiliares, foi estabelecida no início da década de 1950. A Old Edgewood Road e a Hanson Road atravessavam o extenso complexo residencial e, em ambas as ruas, logo surgiram vários estabelecimentos comerciais. Mais ao sul da Hanson Road, uma extensa comunidade de sobrados com preços acessíveis chamada Courts of Harford Square foi construída, tomando o lugar de mais de quarenta hectares de férteis terras aráveis. No alto de um morro verde com vista para o novo complexo residencial ficava a "Hanson House" original, construída por Thomas Hanson no início do século 19. A mansão vitoriana tinha cinquenta e uma janelas e sete empenas, e foi a primeira casa em Edgewood a ter encanamento na parte interna. Em 1963, a Biblioteca Pública de Edgewood foi inaugurada na Hanson Road, em frente ao movimentado supermercado Acme. Mais tarde, no mesmo ano, a saída para Edgewood na rodovia interestadual I-95 foi aberta, disseminando um número ainda maior de bairros residenciais. Para dar conta do afluxo de jovens estudantes na região, três espaçosas escolas — uma secundária, uma ginasial e uma primária — foram construídas em quarenta e um hectares ao longo da Willoughby Beach Road.

Mas, depois de toda expansão, vem a inevitável retração — e, nos anos após o envolvimento dos Estados Unidos no Vietnã, inúmeros programas de testes de armamentos no Arsenal de Edgewood foram reduzidos ou totalmente eliminados. Tropas e civis foram transferidos para outras bases na Costa Leste e, logo em seguida, partes mais remotas do Arsenal ganharam a aparência de uma cidade fantasma. Durante anos, correram boatos de que o governo americano estava planejando abrir uma escola de paraquedismo nas áreas abandonadas, mas tais planos nunca se materializaram.

No final da década de 1980, a região metropolitana de Edgewood se estendia por cerca de quarenta e cinco quilômetros quadrados. A população chegava a quase 18.000 pessoas — 68% brancos, 27% afro-americanos e 3,5% hispânicos. A renda familiar mediana ficava um pouco abaixo da média nacional: US$ 40.500. A média de habitantes por residência era de 2,81 ocupantes e o tamanho médio das famílias era de 3,21 pessoas.

Essa era a face pública de Edgewood, Maryland.

3

E ssa é a Edgewood que conheço e amo.

Cresci em uma modesta casa de dois andares com venezianas verdes e uma entrada de garagem inclinada na esquina da Hanson com a Tupelo. Aquela casa e as calçadas, ruas e quintais que a cercavam foram o meu mundo desde os 5 anos até minha partida para a faculdade aos 17. Meus pais ainda moram nela.

Eu sou o caçula de cinco filhos — seguindo os passos de três irmãs (Rita, Mary e Nancy) e do mais velho da turma, meu irmão (John) —, com uma diferença de idade de quase oito anos. Em outras palavras, eu provavelmente fui um erro. Nunca perguntei aos meus pais se foi isso mesmo que aconteceu, mas foi o que ouvi meus irmãos repetirem muitas vezes, até acabar acreditando que era verdade. De qualquer maneira, isso nunca teve real importância.

Meu pai (aposentado da Força Aérea dos EUA, um homem correto e íntegro, calado e trabalhador) e minha mãe (de pequena estatura, uma dona de casa de primeira que, razoavelmente conservada, ainda é a beleza equatoriana com quem meu pai se casou) tratavam com amor, compreensão e paciência todos os filhos, igualmente. Bem, quase. Tenho de admitir que, como caçula — e, segundo alguns, o mais fofo — e também o último membro do clã Chizmar a ter saído de casa, é provável que eu fosse o favorito.

Mas estou divagando.

A porta de entrada pintada de branco e o janelão saliente davam para a Hanson Road, uma das vias mais movimentadas de toda Edgewood. Uma placa bem do outro lado da rua indicava o limite de velocidade de quarenta quilômetros por hora, mas poucos motoristas obedeciam. O lado direito da nossa casa dava para a Tupelo Road, uma avenida de três faixas, muito mais tranquila e arborizada, que ia da Tupelo Court, do outro lado da rua, até a Igreja Metodista Unificada Presbury, na Edgewood Road. Uma pequena marquise ligava nossa sala de jantar a uma garagem para um só carro. A garagem era o domínio particular do meu pai, seu refúgio. Ao crescer, eu me sentia alternadamente intimidado e fascinado por ela. Por algum motivo, sempre me fazia pensar na mágica e caótica oficina do feiticeiro do filme *Fantasia*, da Disney. Uma bancada de trabalho estreita e de fabricação caseira se estendia por boa parte da parede dos fundos. Pendurados acima dela, cobrindo todos os centímetros disponíveis dos painéis de aglomerado perfurado que revestiam a parede, ficavam dezenas de ferramentas e engenhocas, misteriosamente etiquetadas e organizadas segundo uma lógica que, até hoje, ainda não entendo. Nas laterais da bancada, encostados na parede e empilhados uns sobre os outros, ficavam quatro organizadores cúbicos com fileiras de pequenas gavetas de plástico, cada uma etiquetada com precisão e cheias de porcas, parafusos, pregos e arruelas. Presas na parte frontal, em cada lado da bancada, ficavam duas grandes prensas de aço. Embaixo, pilhas ordenadas de tábuas de madeira pré-cortada, alguns baldes de plástico e duas velhas escadas-banquetas. O espaço restante nas paredes da garagem era ocupado por folhas de compensado inclinadas, velhos móveis esperando conserto e máquinas grandes, de aspecto perigoso: uma serra de mesa com dentes metálicos brilhantes, uma lixadeira de cinta, um jogo de fresas e uma furadeira de coluna. Para meus amigos e para mim, todas as máquinas pareciam sofisticados instrumentos de tortura. Mais acima nas paredes, ficavam prateleiras e mais prateleiras, também de fabricação caseira, cheias de pequenas caixas de papelão, recipientes de vidro e velhas latas de café etiquetadas com faixas de fita adesiva cobertas pela grafia do meu pai, toda em caixa alta: *CORDA. FITA. ARAME. ESCORAS. GRAMPOS. ROLAMENTOS.* Em outras palavras, coisas mágicas quando você tem 8 anos de idade.

Infelizmente, o restante da casa não era nem de longe tão interessante. Uma pequena cozinha, sala de jantar, sala de estar e uma antessala ocupavam o primeiro andar. Uma aparelhagem de som antiga, contendo a impressionante coleção de discos de jazz do meu pai, ficava centrada embaixo da janela saliente, enquanto várias estantes de mogno cobriam as paredes. O sofá e a poltrona que a acompanhavam eram inexplicavelmente verdes. No andar de cima, três quartos de dimensões modestas e um banheiro. Meu quarto ficava situado no canto dos fundos, com janelas que davam tanto para o jardim lateral como para o dos fundos. No nível mais baixo, ficava um porão propenso a alagamentos com paredes de lambri escuro, um sofá modulado, duas poltronas reclináveis, uma mesinha de centro de mármore preto e branco na qual meu pai jogava paciência quase todas as noites, um televisor RCA e um espetacular relógio-cuco entalhado à mão centralizado na parede dos fundos.

Um dos meus lugares favoritos da casa era a varanda dos fundos, fechada por uma tela, acessível através de uma porta corrediça de vidro na parte posterior da sala de jantar. Passei inúmeras noites de verão naquela varanda — lendo histórias em quadrinhos e livros em edição de bolso, organizando figurinhas de beisebol e de futebol americano ou brincando de jogos de tabuleiro com amigos. Minha mãe trazia uma jarra de limonada caseira e cookies com gotas de chocolate recém-tirados do forno, ainda quentes e pegajosos, e meus amigos e eu nos sentíamos como os reis do mundo. Também dormíamos lá quando o tempo estava suficientemente quente.

Apesar do meu amor precoce pela leitura, para não falar da obsessão pelos filmes de terror e de faroeste que passavam na tevê, eu gostava mesmo era de ficar ao ar livre. Desde o dia em que entramos naquela casa, passei inúmeras horas embaixo do eterno salgueiro-chorão que montava guarda no nosso jardim lateral fingindo ser Jim Palmer, o arremessador do Baltimore Orioles vencedor do prêmio Cy Young. Eu usava o calcanhar dos meus tênis velhos, cavado na terra, de montinho de arremesso no gramado, depois tomava impulso levantando o mais alto possível a perna esquerda e arremessava à toda velocidade uma bola atrás da outra contra uma parede de concreto aparente, onde desenhei um quadrado perigosamente próximo à janela do porão. Ainda considero um pequeno milagre nunca ter quebrado aquela janela, mas a veneziana verde que delimita seu canto esquerdo pagou caro pela minha arrogância juvenil. Desfigurada por mossas e pancadas causadas por centenas de arremessos errantes — altos e fechados demais para os meus imaginários rebatedores destros —, ela mal conseguia ficar presa à parede, sustentada por um par de pregos tortos e enferrujados. Aquela veneziana surrada é até hoje um assunto delicado entre pai e filho.

A calçada na frente da minha casa, paralela à Hanson Road, tinha trinta e três rachaduras de diferentes tamanhos e formas. A calçada da Tupelo Road tinha dezenove. Eu as conhecia como a palma da minha mão. Durante doze anos, passei em cima delas todos os dias, caminhando, andando de skate ou de BMX. Eu e meus amigos, quando pequenos, construíamos rampas com tábuas e blocos de concreto que resgatávamos de canteiros de obras ou "pegávamos emprestado" da oficina do meu pai para dar saltos de bicicleta. Na maioria das vezes, estávamos sem camisa e não havia capacete algum por perto. Uma vez, até convencemos um menino que morava a alguns quarteirões a saltar com os olhos vendados. A façanha não terminou bem e nunca mais a tentamos novamente. Às vezes, nos arriscávamos ainda mais, voando sobre latas de lixo ou sacos plásticos cheios de grama e folhas. Outras vezes, ficávamos deitados enfileirados na calçada e saltávamos uns sobre os outros. Acredite, o auge da lealdade cega adolescente é ficar deitado de costas em uma calçada de concreto castigada pelo sol, com os braços esticados ao longo do corpo e os olhos fechados, e deixar que um amigo idiota que se acha o Evel Knievel salte de bicicleta sobre você.

Em uma tarde de verão, Melody, a irmã mais velha do meu amigo Norman — uma verdadeira força da natureza que já tinha carteira de motorista e fumava cigarros sem filtro —, embicou seu Trans Am na entrada da casa ao lado, saltou do carro e implorou que nós a deixássemos tentar. Depois de inicialmente recusar, Norm cedeu e entregou a ela sua bicicleta Huffy verde--cheguei estilo chopper. Lembro como se fosse hoje. A voz de David Bowie saía a todo volume dos alto-falantes negros como a noite do possante Trans Am enquanto Melody empurrava, sem olhar para trás, a bike rumo ao topo da ladeira na Tupelo Road, só dando meia-volta na altura do hidrante na esquina da Cherry Court. Então, ela começou a pedalar. Depressa. Depressa demais. Eu e meus amigos estávamos em pé no meio-fio, boquiabertos, quando ela alcançou a base da rampa a não menos do que quarenta quilômetros por hora e se lançou no ar, atingindo pelo menos cinco ou seis metros de altura, os longos cabelos louro-acinzentados esvoaçando como a capa de um super--herói. Quando os pneus da Huffy tocaram o chão novamente com um estrondo, todos nós soltamos gritos de alegria e, logo em seguida, voltamos a nos calar, pois as rodas começaram na mesma hora a oscilar e balançar descontroladamente. Antes que algum de nós pudesse adverti-la aos gritos sobre o tráfego na Hanson Road, a bicicleta — com Melody agora se segurando com toda a força — bateu na placa de *PARE* na esquina, arremessando-a sobre a calçada como uma boneca de pano. Corremos até ela, certos de que estávamos prestes a ver nosso primeiro cadáver. Em vez disso, ela, com as pernas abertas e o antebraço direito coberto de arranhões e sangue, se apoiou num cotovelo esfolado e começou a rir. Era inacreditável. Melody não apenas estava viva, mas achava tudo aquilo hilário. Isso é o que eu chamo de lenda.

Norm foi o único que não ficou impressionado. Furioso porque o quadro da bicicleta — um recente presente de aniversário dos pais — encontrava-se irreparavelmente empenado como um pretzel malfeito, ele soltou o verbo, vociferando um monte de palavrões. O grosso da história, porém, eu só vim a saber mais tarde, pois, tenho de admitir, eu mal estava prestando atenção. Em pé no jardim lateral da minha casa, com os olhos arregalados, eu estava era observando a pele deliciosamente bronzeada do tórax de Melody, que havia sido generosamente exposta quando a regata laranja que ela usava foi puxada para cima e arrancada depois de fazer contato com a calçada. Em cima daquela barriga chapada, lisa e bronzeada, eu só conseguia admirar uma nesga de um sutiã vermelho-escuro abraçando a saliência pálida de um seio nu — o primeiro sutiã e o primeiro peito que aquele menino de 9 anos viu na vida real. Meus olhos ficaram colados em tudo aquilo como os de um velho tarado numa praia lotada até que ela finalmente se levantou, sacudiu a poeira, entrou novamente no Trans Am e saiu dirigindo. Foi um dos melhores dias da minha jovem vida.

Meu pai acreditava piamente que as pessoas deviam cuidar bem dos próprios pertences. Era uma questão de orgulho para ele. Nossos carros sempre estavam lavados e encerados, e nossa casa estava sempre limpa e arrumada, tanto dentro como fora. Mas acho que ele dedicava atenção especial ao gramado. Adubava o solo na primavera e no outono, podava os arbustos e as árvores regularmente, recolhia galhos caídos após tempestades de verão, aparava a grama na beirada das calçadas (era especialmente meticuloso nessa tarefa, muitas vezes escavando fossos profundos dos dois lados do pavimento, o que inevitavelmente prendia os pneus das nossas bicicletas, causando vários acidentes espetaculares em alta velocidade; ainda não me convenci de que ele não fazia aquilo de propósito), e cortava a grama uma vez por semana pontualmente com um fervor quase religioso.

Por acaso, tínhamos um dos maiores jardins do bairro, que, para desgosto do meu pai, era frequentemente usado como playground pelos meus amigos. Brincávamos de tudo, desde beisebol até peladas, passando por minigolfe e guerra. Trilhas permanentes sulcavam as bases do nosso "campo de beisebol" em forma de diamante. Tampas de lixeiras e velhos frisbees mastigados por cães eram usados para marcar as bases. O fio de telefone frouxo que se estendia sobre a Tupelo Road servia para delimitar automaticamente o território de um home run. O chão muitas vezes tremia sob os nossos pés enquanto jogávamos e o estrondo abafado de explosões distantes podia ser ouvido quando as operações de testes de armamentos começaram no Arsenal de Edgewood. Não era incomum que esquadrões de caças ou helicópteros sobrevoassem nossas cabeças no vaivém do Campo de Testes Aberdeen — onde meu pai trabalhava no primeiro turno como mecânico de aviões. Quando isso acontecia, nós inevitavelmente parávamos qualquer coisa que estivéssemos fazendo e fingíamos abatê-los com metralhadoras e bazucas invisíveis.

Muitas vezes, eu montava shows de mágica na marquise, cobrando da plateia dez centavos por cabeça, e parquinhos de diversão improvisados no jardim lateral, usando brinquedos e gibis velhos e descartados como prêmio — tudo para tentar arrancar uns trocados das crianças menores. Eu também montava uma mesa dobrável de carteado na calçada na esquina da Hanson com a Tupelo e vendia limonada gelada em copos de papel para os motoristas de passagem.

Uma amoreira madura e um emaranhado de macieiras silvestres cresciam no canto do jardim, fornecendo bastante munição para nossas frequentes batalhas de bairro. As árvores também ofereciam uma cobertura perfeita para bombardear carros. Se eu tinha uma fraqueza quando garoto, um mau hábito do qual não conseguia me livrar por mais que fosse pego, repreendido e punido, era jogar maçãs, nacos de terra ou bolas de neve nos carros que passavam. Não tenho explicação para essa falha de caráter, a não ser dizer que, se você já deitou de bruços na grama fresca no verão, esperou um veículo se aproximar, se levantou com um salto, atirou um pequeno objeto redondo no tal veículo e depois ouviu o lindo *bum* do impacto, então sabe exatamente do que estou falando. Era até mais divertido quando o motorista parava e nos perseguia. Para nós, moleques da Hanson Road, aqueles eram momentos preciosos de pura e desenfreada alegria e adrenalina, e queríamos revivê-los o tempo todo. Houve um longo período no qual meu pai, atônito, acreditava piamente que eu fosse parar no reformatório ou até mesmo na prisão por causa do meu vício. Depois de um tempo, ele desistiu de falar comigo a respeito. Minha mãe, meiga, tentava me levar de volta para o bom caminho: "Por que vocês, meninos, não vão caçar vaga-lumes ou jogar bola de gude?" Mas, àquela altura, já eram brincadeiras de pirralhos e não despertavam mais nosso interesse. Ninguém ficou mais aliviado do que meus pais quando, pouco antes de ir para a faculdade, eu finalmente perdi aquele hábito de uma vez por todas.

Perseguindo o Bicho-Papão

Se a casa com as venezianas verdes e o velho salgueiro-chorão representavam o centro do meu mundo ao crescer — o eixo da minha "roda da vida", como comecei a chamá-la mais tarde —, então cada caminho, longo ou curto, que me afastava da casa, parecia um raio naquela roda em constante movimento, cada um deles se abrindo em uma direção diferente, até esgotar o espaço disponível, e definindo como um todo os limites externos da minha amada cidade natal.

A despeito de todos os mapas, a cidade de Edgewood, para mim, se estendia da Courts of Harford Square (cerca de um quilômetro e meio ao norte da minha casa seguindo pela Hanson Road) até a faixa costeira do Flying Point Park, às margens do rio Bush (cerca de três quilômetros ao sul do Colégio Edgewood, localizado a exatamente um quilômetro e meio da minha casa). Sim, o velho clichê se revela verdadeiro: eu e meus amigos caminhávamos um quilômetro e meio todo dia para ir e voltar do colégio até termos idade suficiente para dirigir. Ficávamos a não mais do que um quarteirão e meio do perímetro que permitia o uso do ônibus escolar, mas não ligávamos para isso. A longa caminhada nos dava mais tempo para ficar de zoação antes e depois da escola e atrasava a inevitável chatice do dever de casa. Também nos proporcionava oportunidades adicionais para atirar pequenos objetos redondos nos carros que passavam, ou, melhor ainda, nos ônibus escolares.

Fui abençoado com um exército de colegas ao crescer, mas meus amigos mais próximos, meus verdadeiros parceiros de crime, eram Jimmy e Jeffrey Cavanaugh, que moravam a duas casas da minha, subindo o morro da Hanson Road. Os Cavanaugh eram astutos e malandros, e era muito divertido tê-los por perto. Brian e Craig Anderson moravam na casa ao lado da deles. Os irmãos Anderson, dois destemidos, eram parecidos e esquentadinhos demais para realmente se darem bem de maneira duradoura. Dois incidentes memoráveis traduzem melhor essa dinâmica. Em certa ocasião, em meio a uma discussão acalorada, Craig entrou correndo pela cozinha, pegou uma faca de churrasco na pia e desceu para dar uma facada na parte superior da coxa de Brian. A seu favor, tenho que dizer que foi Craig que enfaixou a perna do irmão mais velho naquele dia e acabou chamando a ambulância. No segundo incidente, Craig, num momento de pura fúria em uma escaldante tarde de verão, puxou o short até os tornozelos, se agachou no meio da Hanson Road, defecou na própria mão e começou a perseguir o irmão, varejando um punhado de cocô fresquinho nas costas nuas de Brian como um macaco mal-humorado no zoológico. Sei que parece ao mesmo tempo nojento e difícil de acreditar, mas eu estava presente e testemunhei tudo — e realmente foi uma visão impressionante. Nunca vou me esquecer.

Jimmy e Brian estavam um ano abaixo de mim na escola (Jeff e Craig, vários anos abaixo dos irmãos mais velhos que, sabiamente, já não se misturavam com os pirralhos), então nós três éramos especialmente próximos. Com base na idade mais avançada e no comportamento mandão naturalmente absorvido por quem tem três irmãs mais velhas, eu geralmente assumia o papel de líder do nosso grupinho. Jimmy e Brian nunca demonstraram se importar com isso e também não me lembro de nenhum plano deles que não tenha sido aceito com entusiasmo. Dependendo da pessoa a quem você perguntasse, nós éramos os Três Mosqueteiros ou os Três Patetas. As pessoas nos conheciam e vice-versa: todas as crianças do bairro, bem como a maior parte dos adultos, estavam no nosso radar diário. E nós também sabíamos *coisas*. Sabíamos onde as garotas bonitas moravam, onde ficavam os atalhos, quais máquinas de cigarro em quais postos de gasolina sempre tinham caixas de fósforo sobrando largadas na bandeja (uma inestimável moeda de troca, talvez só igualada por um outro item: bombinhas), quais caçambas continham mais garrafas retornáveis de refrigerante e quais casas na árvore tinham estoques escondidos de revistas pornográficas. Sabíamos quais pais batiam nos filhos e quais bebiam demais; quais vizinhos que tinham piscina iam à igreja nas manhãs de domingo — o que significava que era seguro para nós invadi--las — e, quando éramos mais velhos, quais lojas vendiam bebida alcoólica para nós, onde os policiais guardavam seus radares portáteis e quais estacionamentos eram seguros para darmos uns amassos nas gatinhas.

Um típico dia de verão para nós trazia uma ampla gama de aventuras juvenis. Praticávamos todos os esportes ao ar livre conhecidos e mais alguns que inventávamos por puro tédio. Estourávamos bolhas de piche na rua com os dedos dos pés. Trapaceávamos brincando de Marco Polo na piscina de armar dos Cavanaugh. Pescávamos nos córregos, lagos e rios próximos. Explorávamos os infinitos bosques e construíamos fortes subterrâneos secretos. Às vezes, nosso amigo Steve Sines se juntava a nós e trazia consigo a espingarda semiautomática calibre .22 do pai. Passávamos longas tardes caçando corvos e urubus no bosque ou atirando em latas e garrafas vazias. Outras vezes, colocávamos em prática as medidas de segurança no uso responsável de armas apontando para os sapatos uns dos outros e gritando "Pula!" antes de puxar o gatilho e fazer explodir a terra onde os pés dos nossos amigos estavam segundos antes. É um milagre ainda termos todos os dedos dos pés.

Em outros dias, podíamos escalar a calha até o telhado da Escola Primária Cedar Drive e fingir que estávamos no topo de uma montanha nevada em uma terra distante. Ou subir uma calha semelhante até o topo do posto de gasolina Texaco no cruzamento das ruas Hanson e Edgewood, baixar as calças e mostrar o traseiro para os motoristas de passagem (essa brincadeira específica foi interrompida de maneira lamentavelmente brusca em uma tarde memorável, quando meu pai avistou o brilho das nossas bundas magras e brancas ao voltar do trabalho para casa. Fiquei uma semana de castigo).

Vocês precisam entender uma coisa sobre viver em uma cidadezinha como Edgewood: o tédio cria companheiros peculiares, e muitas vezes não havia muita lógica no que fazíamos. Certo verão, com nosso amigo Carlos Vargas, criamos um grupinho exclusivo chamado Daredevil Club. Por algum motivo desconhecido, os ritos iniciáticos envolviam jogar aleatoriamente, acobertados pela escuridão, carrinhos de miniatura Matchbox nas piscinas da vizinhança. Outra vez, nos tornamos estranhamente obcecados por colecionar sapos em potes vazios de manteiga de amendoim. Uma vez, também passei uma tarde inteira em julho circulando sem camisa com uma cobra preta morta de quase dois metros enrolada no pescoço. Até tentei entrar em várias lojas, mas fui enxotado. Ninguém — inclusive eu mesmo — sabe dizer por que fiz aquilo, mas não importava. Naquele momento, era tudo diversão.

O Edgewood Shopping Plaza, localizado a vários quarteirões das nossas casas e bem em frente à Biblioteca, também proporcionava horas de interessante entretenimento. Lá ficava a Plaza Drugs, onde costumávamos comprar balas, chicletes e todos os nossos gibis e figurinhas de beisebol e futebol americano. Ali também comprei todos os presentes de Dia das Mães, desde quando me tornei grande o suficiente para entrar lá andando sozinho até completar 16 anos e tirar minha habilitação. Tinha uma loja de bebidas alcoólicas que também vendia por alguns trocados os melhores sanduíches sabor pizza (com mais de trinta centímetros de comprimento e queijo perfeitamente derretido) e uma lavanderia automática com uma máquina de guloseimas nos fundos que vendia pacotes de Bubble Yum pela incrível pechincha de 10 centavos (na maioria dos outros lugares, custava 25, então eu enfiava punhados de moedas de 10 naquela máquina várias vezes por semana e depois vendia cada chiclete por 25 na escola, obtendo assim um belo lucro que, inevitavelmente, era gasto em mais sanduíches sabor pizza). Deixando o melhor para o final, havia uma genuína sinuca (cujo dono era o pai do nosso amigo Brook Hawkins), onde jogávamos pinball, aprendemos a jogar bola oito e procurávamos por moedas de 25 centavos que os bêbados deixavam cair no carpete imundo. As luzes eram fracas, os bebuns eram muitos e quase sempre tinha moedas dando sopa.

Fora, nos fundos do estacionamento do shopping, um grupo de garotos mais velhos havia construído uma rampa de skate de uns três metros com cinquenta centímetros de desnível e, graças à fileira de postes de iluminação, deslizávamos por aquela rampa noite e dia. Às vezes, até apareciam carros cheios de garotas que nos assistiam e nos encorajavam.

Só vou dizer uma coisa: os Cavanaugh e os Anderson passavam muito pouco tempo na Biblioteca do outro lado da rua, já eu não conseguia ficar longe de lá. Eu me aboletava nas cadeiras excessivamente estofadas na seção para adultos e devorava um livro atrás do outro. No início, o general Armstrong Custer era um dos meus temas favoritos, assim como quase tudo sobre o Velho Oeste, a Guerra Civil e fenômenos inexplicados. Eu era atraído por mistérios e histórias de crimes e acreditava piamente em fantasmas e lobisomens, no monstro do lago Ness e no Pé-Grande.

Em uma tarde qualquer de sábado, um autêntico caçador do Pé-Grande chegou à cidade vindo de algum lugar no oeste e montou uma grande mostra nos fundos da Biblioteca. Era um sujeito de fala mansa, costas arqueadas, bigode grisalho eriçado e sobrancelhas de taturana que deu uma palestra fascinante e nos mostrou fotografias, mapas, desenhos e até um tufo autêntico de pelo do Pé-Grande preso num mural com uma tachinha. Eu havia de alguma maneira convencido Jimmy a ir comigo naquele dia e nos sentamos no centro da primeira fila, prestando total atenção. Quando a palestra terminou, Jimmy e eu nos agachamos entre duas fileiras de estantes próximas, unimos nossas mentes e criamos um plano. Logo voltamos para a área da apresentação, onde o palestrante convidado estava posando para fotografias e batendo papo com um punhado de admiradores. Jimmy fez um sinal com a cabeça e ativou a primeira fase do nosso plano criando uma distração — até hoje não consigo lembrar o que era, mas talvez envolvesse cair no chão e fingir uma convulsão. Depois que uma multidão preocupada se reuniu em volta do meu amigo caído no chão, eu fui de fininho até a mesa da exposição, surrupiei vários fios de pelo autêntico do Pé-Grande e os enfiei no fundo do bolso. Minutos mais tarde, fugimos e ninguém percebeu nada. Conto essa história aqui pela primeira vez com uma mistura descarada de orgulho e vergonha. Ainda não faço ideia de que fim levou aquele tufo de pelos autênticos do Pé-Grande. Se eu tivesse de adivinhar, imagino minha mãe provavelmente encontrando-o em uma das minhas gavetas, torcendo o nariz e balançando a cabeça enquanto o jogava fora.

Para mim, depois de passar um tempo na Biblioteca ou no Edgewood Shopping Plaza, havia duas maneiras de voltar para casa. A primeira envolvia atravessar a Edgewood Road no sinal de trânsito principal e seguir por vários quarteirões ao longo da Hanson Road. Essa era a rota que percorríamos se estivéssemos de bicicleta ou de skate. Mas, se estivéssemos a pé, sempre pegávamos o atalho.

Isso envolvia atravessar um trecho perigoso da Edgewood Road bem ao lado do shopping e seguir a longa entrada de cascalho da temida Meyers House. Depois de deixar aquela monstruosidade para trás, atravessávamos dois quintais — um pequeno, outro de tamanho médio — e chegávamos à calçada da Tupelo Road, a apenas um quarteirão da minha casa.

Toda cidade pequena tem sua casa mal-assombrada — um lugar onde, segundo boatos, coisas terríveis aconteceram e coisas ruins ainda pairam, fazendo seu coração disparar e seu braço ficar arrepiado toda vez que você passa por ali. Para nós, era a Meyers House. Construída mais de duzentos anos antes que qualquer um de nós tivesse nascido e, supostamente, a casa original de um covil de bruxas no século 19, a Meyers House era uma monstruosa estrutura vitoriana com uma larga e sombreada varanda que envolvia a fachada inteira, dois frontões de duas águas idênticos e dezenas de janelas que observavam a cidade com uma intensidade premonitória. De dia, o lugar era toleravelmente inquietante. Sentíamos a casa nos observando, mas também tínhamos certeza (esperança) de que não se mexeria. Não em plena luz do dia — ela era mais inteligente e sinistra do que isso.

Já à noite, eram outros quinhentos. A casa pairava sobre nós na escuridão, faminta, alerta e sonsa, e ousar passar em frente era uma odisseia aterradora que só os moleques mais corajosos do bairro cogitariam realizar. "Corajosos" certamente não era uma palavra que muitas pessoas teriam usado para nos descrever, mas passávamos por lá de qualquer maneira, numa combinação de lei do menor esforço (afinal de contas, um atalho é sempre um atalho) e desejo masoquista de nos torturar.

Foi durante uma daquelas caminhadas demoradas, lentas e sem fôlego por aquela entrada de cascalho que, pela primeira vez, contei uma história de terror para os meus amigos. Eu iniciava a coisa lentamente com uma série de incidentes comuns, construindo, aos poucos, a narrativa, soltando informações interessantes pelo caminho e sincronizando o ritmo para que os choques mais terríveis e horripilantes acontecessem justamente quando estivéssemos passando perto da casa. Na maioria das vezes, àquela altura, era Jimmy que me implorava: *"Por favor, para, pelo amor de Deus, Chiz, para com isso!"* Eu raramente lhe dava ouvidos. Às vezes, até olhava por cima do ombro, os olhos esbugalhados mirando uma nova visão tenebrosa e soltava um grito de puro horror. Logo depois, saía correndo para casa. Quando chegávamos na esquina da Hanson com a Tupelo, nossos gritos geralmente já haviam se transformado em gargalhadas e mal podíamos esperar para passar por tudo aquilo de novo.

Como na maioria das cidades pequenas, Edgewood tinha muitas histórias esquisitas e arraigadas lendas circulando. Alguns anos antes, quando eu estava na escola primária, uma garota, desnorteada por causa de uma gravidez indesejada, supostamente se matou parando nos trilhos atrás da escola de ensino médio e deixando que o trem a atropelasse a toda a velocidade. Desde então, muitas testemunhas afirmam ter visto ou ouvido seu fantasma vagando no bosque ali perto. Bob Eiring, um amigo nosso considerado confiável, jura até hoje que, quando entrou às escondidas numa área proibida do Arsenal de Edgewood e espiou pela janela de um armazém, viu um grupo de cientistas de jaleco realizando um experimento num alienígena de verdade. Ele dizia que a criatura tinha uma cabeça do tamanho de um pneu de bicicleta e uma pele empoada azul-clara. No início, não acreditamos, mas ele passou algumas semanas na Biblioteca vasculhando velhos arquivos de jornais e voltou com uma pilha de matérias das décadas de 1960 e 1970 fotocopiadas em preto e branco que relatavam boatos semelhantes sobre estudos ultrassecretos sobre extraterrestres conduzidos no Arsenal. Diante de todas aquelas provas, sua veracidade não podia ser facilmente contestada.

Ninguém parecia saber quando o Homem-Elástico apareceu pela primeira vez em Edgewood — perguntei às minhas irmãs e elas ouviram falar dele pela primeira vez quando eram adolescentes —, mas todas as crianças que eu conhecia morriam de medo dele. Não se sabia direito se o Homem--Elástico era humano ou alguma espécie de criatura sobrenatural ou talvez até uma mutação que havia dado errado e fugido de um laboratório no Arsenal de Edgewood. Se você desse ouvidos aos boatos — e nem é preciso dizer que nós sempre dávamos —, o Homem-Elástico tinha quase dois metros e quinze de altura e era magro de doer. Os braços eram como gravetos e pendiam rígidos nas laterais do corpo. Os cabelos eram corvinos, curtos e espetados. Os olhos eram fendas negras e a boca era uma sinistra linha reta. Ninguém jamais havia visto seus dentes. Quer dizer, ninguém que sobreviveu para contar a história. O Homem-Elástico sempre usava roupas escuras e gostava de rondar parquinhos isolados e terrenos baldios ao cair da noite, procurando crianças para roubar e devorar. Uma vez, aos 7 anos, eu estava brincando de esconde-esconde com amigos no parquinho da igreja, na rua lá de casa. Perto dos balanços, ficavam dois túneis de concreto pintados com cores fortes, cada um com uns quatro metros de comprimento. Quando éramos bem pequenos, costumávamos fingir que eram submarinos. Naquela tarde, eu me escondi em um dos túneis. Depois de um tempo, quando ninguém foi me procurar, espiei do lado de fora e juro por tudo o que é mais sagrado que vi uma figura assustadoramente alta e magricela saindo do bosque à minha frente. Depois de quinze ou vinte metros, a figura mudou abruptamente de direção e, manquitolando, começou a caminhar na direção do parquinho. De repente, senti muito medo, pus a cabeça para dentro do túnel novamente e corri para a parte central, ficando totalmente imóvel. Alguns minutos mais tarde, senti um terrível fedor azedo, como o de uma cesta de frutas podres deixada ao sol por dias. Prendi a respiração, tentando segurar os engulhos, e fiquei paradinho enquanto duas pernas finas como as de uma aranha cobertas por calças pretas esfarrapadas se arrastavam pela boca do túnel. Esperei o que me pareceu uma hora até não ouvir mais passos, depois contei mentalmente até cinquenta só para ter certeza e saí em disparada até a rua. Encontrei meus amigos reunidos na frente da casa de Bob Eiring e contei o que havia acontecido. Pouco depois, voltamos todos ao parquinho com o pai de Brian Anderson ao nosso lado. Nenhum sinal da estranha figura em lugar algum. Mas eu não estou louco. Sei o que vi. E o cheiro que senti.

E depois, é claro, havia o Acariciador Fantasma. Eu estava fora, na faculdade, quando tudo começou, mas consegui me manter a par da história graças aos exemplares semanais do *The Aegis* que minha mãe guardava para mim. Na verdade, foi um repórter do *The Aegis* que criou a alcunha "Acariciador Fantasma". Desde agosto de 1986, alguém havia entrado nas casas de pelo menos duas dúzias de mulheres de Edgewood e tocado seus pés, pernas, barriga e cabelos enquanto elas dormiam. Todas as vezes, quando a mulher acordava, o homem fugia da casa e desaparecia noite adentro. Até então, a polícia local não havia conseguido capturar ou identificar o agressor.

Essas histórias — e muitas outras que eu poderia contar para vocês — dão apenas uma vaga ideia da natureza mais obscura da minha cidade natal. Apesar do meu ponto de vista um pouco parcial, minha visão de Edgewood não era totalmente influenciada pela névoa da nostalgia ou pelas lembranças douradas de um paraíso americano ao estilo de Norman Rockwell. Como na maioria das cidades pequenas, havia crime e violência, traição e segredos, tragédias e farsas. Havia bairros mal-afamados e lugares nos quais você não queria ficar sozinho à noite. Quando eu entrei para a faculdade, fiquei chocado ao descobrir que a maioria dos caras do meu dormitório nunca tinha se metido numa briga; eu já havia me metido em uma dúzia ou mais quando me formei no ensino médio. A propósito, o diretor da escola havia sido preso por apropriação indébita no meu segundo ano e foi, inclusive, condenado a cumprir pena em regime fechado. Alguns anos antes, um professor do ginasial havia sido preso por uma série de assaltos a banco à mão armada em Maryland, Pensilvânia e Delaware, crimes cometidos em seus dias de folga.

Ao contrário da maior parte do condado de Harford, e devido à nossa proximidade ao Arsenal de Edgewood, éramos uma comunidade heterogênea, graças ao grande número de famílias de militares que chegavam e partiam com cada vez mais frequência. Uma grande população de afro-americanos e hispânicos fez de Edgewood seu lar, frequentando as escolas, e mesmo naqueles tempos modernos e supostamente progressistas, a simples presença deles era suficiente para intimidar certas pessoas. Quando eu já tinha idade para dirigir, várias garotas de outras cidades com quem eu saía não tinham permissão para ir a festas ou eventos esportivos em Edgewood. "Não me leve a mal", era a desculpa que os pais costumavam me dar. Eu sorria educadamente, mas acabava mesmo levando elas para lá. No meu último ano, quando a equipe de lacrosse do Colégio Edgewood venceu seu primeiro campeonato estadual da história, alunos da próxima e muito mais abastada Fallston nos insultavam das arquibancadas cantando *Tá tudo certo, tá tudo como deveria, todos vocês vão trabalhar pra nós um dia!* Esse tipo de comportamento elitista só servia para fortalecer o vínculo entre os moradores de Edgewood — éramos nós contra o mundo, e gostávamos que fosse assim. Éramos mais do que uma comunidade — éramos uma família. Não, não dirigíamos carros sofisticados nem morávamos em casas enormes com jardins bem cuidados. Nossos pais não eram sócios do Country Club nem de organizações empresariais; eram membros da Legião Americana e da Associação de Pais e Mestres. E, para mim e para os meus amigos, estava tudo ótimo; era um motivo de orgulho proletário, e era assim que deveria ser.

Duas lembranças especiais de Edgewood permanecem impressas na minha alma para sempre. A primeira aconteceu quando eu tinha apenas 5 anos, pouco depois de termos nos mudado para cá. Era uma noite fria de dezembro e vários centímetros de neve fresca cobriam o solo. Depois do jantar, meu pai e eu vestimos nossos casacos pesados de inverno, gorros de esqui, luvas, botas e saímos. A maioria das entradas das garagens e calçadas já havia sido desobstruída. Luzes natalinas brilhavam nas janelas e em cima dos telhados de um punhado de casas ao longo da Hanson Road. Havia pouco trânsito e um silêncio tranquilo pairava no ar. De mãos dadas, nenhum dos dois dizendo muita coisa, meu pai e eu caminhamos até a Tupelo, passamos pela Cherry Court e pela Juniper Drive, até chegarmos à esquina no topo do enorme morro na Bayberry. Meu pai se virou para a esquerda e olhou lá para baixo. Observando-o, fiz o mesmo — e fiquei pasmo com o que vi. Todas as casas, até onde minha vista alcançava, nos dois lados da rua, estavam iluminadas por luzinhas natalinas multicoloridas, muitas delas piscando alegremente. Nos jardins dianteiros, cobertos de neve resplandecente, acendia-se um caleidoscópio de cores brilhantes — vermelho e verde, amarelo e vermelho, prata e ouro. Um grupo de cantores entoava "Noite Feliz" no jardim de uma das casas e um grande Papai Noel de plástico cercado de renas voadoras balançava com uma suave brisa em cima do telhado de uma outra casa próxima.

Eu moro aqui, lembro-me de ter pensado. *Este lugar é o meu lar... e é mágico, e eu nunca quero ir embora daqui.* Meu pai, percebendo meu encanto ofegante, apertou minha mão. Fiz o mesmo em retribuição e, depois de ficar em pé ali por mais algum tempo, descemos a ladeira juntos, apreciando a vista.

Coincidentemente, a segunda lembrança especial que eu guardei com carinho também aconteceu em uma noite de inverno com neve. Eu estava com 15 anos e tinha passado a tarde com os meus amigos, subindo e descendo de trenó os morros em volta da Escola Primária Cedar Drive, a pouca distância das nossas casas. Havia uma caixa-d'água no topo do morro mais alto e suas pernas longas e finas sempre preenchiam minha imaginação com as figuras ameaçadoras dos alienígenas ensandecidos de um dos meus filmes favoritos de todos os tempos, *A Guerra dos Mundos*. Eu costumava ter pesadelos com aquela caixa-d'água quando pequeno, mas já estava mais velho e corajoso e acabei ficando sozinho no alto do morro, já que meus amigos tinham voltado para casa pouco antes para jantar. Um punhado de outras crianças do bairro havia ficado para trás comigo, mas, a certa altura, elas também sumiram e eu estava ocupado demais me divertindo para notar. Com fome, cansado e meio congelado, desci pela última vez o morro e segui o caminho de casa.

Quando cheguei no topo de um dos morros menores, abaixo da caixa-d'água, começou a nevar novamente e, através das árvores, avistei minha casa ao longe, a cerca de três quarteirões. Lâmpadas natalinas vermelhas piscavam ao longo das calhas no telhado. As árvores altas e frondosas que ladeavam a entrada da garagem estavam cobertas por pequenas lâmpadas verdes piscantes. Retângulos de luz pálida brilhavam na janela saliente e nas duas janelinhas do porão. Imaginei minha mãe preparando o jantar na cozinha, cantarolando junto com o rádio uma canção natalina, meu pai no andar de baixo, no sofá, assistindo ao noticiário e jogando paciência. Fiquei parado em meio à neve que caía e olhei em volta — não havia carros passando na Hanson Road, nem sequer uma pessoa à vista, o mundo à minha volta estava completamente silencioso, exceto pelos cliques ritmados dos flocos de neve pousando no meu casaco encharcado. Olhei novamente para a minha casa — e, pela primeira vez na minha jovem vida, eu me dei conta.

Em pé naquele momento congelado no tempo e no espaço, percebi que o mundo à minha volta era imenso e que eu logo iria embora daquele lugar que eu sempre havia chamado de lar para começar minha própria aventura. Meus amigos também se espalhariam pelos quatro cantos do mundo, e alguns deles eu nunca mais veria. Nossos pais, irmãos e irmãs envelheceriam e um dia também teríamos de nos despedir deles. Nada jamais seria igual.

Minha respiração ficou presa na garganta e, de repente, meus olhos marejaram e minhas pernas bambearam. Por um instante, eu tinha 5 anos de novo, só que, daquela vez, meu pai não estava em pé ao meu lado, esticando o braço para segurar minha mão. Lembro de dizer a mim mesmo naquele momento que tudo ia ficar bem, que eu cresceria e seria feliz e, um dia, me tornaria um escritor, e que as palavras que eu pusesse no papel ajudariam as pessoas a dar sentido ao mundo.

Não faço ideia de quanto tempo fiquei ali no meio da nevasca. Só lembro que, a certa altura e sem perceber o que estava fazendo, comecei a andar, meu trenó enfiado debaixo do braço, e acabei chegando em casa a tempo para o jantar.

Embora tenha pensado muitas vezes sobre aquele momento ao longo dos anos, eu nunca havia falado ou escrito a respeito até agora.

(Boa parte das informações históricas incluídas na primeira parte deste capítulo pode ser encontrada nas páginas de dois ótimos livros: *Edgewood, Maryland: Then and Now*, de Jeffrey Zalbreith; e *Images of America: Edgewood*, de Joseph F. Murray, Arthur K. Stuempfle e Amy L. Stuempfle. Superrecomendo ambos.)

ACIMA: A sinalização de Edgewood Meadows no cruzamento da Bayberry Drive com a Edgewood Road *(Foto cortesia do autor)*

À ESQUERDA: Teste de armamentos no Arsenal de Edgewood *(Foto cortesia do* The Baltimore Sun)

À DIREITA: A velha estação ferroviária de Edgewood *(Foto cortesia do* The Aegis*)*

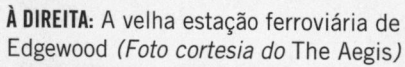

À ESQUERDA: A Meyers House *(Foto cortesia de Alex Baliko)*

ACIMA: Moradias militares na Cedar Drive *(Foto cortesia do autor)*

À ESQUERDA: A Biblioteca de Edgewood *(Foto cortesia do* The Aegis*)*

ACIMA: A casa do autor na Hanson Road *(Foto cortesia do autor)*

dois

A Primeira Garota

"Afinal, os assassinos não costumam voltar à cena do crime para observar o estrago que causaram?"

1

A primeira vez que me lembro de ter visto Natasha Gallagher foi na missa matinal de domingo. Ela estava com a família. Eu tinha 12 anos na época, portanto Natasha devia ter 6. Eu fui sozinho com meus pais à igreja naquele dia — todos os meus irmãos mais velhos já tinham saído de casa àquela altura — e sentamos propositalmente na última fila pois meu pai tinha ingressos para o jogo do Baltimore Colts e estava decidido a sair voando assim que a missa das dez terminasse.

Os Gallagher chegaram com alguns minutos de atraso. Ouvi as pesadas portas se abrindo com um rangido atrás de mim e olhei por cima do ombro. O jovem Josh estava em pé entre os pais, parecendo tão feliz por estar ali quanto eu, com a pequena Natasha mais ao lado, de mãos dadas com a mãe. Ela estava usando um vestido de bolinhas, os longos cabelos louros presos em marias-chiquinhas. A família deu alguns passos tímidos pelo corredor central e parou, esticando os pescoços à procura de um lugar para se sentar. Meu pai imediatamente chamou-os com um gesto, empurrando a mim e a mamãe em direção ao meio do banco. Os Gallagher foram deslizando um após o outro para o nosso lado. Depois que todos se acomodaram, eu, disfarçadamente, me curvei para a frente e dei uma olhada mais de perto. Josh me encarou com olhos sonolentos e fez um aceno de cabeça tão gélido que teria deixado James Dean e Elvis orgulhosos. Sentada à esquerda do irmão, Natasha abriu um sorriso largo e banguela e agitou os dedos para mim num aceno exagerado. Eu imediatamente me recostei e olhei para a frente, meu rosto e minhas orelhas ficando quentes. Garotas, de todas as idades, pareciam surtir aquele efeito em mim. Eu odiava.

A vez seguinte em que a vi, era verão e ela estava saltitando pela calçada na frente da minha casa, balançando os braços acima da cabeça, cantando o tema de *Scooby-Doo* com uma voz aguda e anasalada. Passou a uns cinco metros de mim naquele dia sem sequer me notar.

Um velho carvalho — que já não existe há anos — habitava o centro do jardim da frente da nossa casa, ocultando convenientemente a varanda com sua densa teia de galhos frondosos se projetando por cima da calçada. Eu tinha pegado a mania de subir naquela árvore e me empoleirar a uns três ou quatro metros do chão, geralmente com um romance de Stephen King em edição de bolso para me fazer companhia. Eu gostava da sensação de estar invisível para o mundo, de observar o fluxo de carros e pedestres que passavam lá embaixo, sabendo que eles nem faziam ideia de que eu me encontrava ali, praticamente perto o suficiente para esticar o braço e tocá-los. Eu ficava ali sentado, escondido e em silêncio, imaginando como era a vida deles, aonde estavam indo e se estavam felizes ou tristes, tendo bons ou maus pensamentos.

Eu sabia de cor a letra da música que ela estava cantando — *Scooby-Doo* era meu desenho animado favorito das manhãs de sábado quando criança — e pensei em cantar junto, mas não quis assustá-la, então fiquei calado e a deixei seguir seu caminho. Ela chegou ao final da calçada na esquina com a Tupelo, parou de andar (e de cantar), olhou para os dois lados e atravessou a rua. Quando estava segura do outro lado, começou a saltitar e cantar novamente, seguindo pela Hanson com um ritmo ainda mais animado. Olhei para o meu livro, comecei um novo capítulo e, quando levantei a cabeça novamente, ela já havia sumido.

Mais tarde naquele mesmo verão, Natasha e duas amigas pararam na minha barraquinha de limonada. As três estavam com os cabelos molhados e toalha em volta do pescoço, então deduzi que tinham ido nadar. Uma das amigas anunciou que não tinha dinheiro, então Natasha pegou um porta-moedas e pagou para as três. Ao contrário da vez em que a vi na igreja, ela parecia quase tímida, mal estabelecendo contato visual ou falando. Até que subiu novamente na bicicleta, olhou para mim por cima do ombro e disse: "Até mais, Richie Rich", em alusão ao personagem Riquinho.

Surpreso por ela saber meu nome, fiquei ali plantado, observando-as pedalar para longe.

Era 1982 (sou de 65) e eu estava no último ano do colégio quando a vi pela última vez. Foi na semana antes das férias de Natal. Jimmy Cavanaugh e eu estávamos no degrau mais alto das arquibancadas do ginásio. Lá embaixo, na quadra, as equipes de luta greco-romana de Edgewood e Bel-Air se aqueciam. Os alto-falantes tocavam Van Halen à toda. Quinze minutos antes do início previsto da competição, a ala destinada aos estudantes da casa já se encontrava abarrotada, todos em pé. Ao meu lado, Jimmy estava ocupado sendo Jimmy, mascando, esticando e enrolando com a ponta do dedo um chiclete, me provocando a desafiá-lo a jogar a grudenta guloseima nos cabelos fartos e encaracolados de uma aluna do segundo ano à nossa frente.

Vi o sr. Gallagher primeiro, tirando seu pesado casaco de inverno enquanto entrava no ginásio. A esposa e a filha vinham logo atrás, todos com as bochechas coradas e ainda tremendo por causa da congelante caminhada pelo estacionamento. Natasha tirou sua touca de esqui rosa ao que longas e brilhantes ondas de cabelos louros foram caindo em seus ombros. Ela havia crescido desde a última vez que a vi e estava bem encaminhada para se tornar uma destruidora de corações. Era bom que o irmão Josh estivesse por perto para manter os garotos do ginasial na linha.

O sr. Gallagher acenou para alguém na multidão e os três, então, começaram a andar em fila indiana rumo às arquibancadas do outro lado do ginásio. No meio do caminho, Natasha mudou abruptamente de direção, aproximando-se do tapete acolchoado vermelho e branco da equipe de luta greco-romana do Edgewood Rams no centro da quadra.

Então vi Josh deitado de costas na ponta do tapete, as pernas dobradas embaixo do corpo, costas e braços esticados em uma posição que deveria ser impossível. Natasha parou na frente dele e disse algo. Ele olhou para cima surpreso. Em vez de ficar irritado pela interrupção causada pela irmã caçula, como eu esperava, Josh se levantou rapidamente, um grande sorriso iluminando seu rosto, e a abraçou. Quando terminaram de se abraçar, bateram um toca aqui e Natasha saiu correndo atrás dos pais.

Lembro-me de ter pensado naquele momento: *Talvez irmãs não sejam tão ruins assim*. Depois, os alto-falantes começaram a tocar AC/DC e, não mais que de repente, o pensamento morreu e eu estava novamente tentando impedir que Jimmy grudasse o chiclete no cabelo de uma inocente.

2

D urante os cinco anos em que estive na faculdade, Natasha Gallagher sem dúvida cresceu. Com um metro e sessenta de altura e nem quarenta e cinco quilos de peso, ela se tornou naturalmente uma ginasta de talento. Natasha adorava o esporte e era disciplinada em sua prática, treinando cinco vezes por semana na Harford Gymnastics, no William Paca Business Center. Solo e trave eram suas especialidades. Ela também adorava ser cheerleader e era a única aluna do primeiro ano a fazer parte da equipe oficial do Colégio Edgewood. Se você pedisse à família e aos amigos de Natasha para falarem de algo memorável a respeito dela, eles evocariam a imagem de uma adolescente bonita e perenemente feliz. Era viciada em chiclete sabor canela e prendedores de cabelo coloridos, enlouquecidamente apaixonada pela vida. Adorava rir e fazer os outros rir. Péssima cantora, nunca deixou que isso a impedisse de ser a mais barulhenta do grupo. Era brincalhona e animada, adorava uma palhaçada, e nem um pouco tímida, coisa rara para uma garota daquela idade. Gostava de rabiscar e sonhar acordada. Adorava flores e ajudar a mãe com a jardinagem. E, para uma atleta tão talentosa, era encantadoramente desengonçada fora do tablado de ginástica. Natasha era o tipo de garota que recolhia lixo do chão e desejava um ótimo dia a estranhos. Costumava chorar assistindo a filmes e dava os melhores abraços.

Pelo menos é o que dizia seu obituário.

3

Eu estava ajudando meus colegas de quarto a carregar móveis para fora da zona de catástrofe inatural que era nosso apartamento de três quartos, localizado nos arredores do campus da Universidade de Maryland, quando ouvi a notícia de que Natasha Gallagher havia sido assassinada.

Eu tinha perdido uma disputa de cara ou coroa mais cedo naquela manhã e estava indo comprar comida chinesa para todos quando o rádio do carro começou a transmitir um boletim de notícias. Quase pisei com toda a força no freio no meio da Greenbelt Road quando ouvi o repórter mencionar "uma jovem do subúrbio de Edgewood" e o sobrenome da vítima. Rezando para estar enganado, liguei para casa assim que voltei ao apartamento e falei com meu pai. Ele não sabia muito mais do que eu, só o suficiente para confirmar que tinha de fato sido nossa vizinha Natasha. A conversa foi breve e soturna.

O crime ganhou destaque no noticiário da noite e na primeira página de vários jornais locais no dia seguinte. Naquela mesma tarde, liguei para alguns velhos amigos e ouvi o resto da história.

As informações que obtive foram as seguintes:

Duas noites antes — em 2 de junho de 1988, uma quinta-feira —, Natasha Gallagher, 15 anos de idade, passara a noite com a mãe e o pai, vendo televisão na sala de estar no porão de casa até as 21h. Quando o programa terminou, ela desejou um boa-noite e subiu para se preparar para dormir. Eram férias de verão e nove da noite era cedo para ela, mas Natasha havia passado a maior parte da tarde na piscina da casa de uma amiga. Estava queimada de sol e exausta.

Aproximadamente às 21h10, ela gritou um segundo boa-noite do topo da escada e o sr. e a sra. Gallagher a ouviram atravessar o corredor e fechar a porta do quarto. Cerca de uma hora mais tarde, o casal desligou a tevê, subiu, verificou se a porta da frente estava trancada e foi dormir. Só estavam os três na casa, pois Josh, que havia abandonado a faculdade no segundo ano após uma grave contusão no ombro praticando luta greco-romana, morava num sobrado alugado na vizinha Joppatowne, onde trabalhava em tempo integral na loja de materiais de construção Andersen's.

Perseguindo o Bicho-Papão

Na manhã seguinte, após se despedir do marido que estava a caminho do trabalho e colocar a lava-louça para trabalhar, Catherine Gallagher olhou para o relógio da cozinha e ficou surpresa ao ver que já eram quase 9h. Natasha havia se comprometido a cuidar dos cães dos vizinhos enquanto eles tiravam férias, e não era do seu feitio perder a hora. *O rádio da cozinha está meio alto hoje. Talvez ela já tenha acordado e esteja tomando banho, e eu simplesmente não a ouvi*, pensou a sra. Gallagher enquanto cruzava o corredor, fazendo de tudo para dar à filha o benefício da dúvida.

Ao encontrar o banheiro vazio, a sra. Gallagher, irritada, bateu à porta do quarto de Natasha, duas vezes, e, como não obteve resposta, abriu-a e entrou. A cama da filha estava vazia. O short e a camiseta que ela havia separado na noite anterior ainda se encontravam dobrados sobre a cadeira na frente da escrivaninha. Seus chinelos de dedo amarelos favoritos estavam no chão, ao lado da cama.

A sra. Gallagher, àquela altura não mais irritada e sim confusa, começou a dar meia-volta quando percebeu algo estranho na janela. Na semana anterior, uma onda de calor precoce havia estacionado sobre Edgewood, com temperaturas chegando à faixa dos trinta graus. Natasha implorou ao pai para ligar o ar-condicionado central, mas, como já era esperado, ele se recusou.

"Só na primeira semana de julho, você sabe que essa é a regra", retrucou. "Está pensando que nosso dinheiro cresce em árvore?"

Natasha ficou emburrada, mas passou logo. Nada de mais.

A sra. Gallagher se aproximou lentamente da janela. Estava quase totalmente aberta, as cortinas transparentes farfalhando na úmida brisa matinal — contudo, não foi isso que chamou sua atenção. Estava faltando a tela.

Ela se aproximou e imediatamente percebeu uma sujeira escura, no máximo do tamanho de uma moeda de 10 centavos, no parapeito. Incapaz de se conter, lambeu a ponta do dedo indicador, esticou a mão e a tocou. O dedo ficou com uma mancha vermelha opaca. Ela aproximou a mão do rosto. *Parecia muito com sangue*, ela disse à polícia mais tarde, *mas eu não tinha certeza.*

Com os primeiros sinais de pânico se manifestando em seu corpo, a sra. Gallagher se debruçou sobre o parapeito, tomando cuidado para não encostar a blusa naquela coisa vermelha, e olhou para fora. A pouca distância, no gramado à sua frente, estava a tela da janela. Quase dobrada ao meio.

Com o coração martelando no peito, forçando-se a não sair correndo, a sra. Gallagher voltou à cozinha e ligou para o escritório do marido.

Eram 9h07.

4

Os dois primeiros policiais chegaram à residência dos Gallagher na Hawthorne Drive às 9h20. Encontraram Catherine Gallagher andando pra frente e pra trás na entrada da garagem. O rosto estava molhado de lágrimas e as mãos estavam entrelaçadas com força na altura do peito, mas ela conseguiu transmitir as informações de maneira eficiente e com clareza. Mais tarde, os agentes da Polícia Estadual de Maryland a descreveram em seu relatório como "assustada e agitada, mas totalmente controlada. A sequência de acontecimentos relatada foi clara e coerente".

Um dos policiais acompanhou a sra. Gallagher para dentro de casa e, depois de pedir que ela esperasse na sala de estar, examinou brevemente o quarto de Natasha. O segundo policial foi para o jardim lateral e, tomando cuidado para não alterar nada, inspecionou a janela aberta do quarto e a tela avariada no chão.

Enquanto o policial voltava para a frente da casa, duas viaturas do xerife do condado de Harford encostaram na calçada. Antes de entrar e se unir ao colega que interrogava a sra. Gallagher, o agente atualizou rapidamente os policiais que estavam chegando e pediu que eles começassem a fazer buscas na área circundante. Àquela altura, uma pequena multidão de vizinhos já havia se reunido na calçada.

Às 9h29, Russell Gallagher chegou em casa, estacionou seu Cadillac na entrada da garagem e correu para dentro. Os vizinhos relataram terem ouvido gritos raivosos dentro da casa e, mais tarde, soube-se que o sr. Gallagher teve que ser contido para evitar que alterasse a cena do crime no quarto da filha.

Às 9h41, Joshua Gallagher, para quem a mãe também havia ligado, chegou. Fez o percurso de carro de Joppatowne, que normalmente demora quinze minutos, em pouco menos de dez. Josh falou rapidamente com vários vizinhos que esperavam na calçada, depois entrou.

5

Às 10h07, menos de quarenta e cinco minutos depois de os primeiros policiais chegarem na Hawthorne Drive, o corpo de Natasha Gallagher foi encontrado no bosque atrás da casa por um sujeito do Departamento de Polícia do condado de Harford. Ainda usando o conjunto de short e top azul-claro que vestira para dormir, Natasha estava com as costas apoiadas em uma árvore, com os tornozelos cruzados e as mãos no colo. Havia vários hematomas profundos e tumefações em torno do pescoço, um zigomático fraturado, os olhos roxos e o polegar e o anular da mão direita quebrados. O médico-legista sugeriu que a maioria dos ferimentos ocorreu durante uma luta prolongada. O que não aconteceu durante a luta foi o seguinte: a certa altura, sua orelha esquerda foi decepada por uma lâmina afiada de formato desconhecido. Nenhum sinal da arma nem da orelha foi localizado na cena do crime. Relatórios preliminares apontavam estrangulamento como *causa mortis*. A hora aproximada do óbito ainda precisava ser determinada.

6

Os boatos começaram quase que imediatamente.

Vizinhos ligavam para vizinhos e cochichavam nos jardins ou dentro de casa, tomando chá ou café. Estranhos e amigos conversavam no bar, no corredor de congelados do supermercado Santoni's, na fila dos correios... Crianças ouviam os pais falando a respeito e, nos campos de beisebol e nos parquinhos, repetiam o que haviam escutado.

Ao chegar em casa, três dias depois, eu já tinha ouvido meia dúzia de teorias diferentes a respeito do que havia acontecido com Natasha Gallagher.

O palpite mais prevalente era que o misterioso Acariciador Fantasma de Edgewood havia finalmente passado das insinuações voyeurísticas e toques libidinosos ao assassinato e à mutilação a sangue-frio. Havia até muita especulação de que ele poderia voltar a agir, e logo. A polícia local rapidamente refutou as afirmações e pediu que a população ficasse alerta, mas mantivesse a calma. Desesperados para dizer *algo*, eles até forneceram novos detalhes surpreendentes sobre a investigação do Acariciador pela primeira vez em quase seis meses.

"A esta altura, não acreditamos que haja alguma ligação", disse o major Buck Flemings, do Departamento de Polícia do Condado de Harford. "Por inúmeros motivos, que no momento não podemos divulgar, acreditamos que esses crimes foram cometidos por dois indivíduos diferentes. De fato, durante nossa longa investigação, pensamos recentemente que sabíamos quem era o Acariciador. Tínhamos um suspeito que havia sido preso devido a uma outra acusação e os incidentes cessaram. Na época, tudo levava a crer que era o homem que estávamos procurando."

"O tal indivíduo foi libertado e logo preso novamente", informou. "Os incidentes recomeçaram enquanto ele estava solto, parecendo confirmar nossas suspeitas, porém, embora o sujeito que estávamos investigando tivesse acabado mais uma vez sendo detido, a coisa voltou a acontecer. Agora… não sabemos o que pensar."

Em outra surpreendente revelação, Flemings relatou que o último incidente de importunação sexual ocorrera havia apenas duas semanas, mas não fora divulgado a pedido do departamento de polícia.

"O padrão foi o mesmo. A mulher acordou no meio da noite com um homem em pé, ao lado da cama. Ele estava acariciando os cabelos e o rosto dela. Ela gritou e o homem fugiu.

"Então, agora, estamos de volta à estaca zero. Não sabemos se foi o mesmo sujeito ou se foi algum tipo de imitador que está circulando por aí. Sabemos, porém, que não houve grandes mudanças. O que ele fez duas semanas atrás é igual ao que fazia em 1986 e 1987. É exatamente o mesmo *modus operandi* e não há nenhuma semelhança probatória com o caso de Natasha Gallagher. Mas fiquem tranquilos, todos os meus agentes estão trabalhando vinte e quatro horas por dia para resolver esse crime horrendo."

Outra teoria que circulava pela cidade e que se mostrou particularmente inquietante envolvia o pai de Natasha. Segundo vários vizinhos próximos, Russell Gallagher exibira um comportamento excessivamente estranho nos dias após a descoberta do cadáver. Normalmente estoico e firme — alguns até diriam toxicamente masculino —, o sr. Gallagher mal conseguira se arrastar para fora da cama nas quarenta e oito horas seguintes.

"Era como se ele estivesse em transe ou algo assim", afirmou um vizinho. "Ele chorou o tempo todo em que estive lá e só resmungava 'Sinto muito, sinto muito'. Os olhos estavam tão inchados que quase não abriam."

No início, a sra. Gallagher teve que lidar praticamente sozinha com a procissão de policiais, detetives, vizinhos e repórteres que entravam e saíam da casa o dia inteiro, mas Josh rapidamente tomou a frente da situação e estabeleceu limites, e a irmã mais nova de Catherine, que morava em Orlando, Flórida, pegou um avião e chegou na semana seguinte para ajudar. De acordo com Rose Elliott, que era vizinha dos Gallagher desde sempre, a sra. Gallagher até pensou em internar o marido num hospital. Tamanho era o nível do desespero.

Para a maioria das pessoas, o comportamento do sr. Gallagher podia ser explicado pelo fato óbvio de que sua única filha acabara de ser violentamente assassinada. Ele estava desnorteado demais, sofrendo uma dor inimaginável. Além disso, percebia-se claramente que o sr. Gallagher jogava sobre os próprios ombros a maior parte da culpa pela morte de Natasha. Afinal, foi *ele* quem não havia permitido que ela ligasse o ar-condicionado. O motivo para a janela ter sido deixada aberta naquela fatídica noite fora a rigidez *dele*.

"Não há sequer um argumento racional", lançou Frank Logan, um dos colegas de Russell na seguradora "que aponte para o envolvimento do Russ na morte da filha. Considerar ele suspeito não só é totalmente ridículo. É algo irresponsável!".

Mas algumas pessoas logo alegaram que, mesmo nos dias que antecederam o assassinato, o sr. Gallagher já vinha se comportando de forma estranha.

"Foi a coisa mais esquisita", um morador do bairro disse. "Ele puxou uma discussão comigo semana passada. Do nada, me acusou de deixar meus cães fazerem as necessidades no jardim dele. Moro perto dos Gallagher há quinze anos e nunca deixei nenhum dos meus cães fazer cocô no gramado deles. Ele estava muito estressado. Não sei o que deu nele."

Outro morador da Hawthorne Drive demonstrou preocupações semelhantes. "Ele geralmente é super na dele. Quer dizer, ele é bem simpático e educado, cumprimenta, deseja bom-dia, esse tipo de coisa. Mas, ultimamente, parecia nervoso e aéreo. E estava falando muito mais do que de costume, quase como se estivesse encobrindo algo, sei lá."

Para outros munícipes, a suspeita imediatamente recaiu sobre Lenny Baxter. Lenny era um veterano do Vietnã, condecorado, que passava seus dias catando PET na Edgewood Road e fazendo serviço de jardinagem se achasse alguém que o contratasse. Lenny nunca pediu dinheiro e não aceitava doações. Antigamente morava com a mãe na Perry Avenue, perto do colégio, mas, depois que ela morreu, no final dos anos 70, ele não conseguiu mais pagar a hipoteca e perdeu a casa. Na maior parte do ano — primavera, verão e outono —, ele morava numa barraca, no bosque atrás da agência dos correios. Corriam boatos de que havia espalhado armadilhas em volta do local onde acampava, mas eu não acreditava. Ninguém com quem falei sabia para onde ele ia nos meses de inverno.

A questão de Lenny era a seguinte: embora, à primeira vista, parecesse forte o suficiente para estrangular uma adolescente, ele também já andava mancando muito por causa de um ferimento no quadril e mal conseguia olhar na cara das pessoas quando falava, muito menos manter uma conversa, digamos, razoável. Também fedia bastante e estava quase banguela. A ideia de Lenny Baxter atraindo Natasha Gallagher para fora de casa e levando-a para o bosque parecia um pouco esdrúxula. A ideia de ele ter feito isso sem deixar um monte de provas parecia simplesmente impossível; a teoria se baseava apenas em conveniência e nada mais. Eu não tinha dúvida alguma de que, se Lenny Baxter tivesse cometido o crime, a essa altura já estaria preso.

Outros boatos, menos populares, também surgiram. Uma história envolvia um diário escondido, achado numa caixa de sapato no quarto de Natasha, que detalhava uma série de encontros amorosos com um garoto mais velho. Outra descrevia uma discussão com uma namorada ciumenta que, de repente, se tornou violenta. Nenhuma dessas histórias locais se baseava em prova alguma, mas continuavam a ser sussurradas, como era de se esperar.

Na primeira semana após voltar para Edgewood, conversei com praticamente todas as pessoas que estivessem dispostas a falar comigo sobre o assassinato de Natasha Gallagher — velhos amigos e conhecidos, o caixa do meu banco e a atendente dos correios, vizinhos de longa data e gente totalmente desconhecida. Também me peguei escutando escondido a conversa de outras pessoas. Eu não me orgulhava disso, mas não conseguia admitir que uma garota que eu conhecia — mesmo que superficialmente — tivesse sido assassinada perto da rua onde eu havia crescido. Parecia um filme. Parecia um pesadelo.

7

O velório acabou sendo adiado para a sexta-feira seguinte. Deduzi que a família precisava esperar que o corpo fosse liberado pelo médico-legista, o que era algo bastante macabro para se levar em consideração. Minha mãe tinha razão: eu não conseguia imaginar algo assim acontecendo conosco.

Eu só havia estado em meia dúzia de velórios na vida — alguns tios e a mãe de um amigo que morrera de câncer durante nosso último ano do ensino médio —, mas, mesmo assim, já havia conseguido criar um conjunto rígido de expectativas para eventos daquele tipo. A primeira: falava-se bem pouco, quando muito aos sussurros e numa forma rudimentar de língua dos sinais. Minha segunda noção preconcebida era de que o clima inevitavelmente combinaria com o espírito dos presentes — soturno, tempestuoso e deprimente. Uma chuva fria e insistente era praticamente certa.

O dia do velório de Natasha Gallagher amanheceu ensolarado e com uma temperatura amena. Pequenas e esparsas nuvens brancas corriam por um céu azul resplandecente, do tipo que convida para piqueniques na praia, soltar pipa e passear de barco no rio. Parecia errado, quase obsceno.

A cerimônia aconteceu na Prince of Peace, na Willoughby Beach Road, a mesma igreja em que eu havia visto Natasha pela primeira vez. O padre Francis celebrou a missa — insuportavelmente solene e cheia — e fez o que pôde para tentar dar algum sentido ao que havia ocorrido. Acho que ele também se esforçou para abreviar ao máximo a cerimônia; havia dor e sofrimento suficientes naquele local para encher uma dúzia de cerimônias daquele tipo.

Meus pais e eu nos sentamos mais para a frente da igreja com os Gentile, nossos vizinhos, minha mãe e Norma trocando lenços de papel amassados durante o sermão. O sr. e a sra. Gallagher e Josh estavam sentados na primeira fila com um grupo que não reconheci, mas presumi que fossem parentes. Apesar das histórias que eu tinha ouvido na cidade, o sr. Gallagher estava firme e circunspecto. Talvez já tivesse chorado tudo o que podia. A sra. Gallagher soluçou o tempo todo, cabisbaixa, os ombros magros tremendo. A certa altura, Josh pôs o braço em volta da mãe e ela apoiou a cabeça no ombro dele. Foi nesse momento que quase não consegui me conter. Eu queria que Kara estivesse lá comigo, mas ela estava num curso de verão na Hopkins e não podia se dar ao luxo de faltar à primeira sessão no laboratório.

Em uma tentativa egoísta de me distrair da tristeza da família, fiz de conta que estava me alongando e dei uma olhada na igreja. Quase todos os bancos estavam cheios. Reconheci dezenas de rostos familiares do bairro (muitos deles mais enrugados e rechonchudos, poucos mais magros, todos mais velhos), amigos dos meus pais que fazia anos que eu não via, ex-professores e treinadores, e um punhado de velhos amigos da escola — mas nenhum dos rapazes do meu círculo mais íntimo. A maioria já tinha ido embora. Os Cavanaugh se mudaram para a Carolina do Sul logo após Jeff ter terminado o ensino médio. Brian Anderson também estava num curso de verão na faculdade na Virgínia Ocidental. Eu não sabia o que Craig andava fazendo; nenhum de nós sabia. Steve Sines havia entrado para a Aeronáutica e estava aquartelado no norte, no Maine. Carlos Vargas morava nos arredores de Washington, D.C., onde havia começado a trabalhar como engenheiro.

Tommy Noel e alguns outros tinham emprego em tempo integral no Arsenal. A maior parte dos demais estava espalhada pelo país como sementes de dente-de-leão ao vento. De repente, fiquei triste ao pensar naquilo.

Senti um cotovelo pontiagudo cutucando minhas costelas, me virei e vi meu pai me olhando com aquela conhecida expressão de "preste atenção" estampada no rosto. Assenti com um pouco de culpa e voltei a escutar o padre Francis.

No entanto, pouco antes do meu pai me dar bronca, notei dois homens que eu nunca havia visto sentados nos fundos da igreja. Trajavam ternos escuros e os semblantes não demonstravam expressão alguma. Os queixos salientes apontavam direto para a frente, na direção do padre Francis, mas os olhos vasculhavam a multidão como águias. *Polícia*, pensei imediatamente, um arrepio correndo pelas minhas escápulas. Fazia todo o sentido. Afinal, os assassinos não costumam voltar à cena do crime para observar o estrago que causaram?

8

Nos dias de verão encharcados de umidade após o velório de Natasha Gallagher, várias coisas intrigantes começaram a acontecer.

Por motivos desconhecidos, toda vez que eu ia de carro à agência dos correios ou à Frank's Pizza na Route 40, ou então ao mercado na Edgewood Road para comprar algo para minha mãe, eu me pegava voltando para casa pelo caminho mais longo. Em vez de pegar a saída da Route 24 ou seguir direto pela Hanson Road, eu optava pelo caminho secundário, dirigindo por uma série de ruas menos movimentadas, que inevitavelmente me levavam direto para a Hawthorne Drive — passando bem na frente da casa dos Gallagher.

Da primeira vez que passei por lá, vi que o sr. Gallagher tinha acabado de parar na entrada da garagem e estava saltando do carro carregando uma sacola de papel pardo. Abaixando-me no banco do motorista, acelerei ao chegar na altura da casa. Um grande laço vermelho havia sido preso ao tronco da árvore no jardim frontal dos Gallagher. Uma fita amarela da polícia isolava uma parte do jardim lateral embaixo da janela do quarto de Natasha. Da segunda vez, alguns dias mais tarde, tanto o laço como a fita da polícia tinham desaparecido. Mas, na semana seguinte, uma homenagem com flores, velas e fotografias os havia substituído embaixo da árvore.

Não sei ao certo por que comecei a passar de carro pela casa de Natasha. Natureza humana? Talvez. Curiosidade mórbida? Provavelmente. Início de uma obsessão? Sem dúvida. Eu tinha vergonha de admitir uma coisa dessas, mas o que mais poderia ser? Eu costumava ocupar meus dias e noites com histórias, romances e filmes que se debruçavam sobre os profundos e obscuros poços da maldade humana. Caramba, como eu queria começar uma carreira em cima disso. Então... não fazia sentido aquelas fascinações se deslocarem para a vida real? Sinceramente, eu não tinha certeza, e não gostava de pensar a respeito.

Nesse período, também comecei a ligar para Carly Albright. Ela era uma das melhores amigas de infância de Kara — eu a conhecia como uma garota inteligente e alegre que usava óculos vermelhos e falava alto demais —, mas não éramos especialmente próximos. As duas haviam crescido na mesma rua em Long Bar Harbor, uma comunidade majoritariamente costeira a pouca distância da Route 40, mas acabaram se afastando quando a família de Carly se mudou para uma casa maior no Centro de Edgewood e Carly foi transferida para o John Carroll, um colégio católico particular, no primeiro ano do ensino médio.

Após terminar a faculdade no Goucher College, Carly havia voltado para Edgewood, estava morando com os pais e trabalhando para o *The Aegis*. Segundo ela, o grosso do trabalho não tinha muito valor: escrever anúncios voltados à comunidade local sobre brechós caseiros, bazares de igrejas e o atendimento gratuito de primeiros socorros na ACM. Era só acrescentar um obituário aqui e ali ou uma matéria sobre os jogos escolares e pronto, lá estava uma jornalista novata seriamente entediada.

E esse era o motivo do meu interesse inicial por Carly — apesar das próprias ressalvas, ela era uma jornalista de verdade. Estava nas ruas, mas também tinha acesso à redação, aos teletipos e aos repórteres experientes que, havia décadas, cobriam grandes histórias. Eu ficava fascinado por ela ter apenas 22 anos e estar recebendo o contracheque de um emprego em tempo integral num jornal de verdade. Ironicamente, ela pensava algo semelhante de mim e do meu sofisticado diploma da Universidade de Maryland ("Sabe, né, eles têm um dos três melhores cursos de jornalismo do país!", ela me disse certa vez numa festa), isso sem falar dos poucos contos que eu já havia vendido. Então, sim, podemos dizer que tínhamos uma certa admiração mútua e, nas semanas seguintes, Carly se mostraria não apenas uma fonte inestimável de informações, mas também se tornaria uma amiga de confiança.

Nem todos os desdobramentos foram de natureza pessoal. Para grande alívio da comunidade, fora relatado mais cedo naquela semana que Natasha Gallagher não havia sido sexualmente abusada — nem antes nem depois do homicídio. O horário do óbito também havia sido restringido até pouco depois da meia-noite, indicando que ela provavelmente fora tirada de casa logo após ter subido para dormir.

A questão de *como* Natasha havia sido retirada do quarto sem que os pais ouvissem barulhos de luta, ou qualquer outro som na verdade, era a segunda pergunta na mente de todos àquela altura. A primeira, obviamente, era: *Quem havia cometido aquele terrível crime?*

A polícia não deu respostas — embora, naturalmente, a teoria mais aceita indicasse que Natasha conhecia o agressor e tinha deixado o quarto voluntariamente — e, à medida que os dias passavam, nem os representantes da lei tampouco a mídia forneciam novas informações relacionadas ao assassinato.

"É frustrante demais", disse Martha Blackburn, moradora de longa data de Edgewood, ao ser questionada por um repórter do *Baltimore Sun*. "Tudo o que nos dizem é que 'se trata de uma investigação em curso e estamos trabalhando dia e noite, seguindo várias pistas'. Ora, é óbvio que estão. Uma das nossas jovens foi assassinada há duas semanas. O que mais eles vão fazer?

"O que realmente queremos saber é se eles já têm algum suspeito. Foi alguém daqui ou de fora? Eles acham que o criminoso vai agir novamente? Eu tenho três filhos, então, sabe como é, né?..."

Enquanto isso, lá em casa, minha mãe quase não suportava falar sobre o ocorrido — as poucas vezes que ela participava de uma conversa, invariavelmente terminava com os olhos cheios d'água e pedindo licença para ir se deitar —, mas o meu pai tinha sua própria teoria. Ele achava que o assassino era alguém que Natasha conhecia superficialmente, ou seja, não o bastante para segui-lo por vontade própria, mas o suficiente para não gritar de susto quando a pessoa entrou pela janela do quarto.

"Provavelmente alguém que mora em uma cidade próxima", ele explicou, "mas não um vizinho de verdade. E, provavelmente, também foi alguém jovem, mais ou menos da sua idade, Rich."

Ele estava convencido de que, uma vez dentro do quarto, o assassino usou alguma substância química, como clorofórmio, para deixar Natasha inconsciente, e depois a carregou para fora pela janela, até o bosque. Meu pai insistia que a polícia devia estar levando em consideração pessoas como os salva-vidas da piscina da ACM ou vendedores de loja, e verificando se Natasha havia frequentado alguma colônia de férias local no verão para depois investigar os monitores.

Achei que era uma teoria tão boa quanto qualquer outra — para ser sincero, até melhor do que a maioria que eu havia ouvido —, mas não houve nenhuma menção pública a qualquer tipo de substância química ou droga detectada na autópsia de Natasha e, sem ter acesso aos relatórios policiais, era impossível ter certeza. O resto, porém, fazia todo o sentido. A maioria dos jovens de 15 anos leva uma vida muito diferente daquela que seus pais veem diariamente. Palavras não ditas, pensamentos não externalizados, pequenos e grandes segredos — tudo isso sempre fez parte da adolescência.

Embora eu tenha ficado inicialmente surpreso por meu pai ter pensado tanto a respeito, depois concluí que eu não deveria ter me espantado. Ele havia me transmitido sua paixão por histórias cruéis de detetive. Aquele homem tinha todos os velhos livros de bolso da coleção Gold Medal enfileirados numa estante no porão. Adorava assistir àqueles filmes policiais antigos em preto e branco na televisão, e muitas vezes os gravava para um dia ver novamente.

Logo me peguei imaginando se meu pai não tinha voltado uma ou duas vezes para casa pelo caminho mais longo.

9

Havia um dado superfascinante que, na época, não foi divulgado pela polícia nem pela mídia. De fato, eu só fui ter certeza de que a imprensa tinha conhecimento dele algumas semanas mais tarde, quando Carly deu com a língua nos dentes e confirmou muitos dos detalhes. Quem me falou a respeito pela primeira vez foi um conhecido que era parente de uma pessoa envolvida na investigação. Uma Bud Light a mais... e ele desembuchou. Na hora, tive que jurar segredo, e mantive minha palavra, mesmo depois de Carly ter aberto o jogo comigo em outra ocasião. Eu simplesmente fiquei sentado escutando e me fazendo de bobo, surpreso — um talento especial que eu descobri que tinha.

O furo de reportagem era o seguinte: na manhã em que o cadáver de Natasha Gallagher foi descoberto, vários observadores e a polícia notaram algo estranho na frente da casa dos Gallagher. Alguém havia usado giz azul para desenhar uma amarelinha na calçada. Em vez da sequência usual de números, de 1 a 10, a pessoa havia desenhado o número 3 dentro de cada um dos quadrados. Os detetives verificaram com o sr. e a sra. Gallagher, e também com o círculo de amigos da filha, e Natasha já não brincava de amarelinha desde antes de completar 10 anos. Nenhum giz, de cor alguma, foi encontrado na garagem dos Gallagher ou no quarto de Natasha. Também foi rapidamente confirmado que nenhuma criança pequena morava em um raio de quatro casas da residência dos Gallagher, e todas as crianças que moravam mais longe na rua negaram ter desenhado a amarelinha.

Os detetives tinham certeza absoluta de que nem Natasha Gallagher nem outra criança da vizinhança havia desenhado na calçada.

Então, quem havia sido?

E qual era o significado, se é que tinha algum?

Richard Chizmar

À DIREITA: Natasha Gallagher *(Foto cortesia de Catherine Gallagher)*

À ESQUERDA: Natasha Gallagher *(Foto cortesia de Catherine Gallagher)*

À DIREITA: a amarelinha encontrada na calçada na frente da residência dos Gallagher *(Foto cortesia de Logan Reynolds)*

ACIMA: Residência dos Gallagher, cena do crime *(Foto cortesia do* The Aegis*)*

ACIMA: Tela avariada da janela do quarto de Natasha Gallagher *(Foto cortesia do* The Aegis*)*

Richard Chizmar

ACIMA: Área arborizada atrás da residência dos Gallagher *(Foto cortesia do autor)*

ACIMA: Local onde o cadáver de Natasha Gallagher foi encontrado
(Foto cortesia do autor)

três

Kacey

"E se realmente existe um bicho-papão?"

1

Kacey Robinson e Riley Holt, ambas com 15 anos, eram melhores amigas desde a Escola Primária Cedar Drive. Cresceram a dois quarteirões de distância uma da outra — Kacey em uma ampla casa na Cherry Road, Riley em uma casa de dois andares, em estilo colonial, na esquina da Bayberry com a Tupelo —, e várias pessoas, quando as conheciam, acreditavam que fossem irmãs. Ambas tinham cabelos longos e escuros, grandes olhos castanhos, sorriso fácil e luminoso e personalidades ainda mais solares. Kacey e Riley fizeram um pacto quando chegaram ao ensino médio — depois da formatura, frequentariam a Clemson University (laranja era a cor favorita de Kacey) e viajariam o mundo juntas antes de começar suas carreiras como veterinárias. Depois de cinco anos, reuniriam suas economias e abririam uma clínica própria. A época do ano favorita para as adolescentes eram as férias de verão, afinal podiam ficar acordadas até tarde e dormir uma na casa da outra. Elas viam filmes e disputavam jogos de tabuleiro e, ultimamente, conversavam muito sobre garotos e moda. Riley era filha única e adorava o caos barulhento, mas acolhedor, da casa dos Robinson nas típicas noite de verão. Kacey tinha três irmãos — um rapaz um ano mais velho e duas irmãs mais novas.

Mesmo com o que acontecera havia apenas dezoito dias, Riley estava despreocupada quando tocou a campainha da casa dos Robinson alguns minutos após as 21h na segunda-feira 20 de junho de 1988. Na verdade, seu humor estava especialmente bom, pois ela havia planejado passar a noite na casa da amiga e as duas iam fazer pipoca para assistir a *Grease — Nos Tempos da Brilhantina* provavelmente pela quinquagésima vez. Eram caidinhas pelo John Travolta.

"Olá", disse o sr. Robinson, sorridente, ao abrir a porta e ver Riley em pé na varanda com sua mochila rosa L.L. Bean pendurada no ombro. Mas o sorriso do homem vacilou um pouco quando olhou atrás de Riley. "A Kacey não está com você?"

"Ela *estava*", Riley respondeu. "A gente tava vendo tevê e jogando carta na minha casa, mas depois viemos pra cá."

O sr. Robinson gesticulou, com as palmas das mãos viradas para cima, como se quisesse dizer: *Bem, então... onde diabos ela está?*

Riley deu um risinho.

"É que no meio do caminho eu reparei que tinha esquecido meus óculos e tive que voltar correndo em casa pra pegar", explicou. "Só que quando eu voltei, ela não estava mais. Então, sei lá, imaginei que tivesse decidido não me esperar e resolvido caminhar pra cá sozinha."

O sr. Robinson se virou e curvou o corpo para dentro de casa.

"Querida! A Kacey está em casa?"

A voz abafada da sra. Robinson saiu lá de dentro: "Acho que não!", respondeu.

Em seguida, depois de uma pequena pausa... "A Janie disse que ela foi para a casa da Riley!"

O sr. Robinson se virou novamente para a adolescente e encolheu os ombros.

"Pra cá ela não veio."

"Estranho."

"Será que ela parou na casa de outra pessoa no caminho? Talvez na casa da Lily?"

"Pode ser, mas a gente tinha planos para esta noite. Só nós duas."

O rosto dele assumiu uma expressão estranha.

"Onde ela estava quando você entrou correndo em casa para pegar seus óculos?"

"Umas duas casas depois da minha", respondeu Riley. "Bem na frente da casa dos Croft. Eu só demorei uns três ou quatro minutos."

"E você não viu outra pessoa? Ninguém passando de carro ou circulando a pé?"

Àquela altura, o sr. Robinson já estava falando mais depressa, a voz cada vez mais alta.

"Não", Riley respondeu sem titubear. "Quer dizer... acho que não. Na verdade, eu não estava prestando atenção", completou e cobriu a boca com a mão. "Ah, meu Deus, o senhor não está pensando que alguém..."

"Não sei o que eu estou pensando", disse o sr. Robinson, saindo para a varanda e olhando para um lado e para outro da vizinhança escura. Nenhum carro passando na rua. Ninguém à vista. Em algum lugar distante, um cão estava latindo.

"Talvez seja melhor chamar a polícia", disse Riley.

"Ainda não", respondeu o sr. Robinson. Então, atravessou o jardim e começou a correr na direção da casa dos Holt. Gritou por cima do ombro: "Entre e diga à minha mulher que fui procurar a Kacey. Peça para ela mandar o David lá de carro."

Riley assentiu, já começando a chorar e, ao entrar na casa, ouviu a sra. Robinson gritando o nome de Kacey.

2

A camiseta da Harley-Davidson do sr. Robinson estava encharcada de suor e ele arfava quando chegou à entrada da garagem dos Holt. Não ficava tão distante, talvez uns quatrocentos metros, mas como ele estava fora de forma e havia praticamente percorrido todo o caminho correndo...

Nenhum sinal da filha em lugar algum.

Ele estava assustado.

"Kaaacey!", gritou novamente, com as mãos em volta da boca. O latido de um cachorro foi a única resposta.

Ele se virou e olhou para casa, deslocando-se mais devagar agora, examinando melhor os arredores. *Tantas malditas fileiras de arbustos*, disse mais tarde à polícia. *Tantas cercas e árvores para servir de esconderijo que...*

"Merda!", soltou o sr. Robinson de repente em voz alta para a rua vazia. "Eu devia ter batido na porta dos Holt. Talvez ela tenha voltado lá procurando a Riley..."

As palavras morreram em sua garganta quando ele o viu. Mais à frente, talvez a sete metros de distância, emoldurado por um suave círculo de luz de um poste, estava um calçado.

Ele rapidamente se aproximou e pegou, sem pensar na polícia ou em adulteração de elementos probatórios ou em qualquer outra coisa, só imaginando o rosto meigo da filha e rezando para estar enganado.

Mas não estava.

Foi o All Star Chuck Taylor verde limão de cano alto de Kacey, o pé esquerdo, o motivo para eles terem começado a chamá-la de duendinho irlandês. Pressionando o tênis da filha contra o peito, o sr. Robinson saiu correndo para casa.

3

Os irmãos Baliko moravam um pouco mais adiante, na mesma rua da casa de Kacey e eu soube de boa parte do que havia acontecido naquela noite por Alex, o mais velho dos dois. O pai de Alex era amigo íntimo do sr. Robinson — costumavam pescar juntos e jogavam boliche no mesmo campeonato duas sextas-feiras por mês. Ele havia obtido os detalhes direto do sr. Robinson. A história foi compartilhada com Alex alguns dias mais tarde enquanto os dois iam à loja de material de construção, e Alex me disse que nunca havia visto o pai naquele estado. Na hora, ele ficou muito assustado.

Os outros detalhes daquela noite eu soube por Carly Albright, por várias reportagens e pelas comunicações via rádio entre a polícia estadual e a local.

Uma semana antes, eu usei um cupom de 25% de desconto que meu pai havia largado pela casa para comprar um rádio de polícia na Radio Shack do Edgewood Shopping Plaza. Na maioria das vezes, eu escutava à noite, enquanto escrevia. Minha irmã Mary, que apareceu de surpresa para jantar naquela mesma semana, disse que era macabro e que eu estava inconscientemente torcendo para algo mais acontecer, como aqueles repórteres do Weather Channel durante a temporada dos furacões.

"Eles nem se dão ao trabalho de esconder a empolgação", resmungou. "É nojento."

Minha irmã não tinha exatamente razão sobre o meu raciocínio quando decidi comprar o rádio de polícia, mas também não estava de todo enganada. Eu certamente não estava torcendo para que alguma coisa ruim acontecesse... mas, de fato, eu *estava* esperando algo. Eu não sabia o que nem quando, mas sem dúvida nutria uma *expectativa*. Eu podia sentir no ar à minha volta — um zumbido, uma sensação quase elétrica de presságio e ameaça. À medida que os longos dias de verão passavam, as mesmas palavras assombradas despontavam na minha mente o tempo todo: *Uma tempestade está a caminho.*

4

O policial Aaron Hubbard conhecia muito bem o entorno da Escola Primária Cedar Drive. Sua família havia se mudado de Ohio para Edgewood quando Aaron tinha 10 anos, e ele frequentara a escola por um ano antes de se formar e ir para o sexto ano. Na adolescência, passava horas circulando pelos gramados em volta da Cedar Drive, jogando beisebol, basquete e futebol americano, brincando de esconde-esconde, polícia-e--ladrão e pique-bandeira. Ele também tinha muitos amigos que moravam nas residências militares morro acima e costumava ir até lá depois da escola. Até aprendeu a dirigir um carro manual praticando no Subaru de cinco marchas do pai nos dois quilômetros e meio de estrada em torno da escola primária, do jardim de infância e das quadras esportivas adjacentes.

Na noite do desaparecimento de Kacey Robinson, a tarefa do agente Hubbard foi vasculhar os antigos campos das suas brincadeiras. Ele percorreu aquele círculo diversas vezes, reduzindo a velocidade e apontando a lanterna presa à viatura para as costumeiras áreas de interesse: portas e janelas perdidas nas sombras, a fileira de árvores totalmente escura que ladeava a estrada, a parte de trás das caçambas espalhadas e os corredores entre as filas de ônibus estacionados.

Tudo parecia estar em ordem, então embicou a viatura no estacionamento da escola primária e avisou Shirley Rafferty pelo rádio, lá na delegacia, que completaria o resto das buscas a pé. Saiu do veículo, lanterna na mão, às 23h27.

O pai do agente Hubbard, recentemente aposentado pela Polícia Estadual de Maryland depois de mais de trinta anos de serviço no condado de Cecil, havia feito questão de ensinar ao filho os pormenores de uma busca noturna a pé. Nos anos 50, durante seu segundo ano no emprego, o sr. Hubbard, ao tentar impedir um assalto na área de carga e descarga de um armazém, quase foi morto. O treinamento da academia de polícia cobria aquele cenário de conflito — e todos os outros tipos possíveis — minuciosamente, mas o sr. Hubbard não estava nem um pouco disposto a correr riscos.

"No exato momento em que você puser o pé fora da viatura, estará exposto", ensinava ao seu único filho. "E, além de exposto, o que mais você está?"

"Vulnerável", foi a obediente resposta, tentando ao máximo parecer tranquilizador e confiante. Ele sabia que o pai se preocupava e também sabia, por experiência própria, que aquele tipo de preocupação pode ser desgastante. Era só olhar para a mãe para ver uma prova.

Você está vulnerável. Essas três palavras agitavam-se na mente do agente Hubbard enquanto ele caminhava lentamente para os fundos da escola primária. Segurava a lanterna com a mão direita, o feixe luminoso atravessando as sombras à sua frente, e mantinha a mão esquerda apoiada sobre a arma no coldre axilar. Movia-se o mais sorrateiramente possível.

Depois de dar a volta no edifício e puxar várias portas para se certificar de que estavam trancadas, o agente Hubbard subiu a ladeira em direção ao campo de beisebol, remodelado alguns anos antes, e ao parque. Reparou no banco de reservas novinho em folha e no moderno placar eletrônico. O complexo esportivo inteiro ocupava quase quatro mil metros quadrados de área aberta.

O agente Hubbard iluminou com a lanterna o banco dos reservas na primeira base para se certificar de que ninguém estava se escondendo ali, depois atravessou o montinho do arremessador para verificar a área do banco do time adversário. Quando viu que estava vazio, saiu calmamente pelo portão, tentando não fazer barulho demais, e entrou no parque.

Varreu a área com o feixe da lanterna e então viu a garota imediatamente, deitada entre a base e o meio do mais alto dos dois escorregadores. Os olhos estavam abertos e esbugalhados. Os braços finos, cruzados em cima do peito. Os pés descalços pendiam vários centímetros acima do solo.

O eterno aviso do pai invadiu a mente de Hubbard: *Você está vulnerável.*

Sacando a arma do coldre e vasculhando a escuridão, o agente Hubbard pressionou as teclas do rádio pendurado em seu peito e informou a colega Shirley que havia encontrado Kacey Robinson.

5

Logo cedo na manhã seguinte, as quatro redes locais de televisão estavam transmitindo ao vivo do parque. Àquela altura, o corpo de Kacey Robinson já havia sido removido, mas ainda tinha bastante coisa para ser mostrada. Mais de uma dezena de policiais uniformizados e detetives permaneciam no local, muitos deles agachados, procurando pistas, outros em pé, conversando em grupinhos. Embora ambas as ruas de acesso à Cedar Drive estivessem fechadas ao tráfego, uma grande multidão de curiosos encontrava-se reunida atrás de barricadas temporárias, vários tomando café e fumando. Alguns tiravam fotos com câmeras descartáveis. Todos haviam ido até lá a pé, muitos a partir do acostamento da Hanson Road, onde haviam estacionado seus carros, outros, desde casas próximas.

O pequeno grupo de personalidades dos telejornais — três mulheres e um homem — exibiam expressões sérias e falavam em um tom respeitosamente baixo. Embora tivesse feito um breve pronunciamento trinta minutos mais cedo, um porta-voz do departamento de polícia evitara confirmar a identidade da vítima.

Mesmo assim, havia pouca dúvida entre a horda de observadores presentes no local e de espectadores fascinados que assistiam à tevê em casa. As notícias viajavam rápido numa cidade pequena como Edgewood.

Logo após o jantar, quando o jornal noturno começou a ser transmitido, os trágicos detalhes foram confirmados.

A vítima foi oficialmente identificada como Kacey Lynn Robinson, 15 anos de idade, moradora de Edgewood, Maryland. Em algum momento entre 22h e meia-noite, ela fora assassinada por um desconhecido, e tanto a natureza dos ferimentos quanto a posição do corpo — todas as redes agora estavam usando a expressão "em pose" — revelava semelhanças surpreendentes com o caso Natasha Gallagher.

Todavia, só na manhã seguinte uma extensa reportagem publicada no *Baltimore Sun* revelou a verdadeira dimensão do monstruoso crime. Segundo um porta-voz da polícia, Kacey Robinson tinha vários ferimentos no rosto e na cabeça, bem como lesões defensivas em suas mãos e braços. Também apresentava uma profunda marca de mordida em um dos seios e a orelha esquerda havia sido decepada. A *causa mortis* oficial foi estrangulamento.

Nenhuma menção a agressão sexual. Isso viria mais tarde.

6

A edição semanal do *The Aegis* — publicada na manhã de quarta-feira — trazia novidades de uma natureza ainda mais macabra. Uma manchete em negrito gritava no topo da primeira página:

DUAS GAROTAS LOCAIS MORTAS —
TERIA SIDO O BICHO-PAPÃO?

Centralizadas logo embaixo, estavam as fotos, grandes e em preto e branco, de Kacey Robinson e Natasha Gallagher. As duas garotas apareciam sorrindo. Embora a família Gallagher tivesse se recusado a se pronunciar para a reportagem, a sra. Robinson tinha muito a dizer.

"Aconteceu em maio, durante a última semana de aula", relatou. "Minhas duas filhas mais novas dividem o quarto. A Janie, a de 7 anos, tem uma imaginação fértil e costuma ter pesadelos, especialmente após ter visto algo inquietante na televisão.

"Certa noite, de madrugada, ela apareceu no nosso quarto dizendo para mim e o meu marido que o bicho-papão estava tentando entrar pela janela do quarto dela e pediu para dormir o resto da noite conosco. Explicamos que bicho-papão não existe, que havia sido apenas um pesadelo, mas abrimos uma exceção daquela vez e deixamos ela ficar.

"No dia seguinte, no café da manhã, ela já havia voltado a ser a menina alegre de sempre e até admitiu que tinha assistido a um programa sobre crimes reais na televisão pouco antes de ir para a cama. Não pensei mais a respeito... até ouvir a notícia sobre a Natasha.

"Diante disso tudo, meu marido ligou para a polícia e contou toda a história. Os detetives vieram até nossa casa mais tarde naquele dia, fizeram buscas no jardim e procuraram digitais. Não acharam nada e nos disseram que tínhamos razão — nossa filha provavelmente tinha tido um pesadelo.

"Mas e se todos nós estivermos enganados e a Janie tiver razão? E se alguém realmente tentou entrar no quarto dela naquela noite? E se realmente existe um bicho-papão... que voltou e pegou a Kacey?"

7

O velório, na manhã de sábado, ao contrário da cerimônia de Natasha Gallagher, se deu sob uma chuva constante, que caía de um céu cinza, trovões ressoando ao longe. Eu não fui, mas, aproveitando uma carona com Norma e Bernie Gentile, meus pais resolveram ir. Eu estava supergripado, então dormi até mais tarde naquela manhã em meio a uma ressaca de xarope Vick com pastilhas para a garganta sabor limão. Além disso, eu era bem mais velho do que as crianças da família, não conhecia o sr. Robinson e apenas me lembrava vagamente da esposa, freguesa da mercearia onde eu havia trabalhado num verão. Kara, que, com evidente falta de entusiasmo, aturava meu papo cada vez mais focado em *true crime*, disse que eu só estava era arrumando desculpas para não ir, e ela provavelmente tinha razão. Droga.

No dia anterior, eu havia recebido uma carta informando a venda do meu primeiro conto de ficção naquele verão. O título era "Roses and Raindrops" ["Rosas e pingos de chuva"], sobre uma série de assassinatos misteriosos em uma cidadezinha rural. Os vilões daquela peculiar história tinham uma condição sobrenatural e sempre deixavam para trás uma rosa vermelha como cartão de visita. *New Blood* [*Sangue Novo*] era o nome da revista que havia comprado o conto. Nos dezoito meses anteriores, eu havia acumulado quase uma dúzia de "nãos" ao tentar chegar até suas páginas em cuchê brilho, portanto, deveria estar exultante com a notícia. Em vez disso, nem toquei no assunto com ninguém, exceto Kara. Fiquei com medo de causar um mal-estar se me perguntassem sobre o que era o conto.

Mais tarde naquela manhã, antes que meus pais voltassem da cerimônia fúnebre de Kacey Robinson, arrastei-me para fora da cama, peguei o carro e fui até o 7-Eleven na Willoughby Beach Road. Disse a mim mesmo que só estava indo lá para matar o desejo de tomar uma raspadinha Slurpee de morango, mas eu sabia que não era verdade. Se havia um local em Edgewood que encarnava o papel do tradicional ponto de encontro de uma cidade pequena, era aquele. Só que, em vez dos anciãos da cidade se reunirem em volta de um vetusto fogão à lenha para compartilhar fofocas e as últimas notícias, os moradores de longa data de Edgewood desempenhavam suas atividades nos fundos da loja, diante de uma longa fileira de máquinas automáticas de café.

Toda manhã, sem falta, havia de meia dúzia a pouco mais de uma dúzia de homens amontoados lá, bebericando café pelando e fumando cigarros sem filtro. A idade média era de 60 anos. As profissões iam de eletricista a advogado, passando por professor aposentado e policial. Havia um grupinho principal, três ou quatro caras que não faltavam um dia sequer. Fred Anderson, o pai de Brian e Craig, era um deles. Sempre lá nos fundos, e aquela manhã não foi diferente.

Cumprimentei rapidamente o sr. Anderson e fingi que estava tendo dificuldade em usar a máquina de Slurpee, ouvido dissimuladamente ligado o tempo todo. O assunto principal do papo era o velório, já que a maioria das esposas havia comparecido. Dei uma boa olhada no grupo e me perguntei o que o fato de todos nós estarmos ali, perdendo tempo e jogando conversa fora num 7-Eleven enquanto nossas caras-metades homenageavam a memória de uma pessoa da nossa comunidade que havia sido assassinada, revelava sobre nós.

A conversa logo passou para a investigação policial em andamento e a possível identidade do assassino. A maioria dos homens ali presentes achava que alguém de fora da cidade estava cometendo os assassinatos, alguém com raiva de garotas bonitas. Fred Anderson discordava veementemente. Achava que tinha que ser alguém local, alguém com conhecimento íntimo dos moradores e localidades de Edgewood.

Pus uma tampa no meu Slurpee e me aproximei do grupo. Sentindo-me corajoso, esperei um momento de calmaria na conversa e mandei bala. Perguntei se eles tinham alguma ideia específica sobre quem o assassino poderia ser, um nome... Fez-se silêncio — do tipo *era possível ouvir uma mosca* — e todos simplesmente olharam para mim como se eu tivesse duas cabeças sobre os ombros. Ninguém deu um pio. Nada. Engolindo nervosamente uma talagada de Slurpee de morango, fiz um estranho aceno de cabeça e segui para o caixa, meu rosto ardendo de vergonha.

A grande notícia chegou dois dias mais tarde, na segunda-feira, quando o canal Channel 11 transmitiu uma filmagem exclusiva de um suspeito entrando escoltado na delegacia. Pelo que todos sabiam, era a primeira vez que algum suspeito era levado. A jornalista do Channel 11 disse que o nome do homem era Henry Thornton, 27 anos, de Havre de Grace. Além de cortar grama e fazer serviços de jardinagem para vários dos seus vizinhos, Thornton trabalhava como entregador da Domino's Pizza tanto em Aberdeen como em Edgewood. Na noite do assassinato de Natasha Gallagher, ele havia feito entregas tarde da noite na Hawthorne Drive e — a um quarteirão de distância — na Harewood Drive.

Pressionado para dar uma declaração, o policial Seth Higgins disse:

"Falamos com literalmente dezenas de pessoas que acreditamos possam ser úteis à nossa investigação. O sr. Thornton é apenas um desses indivíduos e é lamentável que a mídia tenha optado por fazer um escarcéu."

Mesmo com a notícia de um possível suspeito detido, as pessoas estavam com os nervos à flor da pele. Duas adolescentes haviam sido violentamente assassinadas no coração de Edgewood, os corpos mutilados e colocados em poses grotescas. Os jornais locais competiam por atenção — e aumentavam suas vendas — com manchetes espalhafatosas, típicas de tabloides:

HÁ UM SERIAL KILLER EM EDGEWOOD?

O BICHO-PAPÃO ATACA NOVAMENTE!

A POLÍCIA NÃO TEM SORTE NA CAÇA AO ASSASSINO VAN GOGH

Os canais de notícias na tevê eram ainda menos decorosos em sua busca frenética por audiência. Boletins de notícias interrompiam a programação normal ao longo do dia e quase não era possível ir ao mercado ou ao posto de gasolina sem ser acossado por um repórter que enfiava um microfone na sua cara. Logo a cidade foi tomada por esse clima.

Moradores que raramente trancavam as portas passaram a verificá-las várias vezes por dia. A venda de fechaduras e sistemas de vigilância doméstica disparou. Moradores pagavam para instalar olhos-mágicos e acrescentavam detectores de movimento e câmeras com luzes de segurança ao redor de suas casas. A venda de armas em lojas de artigos esportivos e penhores também cresceu vertiginosamente, assim como telefonemas de gente angustiada para o atendimento de emergências.

Um morador da Cherry Court — nunca foi confirmado, mas os boatos na rua diziam que foi Hugo Biermann, um oficial aposentado da Marinha — até pôs armadilhas de aço para ursos nas floreiras embaixo das janelas do quarto das filhas. Ao que parece, essa precaução ocasionou a visita de um membro do departamento de polícia e Biermann foi forçado a guardar as armadilhas de volta na garagem.

No início da semana seguinte, parei de escrever um pouco e fui almoçar com Carly Albright no Loughlin's Pub. A caminho do restaurante, passei por alguns cinegrafistas filmando no bairro. Crianças corriam de bicicleta de um lado para o outro na rua aos berros, fazendo de tudo para aparecer no noticiário das 18h.

Carly e eu estávamos falando ao telefone com cada vez mais frequência, mas aquela foi a primeira vez que planejamos nos encontrar pessoalmente. Como sempre, o bar e o salão estavam apinhados de militares e civis do Arsenal de Edgewood, localizado na mesma rua, a quatrocentos metros de distância. Ocupamos uma mesinha de canto e, falando baixo, nos atualizamos sobre as últimas notícias.

Segundo Carly, o tal entregador de pizza Henry Thornton havia sido liberado após mais de seis horas de interrogatório. Por algum motivo, a polícia se convenceu da inocência dele nas primeiras duas horas e passou o tempo restante averiguando se ele havia testemunhado algo importante na noite em que Natasha Gallagher fora assassinada. Infelizmente, não foi de grande ajuda.

Uma outra teoria ativamente explorada pela polícia, ela me disse, era a possibilidade do assassino estar usando a estação ferroviária de Edgewood para entrar e sair da cidade. Eles estavam examinando horários de trens e a emissão de passagens para determinar se havia algum tipo de padrão.

Por fim, depois de várias hesitações e de me fazer jurar segredo, Carly acabou revelando que o novo suspeito Nº 1 era o ex-namorado de Kacey Robinson, Johnathon Dail, um rapaz de 17 anos que havia se metido em encrencas por consumir álcool sem ter a idade mínima necessária e perturbar a ordem pública. Um casal improvável, haviam namorado só por algumas semanas durante o ano letivo antes dos pais terem forçado Kacey a terminar. O moleque morava com os tios no final da Willoughby Beach Road, mas eles não o viam fazia quase duas semanas. Achavam que tinha ido para Ocean City com uns amigos, mas não tinham certeza. A polícia estava à procura.

Pouco tempo depois, Carly e eu atravessamos o Loughlin's. Enquanto saíamos do pub, pegamos os últimos trinta segundos de uma matéria de destaque no noticiário vespertino. Uma chorosa Riley Holt estava em pé diante dos pais na entrada da garagem de casa.

"Sinto tanta saudade dela…", disse a adolescente entre soluços na frente da câmera. "Desejo todo dia que ela ainda estivesse aqui. Queria nunca ter deixado ela sozinha…"

Com essa frase, Riley se deixou levar pela emoção e o programa voltou para um comovido apresentador.

No dia seguinte, o público foi apresentado ao detetive encarregado da investigação por meio da transmissão televisiva de uma coletiva de imprensa organizada nos degraus do Departamento de Polícia do condado de Harford. Minha primeira impressão daquele homem foi: afro-americano, entre 40 e tantos e 50 e poucos anos, alto, austero (como o diretor de uma escola de renome), confiante, terno barato da Men's Warehouse.

"Bom dia", disse ao microfone. "Eu sou o sargento-detetive Lyle Harper. Farei um breve pronunciamento e, por hoje, será tudo. Não vamos responder a nenhuma pergunta."

O pessoal da mídia ali presente resmungou. O detetive levantou imediatamente as mãos pedindo calma.

"Mas farei um novo pronunciamento amanhã ou no fim de semana e, na ocasião, terei enorme prazer em responder a suas perguntas", completou, pigarreando antes de continuar. "Pouco depois da meia-noite, na última segunda-feira, 20 de junho, o corpo de Kacey Robinson, 15 anos de idade, foi descoberto no parque da Escola Primária Cedar Drive. Os pais haviam comunicado o desaparecimento mais cedo naquela noite, por volta das 21h. O médico-legista e os investigadores encontraram claras semelhanças entre os ferimentos sofridos pela srta. Robinson e os de uma vítima precedente da região de Edgewood, Natasha Gallagher, também de 15 anos de idade. Em ambos os casos, a *causa mortis* apontada foi estrangulamento e os corpos parecem ter sido propositalmente colocados em posições semelhantes. Todavia, várias diferenças significativas existem entre ambos os casos."

O detetive Harper remexeu os papéis dos quais estava lendo e pigarreou mais uma vez.

"Provas encontradas no corpo de Kacey Robinson e à sua volta, inclusive marcas de mordidas, arranhões, inchaço e hematomas, indicam que ela sofreu violência sexual antes de morrer. Essa é uma diferença marcante em relação ao caso de Natasha Gallagher."

Uma das repórteres, em pé na parte da frente, gritou uma pergunta, mas o detetive Harper a ignorou.

"No momento, não podemos determinar se o mesmo indivíduo é o responsável pelos dois crimes ou se foi o trabalho de vários agressores. A esse respeito, eu gostaria de advertir tanto a mídia quanto o público a respeito do uso indevido de apelidos que causam facilmente alvoroço como 'assassino em série' ou 'bicho-papão'. As forças de segurança locais contam com a calma e a vigilância do público para que possamos conduzir adequadamente nossas investigações. Para terminar, pedimos a todos os moradores de Edgewood que sejam cautelosos, cuidem bem da própria segurança e nos notifiquem imediatamente se virem ou ouvirem algo fora do comum. Obrigado e prometo que teremos mais informações em breve."

8

Naquela noite, à mesa do jantar, o assunto da coletiva de imprensa do detetive Harper veio à tona. Meu pai sentia que o detetive havia causado uma boa primeira impressão, conseguindo projetar confiança e autoridade de maneira equilibrada. Achava que estávamos em boas mãos. Para a minha surpresa, minha mãe discordou veementemente e se lançou num monólogo de cinco minutos, criticando desde o modo de se vestir do detetive até seu jeito de se balançar para a frente e para trás enquanto falava, além do fato de ter divulgado que Kacey Robinson havia sido estuprada.

"Imagine como aquela pobre família deve ter se sentido ao ouvir aquelas coisas terríveis sendo reveladas para o mundo todo. Qual o motivo de se fazer algo assim?"

Fiquei tentado a explicar que o público tinha o direito de conhecer aquelas informações, especialmente quando todos estão amedrontados, vulneráveis e procurando respostas, mas como eu não era bobo nem nada, fiquei de boca fechada. Era uma discussão que nem eu nem meu pai — nem qualquer outra pessoa — ganharia.

Enquanto tirávamos os pratos da mesa, o telefone tocou. Nem meu pai nem minha mãe fizeram menção de atender e notei que trocaram um olhar estranho.

"O que foi?", perguntei, olhando para um e para o outro. "Tudo bem, eu atendo", então pus meu prato na pia e tirei o fone do gancho. "Alô."

Nenhuma resposta.

"Alô."

Mais uma vez, apenas silêncio. Desliguei e olhei para os meus pais.

"Ninguém."

"De novo", disse meu pai. "Mais cedo, fizeram o mesmo com a sua mãe algumas vezes. Ela ficou um pouco apavorada."

Mamãe estremeceu e abraçou a si mesma.

"Dava para ouvir alguém respirando do outro lado, mas ninguém disse nada."

"Provavelmente crianças passando trote", falei, dando de ombros.

Meu pai assentiu.

"Foi exatamente o que eu disse."

"Mas eu mesma achei esquisitíssimo", argumentou minha mãe. "Essa foi a terceira vez. E não dá para saber quem era."

"Desconfia de alguém, mãe?", perguntei tentando não rir. "Será que é o bicho-papão?"

"Isso não tem graça nenhuma", ela reclamou e bateu no meu braço com um pano de prato.

"Ai", levantei as mãos, ainda tentando não rir. "Sinto muito, calma. Eu só estava brincando."

"Brincadeira de mau gosto. O que está acontecendo é horrível. E *você*", ela apontou para mim "fica recebendo ligação de sei lá quem para falar a respeito dos homicídios e aqueles seus livros horripilantes empilhados na escrivaninha. *A enciclopédia dos serial killers?* Meu Deus, é muita sorte sua eu não ter jogado aquilo no lixo.

Eu me curvei e abracei minha mãe, todo o seu metro e meio.

"Agora a senhora está parecendo a Mary. Ela me chamou de demônio outro dia."

Os olhos dela se arregalaram.

"Ela chamou você *do quê*? Espera só até eu falar com aquela sirigaita."

Dei um beijo em seu rosto e olhei para o meu pai. Ele estava sorrindo e balançando a cabeça.

9

Mais tarde, naquela noite, meu pai bateu à porta e esticou a cabeça para dentro do meu quarto.

"Tá ocupado?"

Ergui os olhos da tela do computador.

"Não. Só estou lendo uma história antiga. Entra."

Ele entrou e se sentou na beirada da cama.

"Posso te pedir um favor?"

"Claro. Diga."

"Tenha cuidado."

"Cuidado com o quê?", perguntei, realmente confuso.

"Para começo de conversa, com todas as perguntas que você anda fazendo pela cidade."

Tentei protestar, mas ele me interrompeu.

"Eu sei que você se interessa… por esse tipo de coisa, tudo bem. Sua mãe faz muito alarde, mas, para ela, também não tem problema nenhum. Sobretudo porque ela sabe que você tem uma cabeça boa. Ela também sabe como você gosta dessas coisas…", ele gesticulou para o poster de *A Mansão Marsten* pendurado sobre a minha cama. "A gente só quer que você tome cuidado. Isso é vida real, Rich, obviamente se trata de um assunto delicado e algumas pessoas podem não gostar que você fique fazendo perguntas desse tipo."

"Você está falando da pessoa que anda telefonando pra cá e desligando?"

Ele olhou para mim e encolheu os ombros.

"Tudo bem. Prometo que vou tomar cuidado. Peça pra mamãe parar de se preocupar."

Ele me lançou um certo olhar.

"Isso nunca vai acontecer... e você sabe disso."

Nós dois rimos.

Ele se levantou da cama olhando mais uma vez para o pôster de *A Mansão Marsten*.

"Não sei como você consegue dormir com essa coisa aí em cima. Esse zumbi tem uma cara horrenda."

"Essa não, pai", falei, fingindo indignação. "Aquilo é um vampiro."

Ele deu mais uma olhada.

"Hummm, tudo bem, é o que eu queria dizer. Um *vampiro* horrendo."

"Boa noite", desejei, começando a rir novamente.

"Boa noite, filho", desejou ele de volta e fechou a porta atrás de si.

10

Eu sabia que meu pai tinha razão. Eu precisava tomar cuidado. Quer dizer, o que eu estava fazendo? Tendo ou não um diploma novinho em folha, eu ainda não era um jornalista de fato. Não trabalhava para um jornal. Não tinha contrato para escrever um livro. Como eu havia explicado a Carly, eu só era... curioso.

Foi por isso que logo me peguei dirigindo no entorno do parque quase todas as tardes. A Cedar Drive ficava no meu caminho direto para a agência dos correios — marcava mais ou menos a metade do percurso —, então era algo natural. Certo?

As barricadas temporárias haviam sido removidas e o parque estava novamente aberto ao público. Mas eu nunca vi mais do que um punhado de crianças brincando por lá, e sempre com pelo menos um adulto atento por perto. Entendi que demoraria muito para que as coisas voltassem ao normal, se é que um dia voltariam.

Na base do escorregador onde Kacey Robinson fora encontrada, havia uma espécie de tributo, com flores, bichos de pelúcia e cartazes feitos à mão. Velas haviam sido acesas ali em algum momento e tocos de cera formavam um círculo em volta do santuário improvisado. Por várias vezes, fiquei tentado a estacionar meu carro e ir dar uma espiada mais de perto, mas nunca o fiz.

11

Na quarta-feira antes do Quatro de Julho, Carly apareceu lá em casa e ficamos sentados na varanda da frente botando o papo em dia e bebendo chá gelado. Não havia uma nuvem no céu e o sol brilhava sem a menor clemência. Carly se certificou de que havia fechado a porta atrás de nós e, mais uma vez, me fez jurar que manteria segredo sobre o que estava prestes a me contar. Jurei e voltei a jurar. Então, ela finalmente me contou.

Assim como havia pedido à mídia para não divulgar ao público em geral a existência da amarelinha desenhada na calçada bem diante da casa dos Gallagher, a polícia também pediu que segurassem uma informação sobre o caso Robinson.

Preso ao poste de telefone em frente à casa dos Robinson, havia uma cartolina branca, desenhada à mão e com uma pequena foto colada do que parecia ser um poodle adulto. Abaixo da foto estava escrito VOCÊ VIU ESTE CACHORRO? Um número de telefone também aparecia embaixo: 671-4444.

Nem os Robinson nem os Perkins, que moravam na casa em frente, do outro lado da rua, jamais viram aquele poodle e não faziam ideia de quem tinha pregado aquele cartaz. Na verdade, ninguém na Cherry Road fazia. Detetives vasculharam a vizinhança ao redor e não conseguiram localizar nenhum cartaz adicional. Logo depois, alguém tentou ligar para o número na parte inferior do cartaz, mas a ligação sequer completava — só silêncio.

Àquela altura, eles verificaram com a companhia telefônica e, rapidamente, um funcionário confirmou que o número não existia.

12

Mais uma coisa que a polícia não divulgou — e com toda a razão — foi a crescente frustração devido à total falta de provas nas cenas de ambos os homicídios. Era extremamente incomum que esse tipo de crime violento fosse cometido com tamanha precisão e autopreservação.

"É como se o sujeito tivesse entrado por um portal na noite", um policial reclamou extraoficialmente "e voltado a desaparecer através dele."

Nenhuma impressão digital que não fosse de Natasha Gallagher ou de um membro do círculo familiar próximo foi encontrada em seu quarto ou mesmo nos vidros e no batente da janela. Como já se suspeitava, a mancha de sangue no parapeito era da própria vítima. Por causa da recente onda de calor, a terra embaixo da janela estrava seca e dura. Nenhuma pegada, tampouco marcas na grama. Ninguém da vizinhança vira algo estranho na noite em que Natasha foi levada. Nenhum carro suspeito circulando pelas ruas ou estacionado em local incomum. Ninguém à espreita na escuridão e nem mesmo passeando com um cachorro na calçada perto da residência dos Gallagher. Quanto ao corpo de Natasha, apesar da natureza e da ferocidade do ataque, nem um fio de prova — fossem cabelos ou amostras de fibras, zero vestígio de sangue, saliva ou DNA do assassino — foi descoberto.

O caso de Kacey Robinson estava se revelando igualmente complicado. Uma moradora da Bayberry Drive afirmou ter ouvido um carro acelerando por volta do horário do desaparecimento de Kacey, mas, quando chegou na janela, a rua já estava vazia. Nenhum dos outros vizinhos ouviu ou viu nada. Além disso, nada de interessante foi encontrado no All Star que o sr. Robinson descobriu na rua, e o pé direito do tênis ainda não havia sido localizado. Técnicos forenses coletaram mais de uma dúzia de impressões digitais utilizáveis e únicas no escorregador do parque da escola, mas quase todas de crianças. Nada incomum ou útil foi encontrado no escorregador em si ou no terreno à sua volta. Kacey Robinson sofreu violência sexual pouco antes de morrer, mas é quase certo que o assassino usou camisinha. Não havia presença de sêmen nem de saliva. Até a marca de mordida tinha sido limpa.

E também havia aparente falta de conexões significativas entre as vítimas. Ambas tinham 15 anos, eram brancas, vinham de famílias sólidas com pai e mãe, tinham pelo menos um irmão e moravam relativamente perto uma da outra. Ambas eram atraentes, inteligentes e tinham cabelos compridos. Mas era mais ou menos por aí que as coincidências terminavam. Edgewood era uma cidade pequena, então as duas se conheciam da escola e tinham um punhado de amigos em comum, mas raramente haviam socializado ou passado tempo juntas — tanto sozinhas como em grupo. Nunca haviam se falado ao telefone nem ido às festas de aniversário uma da outra. Nenhuma havia namorado ou admitido ter tido uma paixonite pelo mesmo garoto. Natasha Gallagher era cheerleader; Kacey Robinson era a presidente do Clube de Matemática. Os detetives estavam procurando qualquer microvestígio que fosse acerca de conexões adicionais, qualquer coisa que pudesse ligar as duas adolescentes de alguma maneira, mas, até aquele momento, estavam de mãos vazias.

A guarda municipal e a polícia também estavam começando a sentir a crescente pressão da mídia. Após a morte de Kacey Robinson, a pequena cidade de Edgewood passou a ser assunto nacional. A CNN e a Associated Press já tinham equipes no local e faziam reportagens diárias sobre a situação. Equipes de jornalismo de outros Estados fazendo filmagens em ruas residenciais havia se tornado uma visão comum pela cidade.

Felizmente o apelido "Assassino Van Gogh" que aparecera pela primeira vez numa manchete do *Baltimore Sun* acabou não pegando. Já "O Bicho--papão"… No final de junho, boa parte da mídia e dos espectadores interessados (especialmente aqueles com menos de 30 anos) estavam se referindo ao assassino desconhecido de Edgewood exatamente daquela maneira. Os policiais detestavam o apelido. Achavam sensacionalista e de mau gosto. E, embora fossem alertados diariamente pelos superiores para não usá-lo publicamente, a polícia tinha um apelido secreto próprio para o assassino: "O Fantasma".

À DIREITA: As melhores amigas Kacey Robinson e Riley Holt em Ocean City, Maryland *(Foto cortesia de Rebecca Holt)*

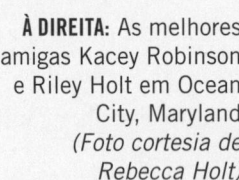

À ESQUERDA: Kacey Robinson *(Foto cortesia de Robert Robinson)*

À DIREITA: O ponto na calçada onde Riley Holt foi vista pela última vez com Kacey Robinson *(Foto cortesia do autor)*

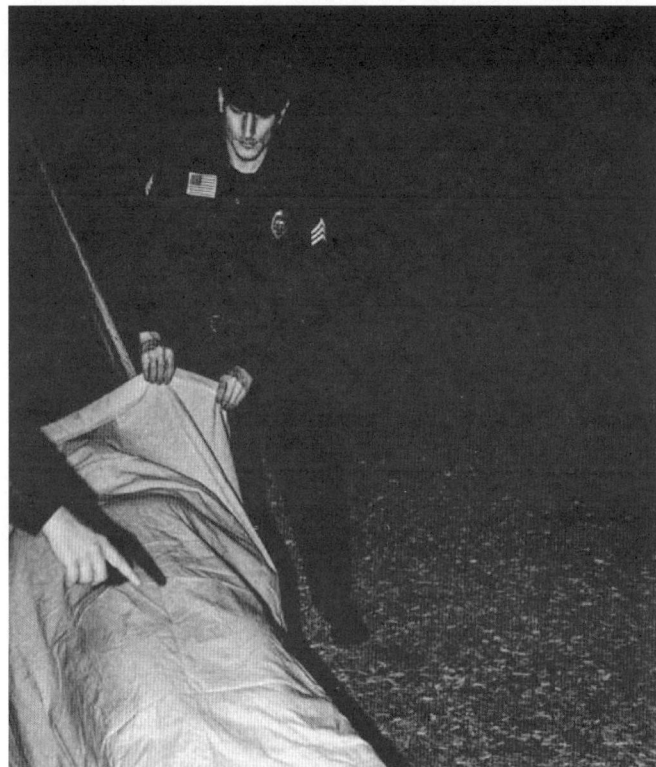

À ESQUERDA: A cena do crime no parque da Cedar Drive *(Foto cortesia do* The Baltimore Sun*)*

ACIMA: Repórter do Channel 11 na cena do crime *(Foto cortesia de Logan Reynolds)*

quatro

A Suspeita Aumenta

"Porque daria uma história melhor."

1

À medida que o escaldante mês de junho terminava — já era hora — e o fim de semana do Quatro de Julho se aproximava, Kara finalmente teve uma pausa na faculdade e pudemos passar um tempo juntos. Desde o início dos cursos de verão, ela era como um fantasma na minha vida. Uma voz cansada do outro lado da linha telefônica. Eu estava com saudade.

Na sexta-feira, 1º de julho, pedimos comida para viagem no Venetian Palace na Route 40 — na saída do estacionamento, notei que alguém havia pichado O BICHO-PAPÃO ESTÁ VIVO na lateral da caçamba de lixo do restaurante — e jantamos na mesa de piquenique no jardim dos fundos da casa de Kara. Uma brisa agradável soprava do rio e, pela primeira vez em quase um mês, a noite estava amena e agradável. Falamos em pegar um cineminha mais tarde, mas decidimos deixar para outra noite. Estávamos exaustos depois de uma semana longa. Em vez do cinema, fomos até o Harford Mall, entramos na fila para comprar casquinhas com cobertura dupla no Friendly's e olhamos vitrines enquanto tomávamos sorvete.

Até então, havíamos conseguido evitar falar sobre os assassinatos das garotas. Tínhamos muitos outros papos para pôr em dia, inclusive os preparativos em andamento para nosso casamento em janeiro. Mas, enquanto caminhávamos pelo shopping, encontrando ocasionalmente amigos e vizinhos, ouvindo trechos de conversas de estranhos, tornou-se impossível ignorar o assunto por mais tempo.

"Tudo parece diferente, não acha?", observou Kara.

Eu assenti.

"Tudo *está* diferente."

"Observe. Quase ninguém tá dando risada ou mesmo sorrindo."

Olhei para um grupo de adolescentes perambulando fora da praça de alimentação: ela tinha razão. Os jovens pareciam tensos e preocupados. Uma garota — uma morena magra com longos cabelos encaracolados — tinha os olhos marejados. O namorado a abraçava com força, tentando consolá-la.

"Tá todo mundo comentando na faculdade", disse Kara. "Minha parceira de laboratório me perguntou, zoando, se eu morava em Haddonfield, a cidade de *Halloween*."

Dei uma risada. Não consegui me conter.

"Não é engraçado, Rich."

"Não é engraçado", concordei, engolindo meu sorriso o mais rápido possível. "Mas a sacada foi boa."

"Ouviu que cancelaram o festival?"

"E a Parada?"

"A última coisa que eu soube é que continua de pé, embora não devesse acontecer. No dia quatro, o assassinato de Kacey Robinson vai fazer duas semanas."

Calculei rapidamente as datas, confirmando a linha do tempo de Kara. Com a recente avalanche midiática, parecia que o assassinato tinha acontecido havia dois meses, e não há menos de quinze dias.

"Não me parece tempo suficiente", ela continuou. "É quase desrespeitoso. E se mais alguma coisa acontecer porque um monte de gente resolveu sair para comemorar? A metade delas bêbada e sem noção."

"O xerife disse que patrulhas extras vão circular durante todo o fim de semana do feriado."

"Sabe em quem eu pensei quando ouvi ele dizer isso na tevê?"

"Em quem?"

"No idiota do prefeito de *Tubarão*", Kara respondeu para logo depois fazer uma péssima imitação de uma voz masculina: "*Estou muito contente em repetir a notícia que capturamos e matamos um grande predador que supostamente feriu alguns banhistas. Mas, como podem ver, o dia está lindo, as praias estão abertas e as pessoas se divertindo.*"

Sorri. Quando Kara começava, não havia como fazê-la parar.

"Ainda bem que estaremos fora lá na baía por alguns dias", falou, suspirando. "Longe de tudo isto."

"Concordo."

Procurei a mão dela. Depois de uma longa semana dedicada a escrever, eu estava ansioso para passar um tempo com Kara e sua família, pescando, fazendo esqui aquático e acampando na praia.

No caminho de volta para o carro, avistamos uma equipe do noticiário do Channel 13 entrevistando um casal de idosos no estacionamento e desviamos. Nada de cair naquela armadilha. Os telejornais estavam cheios de entrevistas com moradores locais assustados, todos respondendo às mesmas perguntas: *Você acha que existe um assassino em série em Edgewood? Você se sente seguro no seu bairro? Você conhecia alguma das vítimas ou as famílias?*

Embora duas outras coletivas de imprensa tivessem ocorrido após o assassinato de Kacey Robinson, além de entrevistas ao vivo com policiais, pouquíssimos detalhes adicionais haviam sido divulgados. Um banco local havia estabelecido uma recompensa de 10.000 dólares por qualquer informação que levasse à prisão do assassino, e o Departamento de Polícia do condado de Harford havia criado um disque-denúncia para os moradores. A polícia também se manifestou sobre a recente notícia da formação de um programa de vigilância de bairro em Edgewood, que eu achava que poderia causar problemas de outra natureza.

"Apesar de agradecermos por toda e qualquer ajuda que o público possa fornecer nesta investigação", o detetive Harper lia um texto, "também devemos alertar os moradores para que sigam várias regras básicas de conduta. Primeiro, absolutamente nenhum tipo de arma de fogo será permitida nas patrulhas. Nenhuma exceção será aberta e lançaremos mão de todos os recursos legais para processar qualquer pessoa que desobedeça a tal ordem. Segundo, e igualmente importante, nenhum membro da vigilância de bairro deve, em circunstância alguma, agir ao observar atividades suspeitas. Seu único dever a essa altura é contactar imediatamente e de forma segura a polícia. Terceiro, se algum item de interesse for descoberto, ele não deve, em circunstância alguma, ser removido, manuseado ou mesmo tocado..."

2

Após deixar Kara na casa dos pais, passei de carro pela Cedar Drive no caminho para casa. Eram pouco mais de 21h e o parque estava escuro e silencioso. No brilho dos faróis do carro, notei que o santuário para Kacey Robinson na base do escorregador havia no mínimo dobrado de tamanho desde a minha última visita. Mais flores e animais de pelúcia, e vários outros cartazes, muitos com fotografias de Kacey. Era de partir o coração. Quando eu já estava me afastando, cruzei com uma viatura da polícia, indo na direção oposta. O policial me encarou intensamente por um bom tempo. Meneei a cabeça e acenei com a mão. Tenho quase certeza de que ele me viu, mas não acenou de volta.

Ao chegar em casa, disse um oi rápido para os meus pais, que estavam vendo televisão no quarto, peguei da mesinha de cabeceira ao lado da minha cama o livro de John Saul que eu estava lendo e desci para a varanda fechada com tela, nos fundos. Consegui ler dois capítulos curtos antes de meus pensamentos me levarem para longe. Fechei o romance e voltei para a cozinha, procurando o telefone sem fio. Minutos mais tarde, acomodei-me confortavelmente na varanda outra vez, liguei para Carly Albright e retomamos a conversa que tínhamos começado mais cedo naquela semana sobre o misterioso conjunto de números 3 da amarelinha e 4 do cartaz do cachorro perdido. Nada daquilo fazia sentido.

"O que mais poderiam significar?", perguntei.

"Não consigo pensar em nada", ela respondeu. "Um monte de 3 e 4. Terceiro e quarto assassinatos? Ele já fez isso antes? Não sei. É tudo o que eu consigo pensar."

"Sinto que deve ser algo mais inteligente. Algo mais… *profundo*."

"Por quê? Por causa de Hannibal Lecter?"

O romance *O silêncio dos inocentes*, de Thomas Harris, havia sido publicado com grande alarde no início daquele verão. Ela sabia que eu era fã, então, antes que eu pudesse argumentar, Carly continuou.

"É um personagem inventado, Rich. Você sabe disso tão bem quanto eu. Ao contrário dos autores, a maioria desses caras não são gênios. Nem de longe."

"Eu sei, eu sei", respirei fundo e tentei encontrar as palavras certas. "Só acho que… se ele foi suficientemente cuidadoso para não deixar para trás um grão de prova que fosse, e ousado o suficiente para zombar da polícia com esses padrões numéricos, então seria razoável acreditar que ele é bem inteligente."

"Ou que você simplesmente *quer* que ele seja inteligente. Nem sabemos se a pessoa que fez isso foi a mesma que deixou para trás a amarelinha e o cartaz. Talvez seja apenas alguma espécie de jogo bizarro."

"Por que diabos eu ia querer que ele fosse inteligente?"

"Porque daria uma história melhor", ela respondeu sem hesitação.

Comecei a argumentar novamente, mas parei. Talvez ela tivesse razão. Talvez eu só quisesse que aquele monstro fosse brilhante, sagaz e inesquecível — como o personagem de um romance ou filme foda. Quanto mais eu pensava a respeito, mais eu percebia que precisava me olhar demoradamente no espelho.

A irmã mais nova de Carly pegou a extensão e pediu para usar o telefone, então terminamos a conversa, fizemos planos para pôr o papo em dia no fim de semana e nos desejamos boa noite.

Reabri meu livro e consegui ler outro capítulo antes de fechá-lo novamente. Olhando para o jardim lateral e a Tupelo Road, imaginei grupos enormes de pessoas desesperadas e iradas circulando pelas ruas escuras de Edgewood, vasculhando becos sombrios e cruzamentos mal iluminados. O irmão de Kara conhecia alguém que estava participando da tal ronda, a vigilância de bairro. O sujeito tinha comprado walkie-talkies de qualidade militar e óculos de visão noturna. Ouvi de um amigo que outro grupo de vigilância estava arrastando um carrinho cheio de gelo e cerveja em suas patrulhas noturnas. E muitos dos homens estavam carregando armas de choque.

O absoluto silêncio das ruas chamou minha atenção. Era oficialmente o início do fim de semana do Quatro de Julho e a Hanson Road estava completamente silenciosa. As conversas abafadas de reuniões familiares ao ar livre e o estardalhaço de pais bêbados pulando nas piscinas nos fundos das casas deveriam estar ecoando pelas cercas da vizinhança. As crianças deviam estar ao ar livre, correndo com varetinhas de chuva de prata e caçando vaga-lumes. Fogos e morteiros deviam estar explodindo no céu, iluminando as ruas.

Fiquei sentado lá fora por muito tempo naquela noite, sentindo falta daqueles sons festivos e imagens alegres, pensando sobre as famílias Gallagher e Robinson na mesma rua que eu e nas palavras que Carly havia dito mais cedo ao telefone, sentindo-me ligeiramente envergonhado.

Porque daria uma história melhor.

3

Na manhã seguinte, assim que acordei, meu pai me pediu para ir comprar gasolina para o cortador de grama e a roçadeira. Depois do café da manhã, coloquei no carro os dois galões de vinte litros que ele sempre mantinha guardados no canto da garagem e fui até o posto Texaco.

Quando encostei perto das bombas, Josh Gallagher estava estacionado bem na minha frente, enchendo o tanque do seu velho Mustang. Eu não o via desde o velório da irmã e desejei imediatamente ter escolhido um posto de gasolina diferente. Eu tinha o mau hábito de falar coisas constrangedoras quando ficava nervoso e a última coisa que eu queria era dizer uma besteira e aborrecê-lo.

Na verdade, eu me preocupei à toa. Assim que desliguei o motor e saí do carro, o treinador Parks, que havia sido meu técnico de basquete e lacrosse no ensino médio, parou na bomba ao nosso lado. Ele praticamente pulou para fora da picape.

"Chiz!", exclamou, um grande sorriso se abrindo em seu rosto rechonchudo. "Há quanto tempo!"

"E aí, treinador. Como vão as coisas?"

Ele veio andando a passos firmes até mim e batemos um toca aqui, o que deixou meus dedos formigando.

"Você me conhece, Chiz. Nada extraordinariamente bom nem ruim. Tudo na mesma."

O treinador Parks olhou rapidamente para o carro à nossa frente e vi seus olhos se arregalarem.

"Oi, Josh, não tinha te visto aí."

Josh terminou de encaixar a pistola da mangueira na bomba e olhou para a gente.

"Sr. Parks", cumprimentou com um aceno de cabeça. "Novidades, Rich?"

Tentei manter uma expressão neutra.

"Tudo na mesma, Josh. E você, como está?"

Ele encolheu os ombros e eu me amaldiçoei silenciosamente. *Ora, muito bem. Como diabos você acha que eu estou?* Contudo, ele me surpreendeu com o que disse em seguida.

"Vi você, sua mãe e seu pai no velório. Agradeço demais pela presença de todos vocês."

Abri minha boca para responder, mas as palavras não saíam. Tentei novamente.

"Eu… sinto muito, mesmo, pelo que aconteceu."

"Eu também", disse o treinador, o tom de voz bem diferente do usado sessenta segundos antes. "E sinto muito não ter conseguido ir à cerimônia. Estávamos acampando com a família do meu irmão e só soubemos da notícia quando voltamos."

"Sem problema", disse Josh, o rosto impenetrável. Tirou um molho de chaves do bolso do jeans. "É melhor eu ir. Minha mãe está me esperando, vou levar ela no mercado."

"Meus sentimentos. Mande lembranças para os seus pais", o treinador pediu.

Outro aceno de cabeça.

"Pode deixar."

Levantei a mão num tchau esquisito.

"Se cuida."

Josh bateu a porta do carro e deu partida. Aquilo fazia meu Toyota Corolla parecer a máquina de costura da minha mãe. Ficamos observando enquanto ele se afastava rapidamente e se misturava ao trânsito da Edgewood Road. Quando o Mustang desapareceu do nosso campo de visão, soltei um suspiro.

"Não é moleza, não", o treinador falou. "Que coisa terrível!"

Abri o porta-malas e retirei os galões de gasolina. Depois de colocá-los no chão à minha frente, quando eu já estava esticando o braço para pegar a alavanca da bomba, o treinador perguntou:

"A polícia já falou contigo?"

Minha mão congelou.

"Sobre o quê?"

"Sobre o que aconteceu com a irmã do Josh."

Eu estava prestes a perguntar se ele estava brincando comigo, mas dava para perceber pela expressão em seu rosto que ele estava falando muito sério.

"*Comigo?* Por que eles iam querer falar comigo? Eu nem estava aqui quando o crime aconteceu. Eu estava na faculdade, no College Park."

"Sei lá. Comigo eles falaram. Imaginei que estavam fazendo a mesma coisa com todos do nosso bairro. Ouvi dizer que interrogaram o Alex Baliko e o irmão. Charlie Emge. Danny e o Tommy Noel. Tim Deptol."

Olhei para ele, surpreso.

"O que eles perguntaram ao senhor?"

Ele passou os dedos pelos cabelos cada vez mais ralos, um gesto de nervoso que eu reconhecia dos anos de treino juntos.

"Mais do que qualquer outra coisa, queriam saber o que eu achava da Natasha. Se era tão certinha e benquista como todos disseram que era. Se eu conhecia alguém na escola que tinha inveja ou não gostava dela...", ele fez uma careta. "Também perguntaram qual foi a última vez que eu a vi e onde eu estava na fatídica noite."

"Caramba!"

"Pois é, dá pra acreditar? Você nem imagina como eu fiquei aliviado ao dizer que estava de férias com a minha família. Tipo, fiquei feliz por ter um álibi de verdade, sabe como é, né?"

"Eles perguntaram mais alguma coisa?"

"Na verdade, não. Por sorte, foi bastante rápido", ele riu. "Não me entenda mal, mas, mesmo assim, quase me borrei todo."

"Imagino."

O treinador me deu um tapa contundente nas costas e, como sempre, fingi que não tinha doído.

"Não se preocupe, Chizinho. Com certeza os policiais vão acabar te procurando em algum momento."

4

Como não podia deixar de ser, o *algum momento* foi no dia seguinte. Meus pais tinham ido à missa das 10h na Prince of Peace, então eu estava sozinho na cozinha quando bateram à porta da entrada. Olhei pelo olho mágico e reconheci imediatamente o homem alto em pé na varanda como alguém cujo rosto eu andava vendo muito na televisão nos últimos tempos. Abri a porta e convidei o detetive Harper a entrar. Surpreendentemente, no início, não me senti nem um pouco ansioso. Nem mesmo com o chefão de toda a investigação sentado ali no sofá da minha sala de estar, esperando para me interrogar. De fato, eu mal olhei para o distintivo e a carteira de identificação quando ele os tirou do bolso do paletó.

O detetive Harper tinha uma fala muito mais mansa pessoalmente do que parecia ter na tevê, e era extremamente educado. Prometeu que não tomaria mais do que quinze ou vinte minutos do meu tempo, e não tomou mesmo. Quando terminamos, ele fechou o bloquinho de espiral no qual havia feito suas anotações e me agradeceu. Então, me entregou um cartão de visita e foi embora.

Quando meus pais voltaram da igreja pouco tempo depois, eu não disse uma palavra sobre a visita. Já havia decidido que seria melhor esperar até mais tarde.

Pelo que eu me lembro, a entrevista foi assim:

DETETIVE HARPER: Vamos começar com seus dados pessoais. Nome. Idade. Endereço. Profissão.

EU: Meu nome é Richard Chizmar. Tenho 22 anos. 920 Hanson Road é a minha residência até janeiro, quando vou me casar e me mudar para Roland Park, em Baltimore. Moro aqui com os meus pais. Acabei de me formar agora em maio na Universidade de Maryland. Sou escritor e editor. Bem, pelo menos estou tentando ser.

DETETIVE HARPER: Parabéns pelo iminente casamento.

EU: Obrigado.

DETETIVE HARPER: E você? Cresceu aqui em Edgewood?

EU: Nos mudamos do Texas para cá quando eu tinha 5 anos. Depois que meu pai se aposentou da Força Aérea.

DETETIVE HARPER: São só você e seus pais? Ou você tem irmãos?

EU: Tenho três irmãs e um irmão, todos bem mais velhos. Eles saíram de casa quando eu tinha 9 ou 10 anos.

DETETIVE HARPER: Você conhecia alguma das garotas que foram mortas recentemente — Natasha Gallagher ou Kacey Robinson?

EU: Eu conhecia a Natasha um pouquinho, de cruzar com ela na vizinhança. Mas há um tempo que eu não via ela, acho que desde antes de ter entrado para a faculdade. Cursei o ensino médio com o irmão dela, mas nunca fomos amigos. A Kacey Robinson eu não conhecia.

DETETIVE HARPER: Nunca passou de carro pela Kacey no bairro? Esbarrou com ela no mercado?

EU: Se aconteceu, eu não saberia dizer. Eu nem sabia que cara ela tinha até ver a foto dela nos noticiários e no jornal.

DETETIVE HARPER: Você disse que estudava com Joshua Gallagher. O que pode me dizer sobre ele?

EU: Bem, um cara legal, pelo menos parecia. Fizemos umas duas matérias juntos no primeiro ano. Eu encontrava ele em festas de vez em quando. Ele fazia luta greco-romana e saía com a galera da equipe. Eu provavelmente só cruzei com ele umas quatro ou cinco vezes desde que nos formamos.

DETETIVE HARPER: Você sabe se ele alguma vez se meteu em algum tipo de encrenca? Alguém com quem se desentendeu?

EU: Não que eu saiba, nada desse tipo.

DETETIVE HARPER: E quanto aos demais membros das famílias Gallagher e Robinson? Algum contato?

EU: Eu meio que conheço o sr. e a sra. Gallagher do bairro e da igreja, da época que eu costumava frequentar. O suficiente para nos cumprimentarmos quando nos encontrávamos numa loja ou um aceno de mão se algum de nós passava de carro. Conheço a sra. Robinson de quando eu costumava ensacar compras no mercado militar na Post. Foi no verão antes do meu primeiro ano no ensino médio. Ela costumava ir à loja umas duas vezes por semana. Já o sr. Robinson, acho que eu nunca conheci.

DETETIVE HARPER: Pode me dizer onde você estava na noite de 2 de junho de 1988, a noite em que Natasha Gallagher foi atacada e morta?

EU: Eu ainda estava na faculdade, no meu dormitório.

DETETIVE HARPER: No College Park?

EU: Sim, quer dizer, na verdade, em Greenbelt, logo fora do College Park. Meus colegas de dormitório e eu morávamos num condomínio chamado Brittany Place.

DETETIVE HARPER: E você estava no apartamento com os seus colegas na noite de 2 de junho?

EU: Sim, senhor. Tínhamos começado a fazer nossa mudança mais cedo naquela semana porque nosso contrato de aluguel estava acabando.

DETETIVE HARPER: Quantos colegas?

EU: Três.

DETETIVE HARPER: E todos os três estavam no apartamento naquela noite?

EU: Na verdade, só um deles. Os outros dois tinham ido para casa visitar a família.

DETETIVE HARPER: Você poderia me fornecer os nomes e informações de contato?

EU: Claro. Bill Caughron. David Whitty. Fred Answell. Posso pegar minha caderneta de endereços quando terminarmos e passar os contatos.

DETETIVE HARPER: Qual dos três estava com você na noite de 2 de junho?

EU: O Bill. Ele também é daqui de Edgewood. A mãe dele mora na Perry Avenue.

DETETIVE HARPER: E ele poderá confirmar que você estava com ele na noite de 2 de junho?

EU: Sem dúvida.

DETETIVE HARPER: Tudo isso é apenas procedimento padrão, sr. Chizmar. Estamos fazendo as mesmas perguntas a literalmente dezenas de moradores. Não quero deixá-lo incomodado.

EU: Tudo bem. É que tudo isso é um pouco... inquietante.

DETETIVE HARPER: Você se sentiria melhor se eu dissesse que fiz exatamente as mesmas perguntas até para o carteiro?

EU: O velho sr. Rory?

DETETIVE HARPER: Tanto os Gallagher quanto os Robinson estão na rota de entrega dele, então tive que falar com ele.

EU: Acho que isso faz com que eu me sinta um pouco melhor.

DETETIVE HARPER: Entendo. Verdade. Estamos quase terminando. Seu colega de quarto Bill, ele ficou com você a noite toda?

EU: Praticamente. Ele saiu para ir à casa da namorada, mas já era bem tarde.

DETETIVE HARPER: A que horas foi isso?

EU: Acho que por volta das onze, talvez até mais tarde.

DETETIVE HARPER: E ele passou a noite na casa da namorada ou voltou pro apartamento?

EU: Ele dormiu lá.

DETETIVE HARPER: Pode me dizer o nome da namorada dele?

EU: Claro. É Daniella Appelt.

DETETIVE HARPER: Então, pelo que entendi, você esteve aqui em Edgewood pouco antes de 2 de junho?

EU: Estive. Foi em algum momento na última semana de maio. Eu tinha pegado emprestado a picape de um amigo e trouxe para casa minha escrivaninha, uma estante e mais uns outros móveis.

DETETIVE HARPER: Quanto demora a viagem de carro de Greenbelt até Edgewood?

EU: Depende da hora. Geralmente cerca de uma hora. Mais se tiver trânsito em D.C., sabe como é...

DETETIVE HARPER: E quanto à noite de 20 de junho, quando Kacey Robinson foi morta?

EU: Eu estava aqui em casa, no meu quarto, trabalhando e ouvindo meu rádio de polícia. Ouvi as chamadas iniciais depois que o sr. Robinson ligou para a delegacia. Fiquei acordado, escutando a noite toda. Meus pais podem confirmar isso.

DETETIVE HARPER: E você não saiu de casa em momento algum naquela noite?

EU: Não, não saí.

DETETIVE HARPER: Tudo bem, mas algumas perguntas e podemos encerrar. Desde que voltou do College Park... desculpe, Greenbelt... você viu ou percebeu algo estranho aqui em Edgewood? Seja lá o que for.

EU: Que eu me lembre... não. Fiquei a maior parte do tempo fechado no meu quarto, trabalhando.

DETETIVE HARPER: Muito bem. A propósito, você disse que era escritor... o que você escreve?

EU: Humm... ficção, principalmente. Mistério. Suspense. Crime. Terror.

DETETIVE HARPER: Terror? Tipo serial killers?

EU: Às vezes.

DETETIVE HARPER: Obrigado. Muito obrigado pelo seu tempo, sr. Chizmar.

5

Depois que o detetive Harper foi embora, saí e peguei o jornal que estava na entrada da garagem. Sentado no degrau na frente de casa, eu fiquei procurando o caderno de esportes para saber os resultados do boxe do dia anterior quando uma manchete logo abaixo da metade da primeira página chamou minha atenção.

**ORELHAS DECEPADAS:
UMA LONGA E SÓRDIDA HISTÓRIA**

Eu não conseguia acreditar que o tradicional *Baltimore Sun* tinha publicado uma manchete tão sensacionalista — e logo na primeira página. A matéria era assinada por Mark Knauss, um nome que não reconheci. Comecei a ler imediatamente e, quando cheguei ao final da primeira página, não via a hora de ir logo para a continuação na página 14 para terminar. Era fascinante.

Segundo o autor, o decepamento — o ato de remover as orelhas de uma pessoa como forma de punição — está documentado desde os tempos da lei assíria e do código babilônico de Hamurabi (baseado na Lei de Talião).

Na Inglaterra, no início do século 16, Henrique VIII alterou várias leis sobre vadiagem para que a primeira infração fosse punida com três dias no tronco; a segunda, com decepamento; e a terceira, com enforcamento. O decepamento também acontecia nos Estados Unidos, no final do século 18 — punindo crimes como perjúrio, difamação, incêndio doloso e falsificação —, sobretudo na Pensilvânia e no Tennessee.

A prática de cortar as orelhas de adversários derrotados remonta ao tempo das Cruzadas, mas só se tornou mais prevalente quando os indígenas americanos começaram a realizar a mutilação ritual de inimigos mortos no campo de batalha.

Durante o envolvimento dos Estados Unidos na Guerra do Vietnã, muitas histórias polêmicas começaram a surgir na mídia detalhando incidentes de tropas americanas que mutilavam soldados e civis vietnamitas mortos, inclusive decepando suas orelhas. Essa prática teve início originalmente nos primeiros anos da guerra, quando os conselheiros dos EUA que trabalhavam com tropas indígenas como os Montagnards ofereciam uma pequena recompensa em dinheiro por soldados vietecongues mortos. Para receber, eles tinham de apresentar uma prova da morte e ficou decidido que uma orelha seria suficiente. Fotografias de combate e filmes das tropas americanas cometendo essas atrocidades e usando colares feitos de dezenas de orelhas decepadas suscitaram indignação nos Estados Unidos.

Mais recentemente, em 1986, nove vítimas de assassinato em Miami, Flórida, foram encontradas com as orelhas cortadas. Embora as forças de segurança locais originalmente acreditassem que os terríveis atos fossem obra de um assassino em série, uma detenção — conectada a um homicídio — fez com que a polícia suspeitasse que os assassinatos estivessem ligados a uma seita religiosa chamada Nação de Yahweh.

O fundador original, Hulon Mitchell Jr. (Yahweh ben Yahweh), "queria que os demônios brancos fossem mortos como revide ou vingança por qualquer pessoa negra assassinada na comunidade", disse Daniel Borrego, um ex-detetive da divisão de homicídios do condado de Dade.

Membros do culto revelaram que, para se tornarem "Anjos da Morte" — integrantes altamente respeitados, responsáveis por manter outros seguidores na linha —, Yahweh exigia: "Tragam para mim as orelhas do demônio branco."

Por fim, havia Robert Berdella, um assassino em série do Missouri conhecido como "O Açougueiro de Kansas City" e "O Colecionador". Entre 1984 e 1987, Berdella sequestrou, violentou, torturou e matou pelo menos seis homens. Ele costumava aprisionar suas vítimas por períodos de até seis semanas. Além de decepar as orelhas, ele cometia várias outras atrocidades, inclusive despejar desentupidor líquido de ralo e privada nos olhos das vítimas, enfiar agulhas embaixo de suas unhas e amarrar seus pulsos com cordas de piano.

Misericórdia.

Enquanto eu terminava a leitura da matéria, vários pensamentos cristalinos surgiram na minha mente: (1) embora interessantes, nenhuma daquelas informações oferecia uma dica sequer sobre o motivo de alguém ter cortado a orelha de Natasha Gallagher e Kacey Robinson; (2) as palavras que eu havia acabado de ler deixaram um gosto desagradável na minha boca e eu realmente precisava escovar os dentes e tomar um bom banho; e finalmente (3) eu não ia deixar minha mãe ler aquele artigo de forma alguma.

Antes de voltar para dentro de casa, fui até a entrada da garagem e joguei o jornal na lata de lixo.

6

Naquela tarde, Carly Albright me ligou com novidades.

O ex-namorado de Kacey Robinson havia sido localizado em Ocean City, Maryland, onde tinha passado as últimas semanas trabalhando num quiosque de praia na Fourth Street, alugando barracas, cadeiras e pranchas de bodyboard. Ele apresentara um álibi sólido para a noite de 20 de junho e não era mais considerado uma pessoa de interesse. Havia, segundo relatos, dito aos detetives:

"Todos aqueles babacas de Edgewood deveriam é cuidar da própria vida. Eu não estava nem perto daquele chiqueiro de merda e também não planejo voltar tão cedo."

Sem dúvida, uma pessoa adorável.

Antes de desligarmos, ela passou mais dois dados interessantes: uma de suas fontes mais confiáveis havia revelado que tinha sido encontrada uma trouxinha de maconha escondida no quarto de Natasha Gallagher. A polícia não achava que tivesse algo a ver com o assassinato, mas estavam falando com traficantes locais, por desencargo de consciência. A mesma fonte relatou que alguém havia ligado para o disque-denúncia recentemente, afirmando que Kacey Robinson não era tão certinha quanto todos acreditavam. Obviamente Kacey tinha um péssimo hábito que só seus amigos mais íntimos conheciam: era cleptomaníaca.

7

Depois do jantar, fiquei um tempo na garagem organizando meu equipamento de pesca para a viagem de barco com a família de Kara na manhã seguinte. Eu havia acabado de bobinar uma linha monofilamento no meu carretel preferido quando meu pai abriu a porta e me disse que havia uma ligação para mim. E me passou o telefone sem fio.

"Obrigado", sussurrei. "Quem é?"

"Não disseram."

Levei o aparelho ao ouvido.

"Alô."

Nenhuma resposta.

"Alô", falei mais alto. Às vezes, o telefone sem fio pegava mal na garagem.

Mais uma vez, apenas o chiado baixinho da ligação.

"Alô!", já irritado.

Depois ouvi um suave *clique* e o zumbido da linha para discar.

Apertei o botão de desligar no telefone e olhei para o meu pai.

"Caiu. Acho que tá fora de alcance."

Ele me encarou com olhos duvidosos.

"Tem certeza?"

"Certeza, não. Você não reconheceu a voz?"

Ele fez que não com a cabeça.

"Era um homem. Voz normal. Pediu para falar especificamente com Richard."

"Ah."

"Talvez volte a ligar."

"Talvez."

"Você tem tomado cuidado como eu pedi?"

"Tenho. Quer dizer, estive com a Kara nos últimos dias. E andei trabalhando bastante antes disso."

Ele olhou para minha caixa de apetrechos e minha vara de pescar.

"Já terminou por aqui?"

"Já."

Apaguei a lâmpada de teto e fui atrás dele para dentro de casa.

Pouco antes de chegarmos à sala de estar, ele se virou e abaixou a voz.

"Não comente nada com a sua mãe, está bem?"

"Pode deixar."

8

Naquela noite, mesmo exausto, tive dificuldade para pegar no sono. Fiquei me revirando por um tempo, pensando sobre o homem misterioso que tinha ligado lá para casa. Os trotes precedentes podiam ser atribuídos a simples atos de travessura. Meus amigos e eu cansamos de fazer isso quando criança. Ligar para um número aleatório, ficar em silêncio ou falar alguma bobeira e depois desligar. Mas, dessa vez, foi diferente. Alguém havia me chamado, usando meu nome. Depois, esperou até eu atender, ouviu minha voz e só então encerrou a ligação. *Quem diabos era? A ligação era algum tipo de mensagem? Um aviso? Se era, um aviso com que propósito?*

Eu sabia que meu pai estava preocupado e não o culpava por isso. A situação era estranha… e perturbadora.

Pensei no cartão de visita do detetive Harper enfurnado na gaveta superior da minha escrivaninha. *Devo ligar e contar para ele? Contar o quê? Que alguém estava passando trotes idiotas e me deixando preocupado? Ele provavelmente começaria a rir e também desligaria na minha cara.*

Mas, então, me lembrei de um incidente que havia acontecido mais cedo naquela semana. Eu estava na rua resolvendo coisas — minha primeira parada era a agência dos correios para enviar uma pilha de novas propostas de contos.

Tirando meu carro de uma vaga apertada, dei um *totózinho* num sedã prata com vidros filmados, bem escuros, estacionado na vaga em frente. Não dei muita importância no momento. Mas, logo após, parei na Plaza Drugs para comprar uma resma de papel e um cartão de aniversário para Norma Gentile que minha mãe havia pedido. Ao sair, tive que esperar que dois veículos passassem antes de atravessar e ir pegar o carro no estacionamento. Um deles era um sedã prata com vidro escuro. Minha última parada foi no First National Bank, para sacar quarenta dólares. Enquanto esperava na fila do caixa eletrônico externo, notei um homem mais velho, de costas para mim, segurando a porta aberta do restaurante chinês ao lado. Quando uma mulher magra de cabelos negros e curtos passou atrás dele, reconheci o sr. e a sra. Robinson, os pais de Kacey. Baixei imediatamente o olhar para a calçada à minha frente, segurando a respiração e torcendo para a sra. Robinson não me ver. A única coisa que eu conseguia pensar naquele momento era: *eu nem apareci no velório da filha deles.* Para o meu alívio, eles foram direto para o carro no estacionamento sem olhar para trás.

Ao voltar para casa, parei no sinal da Edgewood Road. Ainda distraído pelos pensamentos sobre os Robinson, esperei o sinal ficar verde e depois virei à direita, seguindo uma caminhonete da UPS pela Hanson Street. No meio do caminho para casa, olhei pelo retrovisor e notei um sedã prata a dois carros de distância do meu. Desacelerei para olhar melhor, mas, com o reflexo do sol no para-brisa, não consegui identificar quem estava ao volante. Quando embiquei na entrada da garagem de casa, alguns minutos depois, o carro já tinha sumido. Meia hora mais tarde, e mesmo absorto enquanto escrevia um novo conto, aquilo ainda não tinha saído da minha cabeça.

Até agora.

Demorei bastante para pegar no sono.

ACIMA: A polícia interrogando moradores na Bayberry Drive *(Foto cortesia de Logan Reynolds)*

ACIMA: O detetive Lyle Harper *(Foto cortesia do* The Aegis*)*

cinco

Julho

"Uma tempestade está a caminho."

1

Por sorte, dessa vez, o prefeito de Amity Island, que odeia tubarões, tinha razão.

Os moradores de Edgewood compareceram maciçamente à comemoração anual do Quatro de Julho e, segundo a polícia, nenhuma prisão por crime violento foi feita.

A manhã de segunda-feira raiou com um céu perfeito para um feriado e até parecia que os moradores da cidade tinham se levantado da cama especialmente eufóricos, felizes por terem um dia a mais de folga, ávidos e determinados a deixar para trás as más notícias. O café da manhã com panquecas patrocinado pelos Cub Scouts no quartel dos bombeiros e as duas partidas da Little League em seguida tiveram um público numeroso e animado. Os churrascos nos jardins atrás das casas enchiam o ar com o delicioso aroma de hambúrguer, cachorro-quente e frango grelhado e o som meigo das risadas das crianças. No final da Willoughby Beach Road, o Flying Point Park mais parecia um circo. Uma armada de barcos enfileirados de frente para a areia clarinha da praia, caixas de som no volume máximo, adultos bebendo cerveja em copos de plástico e se bronzeando, as crianças pulando e brincando de pega-pega e Marco Polo na beira do mar.

A pouca distância, rio abaixo, pescadores atrás de peixes e caranguejos lotavam um píer em forma de L jogando suas iscas no meio do profundo canal em busca de bagres e percas. Dezenas de famílias e montes de adolescentes espalhados pelo gramado do parque, detonando na comida e na bebida, jogando frisbees e ferraduras, e empinando pipas vermelhas, azuis e brancas. O parque estava apinhado de crianças de olhos arregalados e eufóricas devido ao consumo de doces e, apesar do sol escaldante, elas não mostravam sinal algum de que fossem diminuir o ritmo. O ar de verão estava impregnado do cheiro de churrasqueiras a carvão, protetor solar, caranguejos cozidos ao vapor e grama recém-cortada.

Quando entardeceu, o povo se encaminhou para o Centro da cidade e grandes multidões se reuniram nos dois lados da Edgewood Road. A banda do colégio abriu a Parada com uma versão animada do hino americano e todos se levantaram de suas espreguiçadeiras, cangas e toalhas e ficaram em posição de sentido enquanto uma orgulhosa fila de porta-bandeiras desfilava. Os times da Little League e de softball vieram em seguida, os jogadores, todos uniformizados, acenando com os bonés para os pais e amigos e posando para fotos. Depois, os carros de bombeiro, ambulâncias e viaturas policiais, luzes piscando, sirenes berrando; uma fila escalonada de tratores fazendo publicidade de empresas locais e patrocinadores da Parada; esquadrões de soldados do Arsenal de Edgewood marchando em perfeita cadência, os botões dourados de seus uniformes brilhando ao pôr do sol, rodando como se fossem bastões e lançando para o alto rifles perfeitamente polidos; a Miss Maryland e a Miss Condado de Harford na traseira de Corvettes conversíveis vermelhos e brancos, acenando e mandando beijos para a multidão, atirando punhados de doces para as crianças; e, por fim, como manda a tradição, no final da fila, jipes abertos — bandeiras americanas presas às antenas — carregando os Veteranos de Guerra de Edgewood, com suas fardas, medalhas e condecorações tiradas do armário para serem admiradas por todos.

Assim que a Parada terminou, as pessoas guardaram seus pertences e se espalharam pela cidade para aproveitar a noite. Muitas apenas subiram a rua até o estacionamento do shopping, que proporcionava uma ampla visão do iminente show de fogos de artifício. Vendedores de sorvete e raspadinha misturavam-se à multidão, tocando seus sininhos, enquanto grupos de crianças risonhas corriam atrás deles. Outras dobraram suas cangas e toalhas e foram para casa assistir das suas varandas e jardins ao show pirotécnico. Teve gente, em boa parte idosos, exaustos por causa das atividades do dia, que foi direto para a cama em busca de uma boa noite de sono.

Como prometido, havia de fato bastante policiamento extra circulando pelas ruas de Edgewood — incluindo membros da guarda municipal e agentes tanto da Polícia Estadual de Maryland como do Departamento de Polícia do Condado de Harford. Policiais à paisana se infiltraram na multidão. Alguns se passavam por meros corredores ou casais românticos, fingindo que estavam dando um passeio, mas vigiando de perto as ruas dos subúrbios. Houve um punhado de prisões por embriaguez ao volante, bebedeira e desordem pública, fogos de artifício ilegais e pequenos atos de vandalismo. A operação mais séria do dia ocorreu quando dois caras de fora da cidade foram detidos durante o show de fogos por uso de maconha, e uma arma ilegal foi descoberta logo em seguida no porta-luvas do carro deles.

O maior susto da noite se deu depois que a maioria da multidão já havia se dispersado e ido para casa. Rodney Talbot, 43 anos, conhecido por ser um eterno criador de caso e pinguço inveterado, saiu de fininho para não pagar a conta do bar, mas, ao chegar ao próprio carro, estacionado em frente à lanchonete Winters Run Inn, descobriu que havia trancado a porta com a chave dentro. Chega a ser irônico, mas o contratempo muito provavelmente evitou que Talbot fosse parado e tivesse que passar a noite na cadeia, já que um policial estava estacionado um pouco mais à frente na Route 7, em ótima posição para mandá-lo parar.

Mas a sorte de Rodney Talbot acabou por aí.

Não tendo como pedir carona para alguém no bar, Talbot foi para casa cambaleando por um trecho de bosque pantanoso ali perto, tropeçando e caindo de cara no chão em um riacho e parando duas vezes para vomitar.

Quando finalmente chegou em casa, um trailer duplo na Singer Road, ele o encontrou trancado. Depois de esmurrar a porta e xingar a mulher de todos os nomes horríveis que conseguiu lembrar, além de vários outros inventados na hora, Talbot foi para os fundos do trailer, subiu numa velha mesa de piquenique e tentou se esgueirar pela estreita janela que dava para o quarto.

Dentro do espaço apertado, a mulher de Talbot, Amanda, que também estava bêbada, acordou de um torpor profundo. Sem reconhecer o rosto enlameado do marido, ela imediatamente achou que ali estava o tal Bicho-Papão, tentando arrombar a janela e matá-la. Ela não tinha intenção alguma de deixar *aquilo* acontecer sem lutar. Amanda então pegou no armário uma escopeta calibre doze descarregada e, não conseguindo localizar a munição, começou a dar coronhadas na parte de trás da cabeça do intruso. Quando teve certeza de que o Bicho-Papão estava inconsciente e não era mais uma ameaça real, ligou para o 190.

Em minutos, com as sirenes à toda, três viaturas policiais, uma ambulância e um carro de bombeiro pararam na frente do trailer. Um dos agentes, que conhecia muito bem as merdas que Rodney era mestre em fazer, reconheceu imediatamente o suposto assassino e informou a Amanda, com toda a calma do mundo, que ela quase havia matado o próprio marido.

Mais tarde, de volta à delegacia, o agente não conseguiu conter sua irritação ao relatar a história:

"Foi inacreditável. Eu esperava que ela começasse a berrar ou xingar. Em vez disso, ela deu uma boa olhada no companheiro todo esparramado no chão e caiu na risada. Cinco minutos mais tarde, *ainda* estava às gargalhadas. Foi uma baita dor de cabeça. E a questão é que nem podíamos prendê-la por bebedeira ou burrice. Afinal, agiu em legítima defesa e a arma estava devidamente registrada."

2

Na quinta-feira após o Quatro de Julho, Carly Albright apareceu inesperadamente lá em casa. Minha mãe atendeu a porta e anunciou com sua voz mais doce:

"Richard, tem uma *garota* aqui que quer falar com você."

Quando entrei na antessala, mamãe levantou suas fofas sobrancelhas para mim e abriu um sorrisinho maroto. Fingi que não tinha notado. Fechando a porta atrás de mim, fiquei com Carly na varanda. Mais uma vez, nos acomodamos no degrau superior.

"Richinho... você não pode convidar mulher pra entrar na sua casa?", Carly perguntou, rindo.

"Vai por mim, melhor ficar por aqui. Minha mãe vai te obrigar a aceitar um almoço com três pratos diferentes e quando você tiver acabado, ela sequer terá chegado à metade do que tem pra contar. E fará isso sem parar. Então, como foi seu feriado?"

"Espetacular", respondeu em um tom de voz sarcástico. "Comecei o dia cobrindo as corridas de tartarugas, tomando café da manhã com panquecas. Depois entrevistei um bando de bêbados a tarde toda e tabulei os resultados, um a um, do concurso de lançamento de ferraduras. Tudo por oito míseros centímetros de texto no jornal de ontem."

Eu então brinquei.

"Foi dureza *mesmo*."

"Por sorte, lançaram um novo da Nora Roberts para me fazer companhia o resto da noite."

"Não foi ver os fogos? E o namorado?"

Ela olhou para mim.

"Rich, estou cinco quilos acima do peso, sou workaholic e péssima ouvinte. Não saio com ninguém há mais de um ano."

Desviei o olhar, fingindo observar um caminhão de lixo que estava passando.

"Desculpe ter perguntado."

"E você? Fez o quê? Como foi o seu feriado?"

Dei de ombros.

"Foi bom. Finalmente consegui ficar um pouco com a Kara. Peguei uns peixes. Bebi cerveja. Fiquei queimado de sol..."

Ela olhou para a minha testa.

"Dá pra ver."

"Então... e aí?"

Ela ficou calada uns segundinhos, depois disse:

"Posso te pedir um favor?"

"Claro. Diga."

"Hoje de manhã eu apresentei para a minha editora uma ideia de pauta e, para minha surpresa, ela ficou empolgada."

"Legal", eu disse, esperando que ela terminasse.

"Bem... a ideia é *você*."

"Como assim?"

"Você. Eu gostaria de fazer uma entrevista sobre sua produção literária e sua revista. Pense bem, se você bombar algum dia, eu terei sido a primeira."

Soltei um suspiro profundo. Eu realmente não sabia se estava preparado para que toda a minha cidade natal soubesse o que eu andava fazendo. Procurando uma escapatória, perguntei:

"Não acha que o momento não é muito propício para algo do gênero?"

"Minha editora e eu já conversamos a respeito. Ela disse que não teria problema, desde que a gente não aborde nada sinistro ou explícito demais nem mencione as palavras 'assassino em série'. Ela acha que a cidade precisa de uma boa notícia, que, no caso, seria você. *Jovem local alcança o sucesso*, esse tipo de coisa."

"Eu, boa notícia? É a primeira vez que ouço isso."

"Então, o que me diz? Topa?", perguntou, inclinando-se para a frente, de maneira que eu não pudesse desviar o olhar.

Minha cabeça ficou trabalhando na ideia.

"Você é ardilosa, sabia? Não ligou e perguntou porque sabia que seria mais fácil para mim dizer não pelo telefone."

Ela me lançou um olhar inocente.

"Ora, ora, sr. Chizmar, eu sinceramente não sei do que o senhor está falando", brincou.

"E quando você gostaria de fazer essa pequena entrevista?"

Ela enfiou a mão na bolsa e tirou lá de dentro um gravador volumoso.

"Que tal agora mesmo?"

3

Eu tinha acabado de lavar o cortador de grama e o estava empurrando para o sol para secar quando ouvi uma voz rouca:

"Olá, Richard. Pode vir aqui um instante?"

Levantei os olhos e vi o sr. Gentile em pé na varanda, olhando para mim. Ele curvou um dedo ossudo e artrítico na minha direção e gesticulou para eu me apressar.

Bernard Gentile — quando éramos crianças, ele insistia para que o chamássemos de sr. Bernie — estava com quase 90 anos e aparentava toda a idade que tinha. O rosto, bronzeado o ano inteiro, tinha rugas profundas. De baixa estatura, não chegava a um metro e setenta e caminhava com as costas fortemente arqueadas, o que o fazia parecer ainda menor. Algumas das crianças do bairro o chamavam de Corcunda de Notre Dame quando ele não estava por perto, mas eu sempre me manifestei contra o apelido. Na minha mente adolescente, o sr. Gentile era a cara do irascível Mister Magoo, mas nunca revelei esse pensamento a ninguém, a não ser aos meus pais. Soava desrespeitoso. Um honrado veterano da Marinha que havia participado de duas guerras mundiais (e ele certamente tinha medalhas para provar), o sr. Gentile era uma alma querida e um exímio contador de histórias. Quando garotos, ele nos deleitava regularmente com histórias que iam desde a Grande Depressão e a Segunda Guerra até os antigos clubes de jazz e a noite em que conheceu Elvis Presley. Uma vez, ele chamou a mim e a Jimmy Cavanaugh para ir até sua varanda e passou quase uma hora explicando minuciosamente o motivo pelo qual nós dois teríamos sido excelentes entregadores do Pony Express no Velho Oeste.

"Altos e magricelas", ele nos disse várias vezes. "Vocês certamente se encaixam no molde."

No resto daquele verão, toda vez que nos via no jardim ou cruzava comigo na igreja, ele repetia aquelas mesmas palavras com um grande sorriso em seu rosto enrugado:

"Aí estão eles! Altos e magricelas!"

Enquanto eu me encaminhava para a varanda, passei a mão, para dar sorte, na cabeça do burro de cerâmica de tamanho natural que montava guarda no jardim da casa dos Gentile. Aquele burro estava sentado naquele mesmo lugar praticamente desde sempre. Em algum lugar da casa, meus coroas tinham uma fotografia minha em preto e branco, ainda bebê, no lombo do burro, balançando as perninhas, curtas demais para tocar no chão.

"Como vai, sr. Gentile?"

"Tudo velho", grasnou enquanto se sentava. "Tudo velho", e indicou com uma mão tomada de manchas senis alguns vasos de plantas pendurados em ganchos no teto da varanda. "Traga para baixo para mim, por favor."

Fui até lá e, na ponta dos pés, tirei uma planta de cada vez, quase caindo na última. Aquelas malditas eram mais pesadas do que pareciam.

"Pode deixar aí mesmo", ele indicou, apontando para os fundos da varanda. "Vou levá-las lá para trás no carrinho de mão mais tarde. Norma reclamou que não estão recebendo sol suficiente aqui."

"Posso levá-las lá para trás sem problema."

Ele levantou a mão e eu parei imediatamente.

"Não sou aleijado, meu rapaz. Só não conseguia alcançá-las e Norma não me deixa chegar nem perto de uma escada hoje em dia. Desde que tive de levar pontos na cabeça ao tentar podar aquela maldita árvore", explicou e apontou com o cotovelo para uma cadeira vazia ao seu lado. "Senta um instante. Quero contar uma coisa."

Eu me sentei. Ele olhou para longe como se estivesse tentando se lembrar de algo importante.

"Com tudo o que está acontecendo, pensei que você pudesse achar interessante", disse e me encarou. "Aconteceu lá na década de 60, antes que você e sua família se mudassem para a casa ao lado. Imagino que seu pai ainda estivesse estacionado no Texas na época ou talvez até no exterior.

Assenti, embora não fizesse a mínima ideia.

"Você precisa entender que Edgewood era muito diferente naquela época. A Route 40 não existia e a 24 estava engatinhando. Assim como a maioria das lojas e restaurantes destas bandas. Naquele verão, Nina estava completando 16 anos, eu me lembro disso porque Norma fez uma festança."

Richard Chizmar

Nina era a única filha dos Gentile. Eles também tinham dois filhos. Os três eram muito mais velhos do que eu e já tinham se mudado havia tempo.

"Um dia, um garoto que vivia nas moradias militares lá na Cedar Drive desapareceu. Ele estava brincando com os amigos em um córrego próximo. Depois de um tempo, eles foram almoçar em casa e o garoto ficou sozinho, procurando peixinhos, os amigos disseram mais tarde. Mas acho que, no final das contas, ele não estava sozinho, pois, quando as outras crianças voltaram ao córrego cerca de meia hora, quarenta minutos mais tarde, encontraram apenas um dos sapatos do amigo na margem", ele disse e olhou para mim. "Lembra algo?"

"Igualzinho a Kacey Robinson", eu disse.

"Os pais e amigos procuraram o garoto por toda parte. Não conseguindo encontrá-lo, ligaram para a Guarda Militar, que chamou o departamento de polícia. Eles procuraram dia e noite durante uma semana antes de suspenderem as buscas. De qualquer modo, o verão passou e, com exceção da família e dos amigos do garoto, o incidente foi sendo esquecido por todos. A vida é assim. Outra coisa — boa, ruim, indiferente — sempre aparece e nos ajuda a seguir nosso caminho, não é mesmo?

"Mas então, no final de agosto, pouco antes das crianças guardarem as roupas de banho e as luvas de beisebol e tirarem o pó dos livros didáticos, aconteceu de novo. Outra criança desapareceu. Daquela vez, uma garotinha negra. Ela estava brincando no jardim na frente de casa com a mãe tomando conta. O telefone tocou e a mãe entrou, não demorou mais do que um minuto, como ela mesmo disse à polícia mais tarde. Quando voltou, a criança tinha sumido. Daquela vez, nem um pé de sapato ficou para trás. Nem mesmo uma das belas fitas de cabelo cor de rosa que a menina estava usando naquele dia.

"Depois disso, foi uma repetição quase idêntica do que havia acontecido da primeira vez. A polícia foi chamada. Expedições de busca foram organizadas, realizadas e, no final, suspensas. E nunca mais ninguém viu nem ouviu a coitadinha.

"A cidade ficou muito apreensiva depois disso. Muita desconfiança. Pessoas indevidamente acusadas. A tensão aumentou. Os ânimos se exaltaram. Então, exatamente como antes, o tempo passou e as coisas começaram

125

a voltar ao normal. O período das Festas chegou e passou. Os alunos voltaram às aulas. Nenhuma outra criança desapareceu. Então, sem que ninguém percebesse, já era verão novamente", o sr. Gentile apertou os olhos para mim. "Entende o que estou dizendo?"

Assenti, mentindo.

"Creio que sim."

"Achei que você entenderia. Você é um rapaz esperto. Sempre foi."

Minha inteligência, obviamente, havia sido superestimada.

Alguns minutos mais tarde, meu pai me chamou, queria a minha ajuda. Aproveitei a oportunidade para cair fora e, enquanto eu me despedia do sr. Gentile, só conseguia pensar em uma coisa: *Mal posso esperar para ligar para a Carly e contar para ela a história que acabei de ouvir.*

4

Minha conversa com o sr. Gentile aconteceu na manhã de sábado, 9 de junho. Ao meio-dia, eu já havia ligado para Carly e passado adiante a assustadora história das duas crianças desaparecidas em Edgewood. Tão empolgada quanto eu, ela imediatamente prometeu vasculhar os microfilmes das edições do *The Aegis* à época para ver se conseguia algum outro detalhe.

No início da tarde de segunda-feira, Carly e eu estávamos sentados um na frente do outro na Biblioteca Pública de Edgewood com uma pasta repleta de fotocópias sobre a mesa entre nós.

Larguei a matéria de página inteira — datada de 11 de julho de 1967 — que havia acabado de ler e peguei duas páginas, grampeadas no canto superior esquerdo. A fotografia de uma criança estava centralizada abaixo da manchete: **NENHUM SINAL AINDA DO GAROTO DESAPARECIDO**. Tratava-se de Peter Sheehan, de 7 anos. Li rapidamente a reportagem e, quando terminei, Carly perguntou:

"Então, o que você acha?"

"Não sei nem o que pensar."

Usei a ponta do dedo para deslizar pela mesa a matéria seguinte da pilha.

"Além do sapato que foi deixado para trás, não tem muito em comum com o que está acontecendo agora."

"Foi o que eu também pensei. A primeira vítima foi do sexo masculino; a segunda, do sexo feminino. Uma era branca; a outra, afro-americana. E nunca encontraram nenhum cadáver. Nem sabemos se eles foram assassinados, muito menos estrangulados."

"E eram bem mais jovens do que Natasha e Kacey."

"E nem uma palavra sobre algo relacionado a números deixado nas cenas dos crimes", ela disse e me encarou. "Tá decepcionado?"

"Um pouco", falei, logo me sentindo meio palerma. "Achei realmente que pudesse existir uma ligação entre todos os assassinatos… mas não há ligação alguma, não é?"

Ela encolheu os ombros.

"Outra tragédia humana na cidade natal em circunstâncias misteriosas e inquietantes."

"Parece que sim", concordei e, depois de ler rapidamente o texto, ergui os olhos para ela. "Você vai ser uma ótima jornalista assim que eles te deixarem escrever alguma coisa."

O rosto dela se iluminou.

"Espere até ler o que escrevi sobre você!"

"Por favor, não me faça lembrar disso."

"Tem certeza de que não quer ler antes? Eu me sentiria melhor."

"Tenho", afirmei, balançando a cabeça. "Uma vez é suficiente e posso muito bem esperar para ler ao mesmo tempo que todo mundo."

"Como quiser."

Ela pegou a pasta, folheou mais páginas até o fundo da pilha e me entregou o que encontrou lá embaixo.

"Na verdade… até que achei algo interessante", falou.

Era uma matéria datada de março de 1972. A manchete dizia: **ADOLESCENTE MORTA EM EDGEWOOD.** Eu tinha 6 anos quando foi publicada.

Li em voz baixa:

"'No início da noite de quinta-feira, a polícia local descobriu o corpo da jovem desaparecida Amber Harrison, 15 anos, moradora da Hanson Road, na margem do córrego Winters Run.' Isso fica a uma quadra de onde estamos agora."

Carly assentiu, como se dissesse *continue*.

"'A srta. Harrison, aluna do primeiro ano do Colégio Edgewood, estava desaparecida havia aproximadamente quarenta e oito horas, depois de sumir durante uma curta caminhada da casa de uma amiga na Cavalry Drive até sua própria residência.

"'Segundo relatos preliminares, a srta. Harrison foi espancada e estrangulada...'"

Parei de ler e olhei para Carly.

"Uau. Alguma outra vítima? Pegaram o responsável?"

"Essa é a parte realmente interessante", disse ela. "Procurei por toda parte e não consegui achar mais nada. Nem mesmo uma nota."

"Isso não faz o menor sentido."

"Eu sei. O sistema é meio velho e capenga, então acho que de repente posso ter deixado passar algo. Mas, depois, verifiquei o *Baltimore Sun* e não havia nenhuma menção a respeito."

"Isso é *bem* interessante", falei, pensando alto.

"Seus superpoderes de Homem-Aranha estão coçando?"

Olhei para ela surpreso.

"Você também é fã?"

Ela revirou os olhos e começou a arrumar a pilha de fotocópias.

"Por quê? Você acha que só meninos leem histórias em quadrinhos?"

5

Na manhã seguinte, acordei antes do sol nascer com a bexiga prestes a explodir, resultado direto de ter tomado um Double Big Gulp de Coca--Cola para acompanhar um cachorro-quente com chili de noite no 7-Eleven. Enquanto eu seguia para o banheiro, quase num ato de sonambulismo, ouvi o farfalhar de jornais e o tinido metálico de uma colher mexendo café. Parei no topo da escada e olhei rapidamente lá para baixo. Só consegui vislumbrar a silhueta escura do meu pai, curvado sobre a estreita mesa do canto da cozinha. Ele, de certa forma, parecia pequeno e solitário, sentado ali, na dele. A casa estava silenciosa e estática, e voltei no tempo para centenas de outras madrugadas exatamente como aquela. Ali parado, de pijama, pensei: *É isso que você faz quando tem uma família. Você se levanta quando ainda está escuro lá fora e vai trabalhar para que as pessoas que você ama tenham uma vida melhor. Mesmo quando você está doente ou cansado e sem vontade.* Observei-o por mais um tempinho, meu coração doendo de uma maneira que eu nunca havia sentido antes.

"Te amo, pai", sussurrei na escuridão e depois fui de fininho ao banheiro e voltei para a cama.

6

Duas semanas mais tarde, na quarta-feira 27 de julho, o artigo de Carly sobre mim foi publicado no *The Aegis*. Embora meus pais tivessem uma assinatura com entrega em domicílio, comprei meu próprio exemplar na Wawa para ler sozinho no meu carro. Só li uma vez, e depressa, lá no estacionamento mesmo da loja de conveniência, me contorcendo cada vez que me deparava com uma citação. Kara disse mais tarde que eu tinha ficado bonito na foto, com um ar entusiasmado e inteligente. Eu, porém, tinha quase certeza de que parecia e soava como um idiota completo. Odiei cada uma das palavras, mas, é claro, não contei isso a Carly. Pelo contrário, agradeci e disse que a matéria tinha deixado meus pais muito orgulhosos, o que era inegável. Os dois ficaram em êxtase porque o caçula tinha saído no jornal local, e logo na capa do caderno *Pessoas & Lugares*. Mais tarde naquela noite, Norma e Bernie Gentile foram lá em casa e me pediram para autografar o exemplar deles. Achei que estivessem brincando, mas não estavam. Minha mãe não parava de sorrir. No dia seguinte, meu pai foi direto à Biblioteca, fez uma dúzia de fotocópias da matéria de Carly e as enviou para parentes mundo afora.

A publicação, no entanto, causou duas surpresas agradáveis. A primeira foi uma ligação, tarde da noite, do meu velho amigo Jimmy Cavanaugh. Seus pais tinham uma assinatura do *The Aegis* em outro Estado e contaram para ele tudo a respeito. Jimmy me ligou para dar os parabéns e me dizer que estaria em Edgewood no fim de semana para o casamento do primo. Acabamos papeando por mais de uma hora e fizemos planos para nos encontrar.

A segunda surpresa foi uma ligação do detetive Harper na manhã seguinte me dando parabéns. Havia visto por acaso a matéria — pelo menos foi o que ele disse, fazendo de tudo para parecer casual — e tinha realmente gostado. Só queria me dizer isso. Antes de desligarmos, eu me arrisquei e lancei uma ideia para ele:

"O que o senhor acha de eu acompanhar um dos seus agentes alguma vez? Só para observar e sentir como é ser um agente de polícia numa cidade pequena como Edgewood?"

Expliquei que eu já havia acompanhado um amigo que era policial da cidade de Baltimore no ano anterior. Eu já sabia tudo das autorizações que teria que assinar e o que esperavam de mim. Ele me prometeu que pensaria a respeito e em breve me daria uma resposta. Eu mesmo não estava muito confiante.

7

Na noite daquela mesma quarta-feira, depois do jantar, meus pais foram visitar os vizinhos Carlos e Priscilla Vargas. Eu tinha quase certeza de que o assunto da matéria no jornal sobre um tal Richard Chizmar surgiria nos primeiros trinta segundos de conversa.

Enquanto isso, Kara e eu passamos a noite assistindo a um filme no porão, depois ela se despediu cedo e foi para casa para fazer um trabalho da faculdade. Droga. Dois meses já tinham se passado desde a formatura e eu ainda odiava ter que estudar.

Quando eu estava quase entrando no chuveiro, o telefone tocou. Enrolei rapidamente uma toalha na cintura e peguei o fone no corredor do andar de cima.

"Alô."

"Uma notícia rápida", a voz de Carly Albright soava abafada e distante.

"Pode falar."

"Um jardineiro aqui da cidade, um tal de Manny Sawyer, 31 anos de idade, foi levado pra delegacia esta manhã por volta das 11h15. Obviamente, havia trabalhado com uma equipe que podou algumas árvores no jardim dos fundos na casa dos Gallagher *e* plantou alguns arbustos e fez adubagem a duas casas de distância dos Robinson.

"Opa."

"Pois é, né? A última notícia que eu tive foi que ele ainda estava lá sendo interrogado."

"Me mantenha informado, pode ser?"

"Claro, pode deixar. Até mais."

Ela desligou. Pus o fone de volta no lugar e fui novamente para o banheiro. Liguei o chuveiro, mas, antes que eu conseguisse tirar a toalha, o telefone tocou novamente. *Poxa, Carly...*

Corri para o corredor e tirei o fone do gancho.

"Fala, a coisa foi rápida, hein?"

"Que que foi rápido?", a voz de um homem que eu não reconheci.

"Desculpe, achei que fosse outra pessoa."

O homem soltou um risinho. Grave e rouco — um som nada agradável.

"Quem está falando?", perguntei, esperando soar mais calmo do que eu de fato estava.

Nenhuma resposta, mas eu ouvia a respiração dele.

"Por que tá ligando pra cá?"

Clique.

Depois o sinal de discar.

Abaixei a mão e olhei para o telefone por um instante. Pela primeira vez, me permiti fazer a pergunta: *Será que aquele era realmente o Bicho-Papão?*

Desliguei o chuveiro e corri lá para baixo para me certificar de que todas as portas estavam trancadas.

8

A sensação era de pura nostalgia, dos bons tempos.

O carro de janelas abertas. Som alto no rádio. Um pack de Bud Light no assoalho do banco traseiro. E Jimmy Cavanaugh no carona.

"Do cacete!", começou. "Parece uma daquelas histórias assustadoras que você costumava contar quando a gente era criança. 'Um Monstro entre Nós'."

Eu havia acabado de colocá-lo a par dos assassinatos de Natasha e Kacey e do que Carly Albright tinha descoberto naquela velha reportagem do *The Aegis*. Passamos meia hora pondo o papo em dia e zanzando de carro pela cidade, revisitando todos os nossos locais preferidos. Fazia mais de três anos desde a última visita de Jimmy, mas pouca coisa havia mudado.

"Sabe do que eu sinto falta?", perguntou, olhando para fora da janela.

"Do quê?"

"Da velha caixa-d'água. Lembra quando a gente ia andar de trenó lá?"

"Claro!"

"Lembra daquela vez que apareceu um vazamento e o morro inteiro congelou? Aquele coroa desceu à toda patinando no gelo e quase se matou!"

Eu ri, recordando.

"Sabe que aquele 'coroa' tinha provavelmente a mesma idade que nós temos agora, né?"

"De jeito nenhum!", ele reagiu, chocado. "Você acha mesmo?"

"Acho. Estamos ficando velhos, cara."

"E você vai se casar", ele disse, sorrindo.

"Pois é. E você vai estar bem ao meu lado como padrinho."

"Eu não perderia isso de jeito nenhum."

Jimmy olhou em volta para se certificar de que não havia policiais e tomou logo um golão de cerveja. Arrotou. Gesticulando para fora da janela enquanto passávamos pelo Edgewood Diner, disse:

"Desse lugar aí eu *não* sinto falta. Nem um pouco."

"Nem você nem eu", eu disse. "Não ponho os pés aí desde os tempos da escola."

"O Mel ainda é o dono?"

"O que você acha?", falei, olhando para ele.

Mel Fullerton era um babaca de um brutamontes — um metro e noventa, pelo menos cento e dez quilos, barba e bigode de rato, bandeira dos Confederados no boné de beisebol, maço de Red Man no bolso da calça jeans. Um babaca reaça de marca maior.

"Lembra quando a gente era criança e ele sempre tentava dar volta no troco?", Jimmy perguntou.

"Até que o sr. Anderson ameaçou pegar ele de porrada se fizesse aquilo de novo."

"Cara, eu até pagava para ver isso."

"Eu também", falei, entrando no estacionamento estreito ao lado do First National Bank. Escolhi uma vaga e desliguei os faróis.

Jimmy estava olhando bem à nossa frente na Edgewood Road, no fundo da trilha de cascalho da entrada da garagem. Não disse nada de início, mas depois vi os olhos se arregalarem.

"Caramba. A Meyers House."

"Achava que não existia mais?"

"Sei lá, mais ou menos", ele disse, a voz sumindo. "Para ser sincero, quase tinha me esquecido dela."

Olhei para ver se ele estava mentindo, mas deu para sacar que não. Meu coração chegou a doer ao pensar nele — ou em qualquer um de nós, na verdade — se esquecendo de um lugar tão importante da nossa infância. A ideia de que aquilo podia realmente acontecer nunca havia me ocorrido e eu não sabia como reagir. Por uma fração de segundo, senti uma ardência crescendo no canto dos olhos.

"Eu tinha pesadelos com essa casa", ele disse, quebrando o silêncio.

Quis dizer para ele que eu *ainda* tinha pesadelos com ela de vez em quando, mas resolvi ficar na minha. De repente, não parecia apropriado compartilhar aquilo com Jimmy.

"Meu pai disse que os proprietários venderam há alguns anos e tem outra pessoa morando agora."

"Não brinca", ele olhou pelo para-brisa. "Já pensou morar ali?"

"Não. Nem mesmo passar uma noite."

"Nossa, lembra quando o Brian e o Greg ficavam desafiando a gente a passar a noite no jardim dos fundos? *Aposto vinte pratas que vocês não conseguem ficar lá até de manhã.*' Quanto tempo a gente aguentou? Uma hora?"

"Nem isso", eu disse. "Tipo meia hora no máximo. Você tava com tanto medo que correu pra casa sem o saco de dormir."

"Foi porque eu vi um fantasma", Jimmy respondeu com um tom de voz de superioridade. "Quase me mijei nas calças naquela noite."

Depois começamos a rir e o som das nossas risadas me levou de volta a um lugar feliz. Era gostoso relembrar uma época mais simples.

Quase como se estivesse lendo minha mente, Jimmy perguntou:

"É estranho voltar a morar aqui?"

"É e não é", respondi, encolhendo os ombros. "É estranho dormir no meu velho quarto, sem dúvida. E a cidade parece… diferente, de certa maneira… mas isso não é uma surpresa atualmente."

Ele me olhou.

"Imagino que esteja acompanhando os casos bem de perto."

"Por que acha isso?", perguntei, esperando não soar defensivo.

"Sei lá", ele respondeu, mudando de posição no banco. "Você sempre gostou de… mistérios… de desvendar coisas…"

"Mas nem a polícia está conseguindo dessa vez. O que temos ouvido noite e dia é que eles estão prestes a prender alguém, mas nada acontece. A cidade inteira está tensa.

"*Você* está?"

"Um pouco", admiti. Pensei em contar para ele dos telefonemas estranhos, mas desisti. Nem sei bem por quê. "Uma noite dessas, resolvi dar uma corrida, até o final da Hanson. Mas acabei ficando cabreiro. Tive a impressão de ouvir passos atrás de mim e ver coisas se mexendo nas sombras."

"*Meeedo!*", ele disse com uma voz imitando filme de terror.

"Apavorante. Voltei pra casa."

Ele riu e tomou outro gole de cerveja.

"Olha só aquilo ali", falei, apontando para o outro lado da rua.

Ele seguiu a direção do meu dedo, mas não disse nada.

"Bem ali, ó. Ao lado da casa."

Uma sombra indistinta estava se mexendo na escuridão, uma luz trêmula mostrando o caminho.

"Tem alguém carregando um lampião?"

"Parece", eu disse, sussurrando e me sentindo como se tivesse novamente 10 anos. "Ou talvez uma lanterna com pilha fraca."

"O que você acha que ele tá fazendo?"

"Não faço ideia."

"Arrastando um cadáver, será? Ou enterrando!"

Observei a luz sumir nos fundos da casa.

"Quer ir até lá dar uma olhada?"

Ouvi ele engolir em seco.

"Você quer?"

Sorrindo, olhei para meu bom e velho amigo.

"Você sabe que ainda somos dois idiotas, não é?"

"Fale por você, Chiz."

"Tá com fome?"

"Morrendo."

Dei a partida no carro e saí do estacionamento. Cinco minutos mais tarde, estávamos sentados no balcão do Loughlin's, catando uns trocados para a jukebox e pedindo sanduíches de filé com queijo e um pitcher de cerveja.

9

Jimmy peidou de novo e começou a rir.

"Misericórdia", resmunguei. "Se eles não ouvirem a gente chegando, certamente vão sentir o cheiro."

"Desculpa", sussurrou. "Não te disse pra não deixar eu pedir os anéis de cebola?"

"Você não devia é ter pedido três jarras de cerveja."

"Isso também", concordou enquanto abafava outro risinho.

Era quase meia-noite e, desafiando qualquer lógica, havíamos voltado à Meyers House. A pé, daquela vez. Jimmy estava bêbado e cheio de disposição. Eu estava quase sóbrio e morrendo de arrependimento. Era tarde, fazia um friozinho e tinha começado a chover.

Quando éramos crianças, Jimmy conseguia me convencer a fazer umas burrices. Às vezes das grossas. Quando garoto, apesar de uma vez eu ter pagado nove dólares e cinquenta centavos por uma pena mágica, eu não me considerava ingênuo nem um alvo fácil. Para falar a verdade, era eu que sempre o convencia a entrar nas nossas frequentes roubadas. Mas acho que eu poderia dizer que o Jimmy Cavanaugh era a minha criptonita. O cara tinha um jeitinho — era como se conseguisse apagar as lembranças dos meus pesadelos e me convencer de que o que ele estava dizendo, fosse lá o que fosse, era a coisa mais legal, a ideia mais racional do mundo. *Ei, Rich, me faz um favor?* — essa era uma especialidade dele. *Segura aquela pinha no alto enquanto eu atiro com uma arma de chumbinho? Não se preocupe, seus dedos não correm perigo. Ei, Chiz, duvido que você consiga subir naquela árvore e descer balançando naquele cipó que nem o Tarzã. Rich, duvido você pegar essa vareta e cutucar aquela colmeia. Tenho quase certeza de que tá vazia.* Juro, era como se ele fosse uma espécie de mágico doido me lançando feitiços só para se divertir.

E, naquele momento, depois de todos aqueles anos, ele estava fazendo a mesma coisa.

A Meyers House se erguia à nossa frente, o telhado pontudo desaparecendo em um céu sem estrelas. Todas as janelas da frente da casa estavam escuras. Nem a luz da varanda estava acesa. Uma gangue de assassinos sedentos de sangue podia estar sentada na varanda, afiando suas facas e nos esperando, e a gente não tinha como saber. Ouvindo o som não tão discreto do cascalho estalando embaixo dos nossos sapatos, eu sabia que alguém já teria há muito tempo percebido nossa chegada.

"Espera", Jimmy falou, baixinho. "Preciso mijar."

"De novo?"

Ele não respondeu. Estava escuro demais para enxergar mais do que meio metro na frente do meu nariz, mas eu o ouvi se afastar um pouco, depois o som de um zíper sendo abaixado, seguido de um longo suspiro, e, finalmente, um jato contínuo batendo no cascalho.

"Pô, pelo menos mija na grama."

Da escuridão perto de mim, uma voz:

"Tarde demais."

E depois o som de um zíper subindo e o borbotar de outro peido molhado.

"Escapou. Foi mal."

Mais risinhos.

Estou no inferno, pensei, mas sem levar a sério.

"Ei", ele sussurrou em algum ponto à minha frente. "Me faz um favor?"

"Não. Nem pede. Seja lá o que for, a resposta é não."

"Eu só ia dizer para você continuar falando para eu te achar. É assustador demais ficar sozinho aqui nesse breu."

"Ah."

"O que você achou que eu fosse pedir?"

"Para eu fazer alguma idiotice, provavelmente."

"Continua a falar, acho que estou quase chegando."

"Quer saber? Eu deveria cair fora. Deixar você aqui sozinho no... *aaau!*"

Uma das mãos de Jimmy surgiu da escuridão na frente do meu rosto e cutucou meu olho. Uma fração de segundo mais tarde, ouvi um assobio e sua outra mão me deu um tapa na orelha."

"Aí está você", ele murmurou, sem perceber a minha dor. Mesmo com o olho em bom estado, eu não conseguia enxergar seu rosto, mas ele estava suficientemente perto para eu sentir o bafo de cebola e o cheiro azedo de urina. Eu tinha quase certeza que ele havia mijado nos próprios sapatos.

"Se você fez isso de propósito...", comecei, "fique sabendo que vai voltar a pé pra casa."

"Fiz o que de propósito?"

"Esquece. Ridículo isso aqui. Estamos ficando ensopados. Vamos voltar para o carro."

"O que foi aquilo?"

"Aquilo o quê?"

"Ali, ó."

"Se você está apontando para algum lugar, esquece, eu não consigo enxergar nada. Tá escuro demais."

"Lá em cima, à esquerda, atrás da casa dos Baliko."

Apertando os olhos no escuro, eu só conseguia entrever um halo de uma luz fraca vinda dos fundos da casa e a silhueta incerta de uma cabana no canto do jardim."

"Não tô vendo nada."

"Continua olhando."

Continuei observando e, quando me convenci de que Jimmy estava aprontando alguma, enxerguei: algo pequeno, lúrido e arredondado se deslocando paralelamente à entrada da garagem, talvez a uns trinta metros de onde estávamos.

"Viu?", ele perguntou, a voz repentinamente segura.

"Que diabos é aquilo?"

Fosse lá o que fosse, estava se aproximando. Flutuando sobre o chão. Retroiluminado pelas luzes das varandas das casas ao fundo. Um instante mais tarde, ouvimos passos se aproximando, sibilando na grama alta na beira da entrada da garagem.

"É um rosto", ele sussurrou.

Corremos, como inúmeras vezes antes, como se todos os demônios do inferno estivessem atrás de nós. O que, naquele momento, poderia ser verdade.

10

Mais tarde, no carro, com o aquecimento no talo...

"Foi uma das coisas mais assustadoras que eu já vi", disse Jimmy, esfregando as mãos. "Acha que devemos ligar para a polícia?"

"E dizer o quê?"

"Que vimos um albino assustador circulando por aí no escuro. Talvez fosse o assassino."

"Não sei", eu disse. "Nós dois bebemos. Acho que não seríamos testemunhas muito confiáveis."

"Você não disse que eles têm um disque-denúncia anônimo?"

Fiquei impressionado por ele lembrar disso.

"Tudo bem, mas você fala. Você não é mais *da casa*. Eles não vão reconhecer sua voz."

Parando no meio-fio na frente da farmácia Plaza Drugs, pus a mão no console e entreguei para ele uma moeda de vinte e cinco centavos para o telefone público e minhas luvas de inverno.

"Para que isso?", ele perguntou.

"Nada de digitais."

Ele estalou os dedos.

"Garoto esperto."

Enquanto ele saía do carro, eu disse:

"Talvez o cara que a gente viu não fosse albino."

Jimmy ficou me olhando.

"Talvez ele estivesse usando uma máscara."

11

Assisti ao noticiário e vasculhei os jornais durante dias depois daquele evento. Contei a Carly o que havia acontecido e ela ficou de orelha em pé para ver se captava algum sussurro. Eu passava de carro pela Meyers House pelo menos três ou quatro vezes por dia.

Nada.

12

No final da última tarde de julho, lá estava eu na frente da entrada da garagem, olhando para uma série de nuvens escuras marchando sobre o horizonte no topo do morro. Tinha sido um mês tranquilo até então em

Edgewood, mas eu pressentia que aquela paz e aquele silêncio logo chegariam ao fim.

Uma tempestade está a caminho.

Essas cinco palavras ecoavam na minha cabeça havia semanas.

Uma das lembranças mais queridas da minha infância era trabalhar com meu pai na garagem. Muitos dos amigos que conheci mais tarde achavam isso estranho — com razão.

Quando eu dizia às pessoas que não levava jeito para coisas mecânicas, estava usando um grande eufemismo. E, se elas já não conhecessem essa minha característica, logo vinham a saber. Por mais que tentasse, eu não conseguia configurar um videocassete, muito menos montar um móvel. A IKEA era minha inimiga declarada. No que me diz respeito, motores de carros — bem, motores de qualquer tipo — podiam ser cérebros humanos. Para mim, eram ambos mistérios eternos.

Durante a minha infância — e ainda hoje em dia —, a imagem do meu pai na entrada da garagem com a cabeça curvada embaixo do capô de um dos carros da família era uma visão comum para os motoristas e pedestres que passavam. E eu ao lado dele para ajudar? Nem tanto. Nós tentávamos. De verdade. Mas, inevitavelmente, acontecia o seguinte:

Primeiro minuto: Rich em pé ao lado, braços cruzados, balançando o corpo de tanta empolgação. Prestando muita atenção. Talvez até fazendo uma ou duas perguntas.

Terceiro minuto: Rich aprendendo, usando os dedos para tamborilar o ritmo do último comercial do Old Spice na saia lateral do carro, a poucos centímetros de onde está a cabeça do pai.

Quinto minuto: Rich inquieto como se fosse fazer xixi nas calças a qualquer momento. Prestando mais atenção num casal de esquilos gordos brincando de pega-pega no fio de telefone que atravessa a Hanson Road do que naquilo que, com muita paciência, o pai está tentando ensinar.

Oitavo minuto: Rich girando o corpo para um lado e para outro na entrada da garagem como um tornado humano enquanto emite sons como os de Cornelius de O Planeta dos Macacos *(um filme que sempre adorei), incapaz de ouvir que o pai está pedindo para ele pegar uma chave de boca de 3/8.*

Décimo minuto: Rich, agora completamente imóvel e silencioso, braços pendurados em desalento nas laterais do corpo, olhos baixos. O pai em pé na frente dele, uma mistura complexa de amor e frustração impressa em seu rosto cada vez mais corado. Finalmente o pai respira fundo e murmura aquelas três palavras mágicas: "Pode ir embora." E, antes que o pai possa mudar de ideia, Rich está subindo desabalado o morro rumo às casas de Jimmy e Brian, berrando por cima do ombro enquanto avança: "Obrigado, pai! Te amo!"

Isso é mais ou menos o que acontecia. Toda vez. Até que, finalmente, um dia, simplesmente nos aceitamos mutuamente e paramos de tentar.

Por sorte, trabalhar *dentro* da garagem, em um dos frequentes "projetos" do meu pai, era uma experiência totalmente diferente. Falei mais cedo que a garagem sempre me lembrou a oficina misteriosa e caótica do feiticeiro de *Fantasia*, da Disney. Sobretudo naquelas longas noites de verão depois do jantar quando meu pai ocupava o próprio tempo construindo ou consertando vários objetos em sua bancada de trabalho. Ele era o mago grisalho, sábio e paciente que não parecia pertencer a este mundo — e eu era seu ávido aprendiz.

Ele me pedia para pegar uma ripa de madeira da pilha encostada na parede dos fundos ou a caixa de arames na prateleira e eu prontamente o atendia. Ele baixava a cabeça e começava a trabalhar e eu ficava bem ao lado dele, espiando atrás das costas, estudando, tomando cuidado para não cutucá-lo com o cotovelo enquanto ele operava para minha mãe uma cirurgia delicada num apoio para os pés novinho em folha ou nas vísceras confusas do televisor quebrado de um vizinho.

Por algum motivo, minhas noites mais memoráveis na garagem eram quase sempre acompanhadas de tempestades de raios. Enquanto trabalhávamos lá dentro, o céu lentamente se contorcia e se agitava, mudando e turbilhonando até assumir aquele tom roxo-escuro de um dos muitos hematomas feios que cobriam meu corpo magricela aos 10 anos de idade.

Longos estrondos mal-humorados de trovões distantes iam se aproximando cada vez mais, como um exército de gigantes marchando. Meu pai adorava o som dos trovões e muitas vezes até desligava o rádio que estava transmitindo o jogo dos Orioles só para que pudéssemos ouvi-los melhor.

Pouco depois, ele olhava para mim e anunciava:

"O que você acha de fazermos uma pausa para observar a chegada da tempestade?"

Então, em silêncio, ele largava o que estava fazendo na bancada e ia para a entrada da garagem. Geralmente se apoiava em um dos carros e fixava o olhar na Hanson Road. Logo atrás dele, eu imitava todos os movimentos.

Nossa casa estava localizada no fundo de uma depressão natural formada pelo cruzamento da Hanson com a Tupelo. Às vezes, durante grandes tempestades, a rua ali inundava, acumulando de setenta centímetros a um metro de água. Quando isso acontecia, a bomba no nosso porão era obrigada a trabalhar sem parar e meu pai precisava ficar acordado a noite toda para ter certeza de que não tinha acontecido nenhum entupimento.

No lado oposto, subindo o morro, ficavam as casas dos Gentile, Cavanaugh e Anderson, e a casa em dois níveis do vizinho de Brian e Craig marcava o topo de uma inclinação íngreme.

Eu e meu pai, o aprendiz e o mago, ficávamos em pé na entrada da garagem — às vezes, falando dos Orioles ou de um dos meus amigos ou de um livro que um de nós estava lendo; muitas vezes, sem dizer nada — e observávamos a tempestade passar por cima do morro e chegar ao coração de Edgewood. Em noites especiais, parecia que estávamos fazendo algo mais, além de observar; parecia que estávamos dando as boas-vindas à tempestade de braços abertos.

Primeiro, o vento aumentava, assobiando entre as copas das árvores e despenteando nossos cabelos. Depois, relâmpagos rasgavam o céu e o estrondo dos trovões só aumentava. A luz diminuía mais um pouco enquanto o céu ia ficando mais raivoso. Depois, o cheiro do ozônio nos atingia e o aroma de terra úmida enchia o ar. Era nesse momento que nós sabíamos: um toró estava caindo em algum lugar ali perto... e se aproximando. Por fim, o zumbido crepitante e elétrico começava a dançar no ar à nossa volta, uma sensação

Richard Chizmar

perigosa e superintensa que fazia os pelos minúsculos e escuros dos nossos antebraços se arrepiar.

Os primeiros pingos gordos de chuva começavam a cair logo depois. Esparsos no início; inchados, pesados e famintos por terra seca; respingando em nosso rosto e infiltrando-se por nossos cabelos; molhando os telhados, o capô dos carros e o concreto da entrada da garagem sob os nossos pés; ao mesmo tempo, marcando um profundo ritmo *staccato*, apagando os sons cotidianos do mundo à nossa volta.

Meu pai e eu ficávamos lado a lado, saboreando cada doce momento, cabeças inclinadas, olhos fechados, sorvendo a cacofonia da tempestade; só nós dois — os Senhores de Edgewood.

Depois, sem aviso prévio, nos dávamos conta de que estávamos embaixo de uma cachoeira majestosa. O mundo inteiro se transformara e nós dois estávamos à sua mercê — e minha mãe, em pé sob a porta aberta da garagem, gritando para deixarmos de ser bobos e entrarmos para não pegarmos uma pneumonia. Meu pai e eu não conseguíamos parar de rir, perdidos demais no meio da cachoeira para ouvir, consumidos demais pela saudação à tempestade...

Os trovões rosnavam lá em cima. Relâmpagos perfuravam o horizonte. Olhando para a luz decrescente que envolvia a Hanson Road, pisquei e os sussurros da memória desvaneceram. Eu não era mais uma criança. Era o último dia de julho de 1988. E, mais uma vez, eu ouvi, cantarolando nas profundezas do meu ser: *uma tempestade está a caminho.*

ACIMA: Parada de Quatro de Julho *(Foto cortesia de Deborah Lynn)*

ACIMA: Time (divisão de 9 a 10 anos de idade) vencedor do torneio Quatro de Julho *(Foto cortesia do The Aegis)*

ACIMA: A comprida trilha de cascalho até a Meyers House *(Foto cortesia de Alex Baliko)*

ACIMA: A Banda de Edgewood *(Foto cortesia de Bernard L. Wehage)*

seis

A Casa dos Manequins

"As cabeças tinham sido raspadas e os cabelos substituídos por perucas vagabundas."

1

Minutos após me sentar no sedã marrom chapa fria do detetive Lyle Harper, me dei conta de quem ele me lembrava: Danny Glover. Mesma voz profunda e rouca; mesma risada espalhafatosa; mesmos olhos tristes de cachorrinho filhote. Eu não sabia por que não havia feito a conexão quando o conheci na minha sala de estar — nervosismo, provavelmente —, mas as semelhanças me fizeram gostar dele instantaneamente. Glover sempre foi um dos meus atores favoritos.

Dizer que eu havia ficado surpreso no dia anterior quando o detetive me ligou não apenas para aprovar meu pedido para acompanhar os policiais, mas para se oferecer para me levar com ele, seria um imenso eufemismo. Inicialmente intrigado pelo motivo para ele me oferecer tal privilégio, decidi manter minha grande boca calada e aproveitar a oportunidade, talvez aprender algo ao longo do caminho.

Até então — passados trinta minutos de um turno estimado em quatro horas —, eu estava certamente fazendo as duas coisas. O detetive Harper, além de ser um poço de informações e um profissional de primeira, era também engraçado à beça. Ele já havia falado dos três filhos — duas moças mais velhas e um rapaz da minha idade — e de suas frequentes desventuras como pai solteiro quando eles eram mais jovens. Sem dúvida, namorar a filha adolescente de um detetive da divisão de homicídios não era para os fracos. De repente, fiquei muito grato pelo pai de Kara ser corretor de seguros. Apesar dos rigores da carreira, Harper se casara novamente havia pouco tempo e parecia ter uma vida boa. E os filhos ainda o adoravam, o que ele afirmava ser um pequeno milagre.

Acho que eu fazia Harper lembrar do filho, Benjamin, que era músico profissional. Durante o dia, dava aulas particulares de piano, violão e saxofone. À noite, tocava com algumas bandas bastante respeitadas — de jazz e música contemporânea — em vários clubes e restaurantes na região de Washinton D.C. Até aquele momento, a questão financeira havia sido complicada, mas o detetive disse que nunca tinha visto o filho mais feliz ou dedicado, então, como pai, estava aguentando a barra e dando todo o apoio possível.

Quando o assunto pessoal chegou ao fim, Harper começou a falar do trabalho, explicando que havia passado a maior parte da tarde revisando declarações por escrito de parentes, amigos e vizinhos das vítimas, procurando qualquer coisa de interessante que pudesse ter passado despercebida. Perguntei quantas vezes ele já havia lido cada declaração e ele me deu um olhar que dizia *Você não tem ideia*. Depois de terminar a leitura, ele dava telefonemas de acompanhamento para determinados interrogados com o intuito de fazer perguntas complementares.

O plano para o resto da noite era patrulhar as ruas de Edgewood — começando nos arredores ao longo da Route 40 e nos aproximando lentamente e em círculos do Centro da cidade, depois dando meia-volta e invertendo o percurso — e investigar qualquer pessoa ou coisa que o detetive Harper julgasse interessante.

2

Era estranho ver as ruas da minha cidade natal de dentro de uma viatura da polícia. Não parecia real, era quase como se o para-brisa fosse a tela de um televisor e eu estivesse sentado no porão com meu pai assistindo a um dos seus programas de detetives. Por falar em meu pai, ele estava emburrado em casa porque não tinha sido convidado para ir comigo. Como se eu pudesse decidir. Olhei pela janela do carona e, mais uma vez, aquela sensação de expectativa cresceu dentro de mim, como se um acontecimento importante estivesse à espreita logo após o horizonte. *Uma tempestade está a caminho.*

Sem que eu perguntasse, o detetive Harper passou a primeira parte da nossa patrulha me ensinando o que os códigos de chamada queriam dizer cada vez que eram transmitidos pelo rádio da polícia. Eu disse que havia comprado meu próprio rádio para ouvir enquanto escrevia à noite e ele não pareceu nem um pouco surpreso. Depois entendi por quê: eu já havia dito que tinha comprado um rádio quando ele tinha estado lá em casa para o nosso interrogatório inicial. O que provavelmente explicava por que ele estava se dando ao trabalho de me explicar os códigos de chamada. Era uma gentileza da parte dele.

Harper também estava guardando uma outra surpresa para mim. Ele havia procurado e lido meu artigo sobre Earl Weaver para o *Baltimore Sun*. Eu não sabia se deveria ficar nervoso ou lisonjeado. Quando perguntei por que ele havia feito aquilo, ele sorriu e disse:

"Sou um detetive. Faço o meu dever de casa."

Quando entramos na Route 24, avistamos um homem e um menino com varas de pescar em pé na margem do rio Winters Run. Uma pequena fogueira ardia numa clareira atrás deles.

"O que você acha que eles estão querendo pegar ali?", perguntou, pisando suavemente no freio.

"Percas-sol. Percas-amarelas. Bagres. Talvez achigãs ou percas-prateadas se estiverem usando vairões vivos como isca."

Ele me olhou impressionado.

"Você é pescador."

"Pescava quase todo dia quando garoto."

"E agora?"

"Não mais. Íamos de fininho até o campo de golfe da Universidade de Maryland de vez em quando e pescávamos nos lagos. Fisguei alguns peixes grandinhos na baía agora no Quatro de Julho. Mas só isso."

"Eu só pesco em água doce. Gosto de sair duas ou três vezes por semana para pescar, quando posso", contou e olhou para mim. "Ultimamente não tenho saído muito."

Harper deu seta e virou à esquerda na Edgewood Road. Vi os vultos das casas passando enquanto subíamos a longa e sinuosa colina rumo à cidade. Reunindo coragem, perguntei:

"Então... numa noite como esta, a gente fica dirigindo e procurando o que exatamente?"

"Para ser sincero, estou pensando tanto quanto procurando. Se é que isso faz sentido."

Eu assenti.

"Acho que faz."

"Geralmente não faço um patrulhamento tão amplo assim. Isso é trabalho dos fardados."

Ele entrou no estacionamento do banco e parou a não mais do que cinco metros de distância de onde eu e Jimmy havíamos estacionado há uma semana. De repente, meu estômago deu um nó.

"Mas, às vezes, é útil para mim sair de trás da escrivaninha, ficar longe do telefone e de toda a papelada."

"Então, enquanto dirige... o senhor pensa sobre todos os detalhes do caso? Tenta fazer com que tudo se encaixe?"

"Exatamente", ele disse. "Também penso no que podemos ter deixado passar. O que está bem na nossa cara e que, por algum motivo, ainda não notamos."

"Isso acontece muito? Deixar passar algo e depois voltar e encontrar?"

"O tempo todo", começou, balançando a cabeça. "As pessoas acham que o trabalho de um detetive é excitante e glamouroso, cheio de tiroteios e perseguições de carro. Na verdade, raramente é assim", completou, esticando o braço e diminuindo o volume do rádio. "É trabalho duro, é peneirar centenas, às vezes milhares de páginas de relatórios e fotografias, assistir a horas de gravações de segurança, bater em portas, fazer ligações e falar com pessoas que ou estão ansiosas demais para falar, mas não têm nada a dizer, ou têm informações cruciais, mas se recusam a falar."

"Não parece muito empolgante."

"Acredite, não é."

"Há quanto tempo faz esse trabalho?"

Ele respondeu imediatamente.

"Em outubro, vai fazer dezenove anos."

Eu soltei um assobio.

"Quase a minha vida toda."

"Deixe-me perguntar uma coisa", falou, apontando para a trilha de cascalho que levava até a Meyers House, do outro lado da rua. *Merda, lá vem encrenca*, pensei. "Vi um bando de crianças caminhando por ali outro dia. Aonde você acha que elas estavam indo?"

Fui invadido por um alívio instantâneo.

"Humm… depende", falei, pensando repentinamente no homem que tínhamos visto circulando ali na escuridão. "É um atalho tanto para a Cherry como para a Tupelo. Se você subir um pouco mais da metade do caminho e atravessar um dos jardins nos fundos das casas à esquerda, vai dar na Cherry. Se você for até o topo e atravessar o jardim nos fundos da casa grande e continuar pelo jardim da casa dos Patterson, vai dar na Tupelo. A cinco ou seis casas de distância de onde moram meus pais."

"E todo mundo que mora por aqui sabe disso?"

Dei de ombros.

"A molecada toda sabe. Tipo… faz parte de morar aqui."

O detetive pareceu pensar a respeito por um instante, depois saiu da vaga do estacionamento e pegou a Edgewood Road. Ao chegar no cruzamento do posto Texaco, virou à direita na Hanson. Quando desacelerou o carro uns oitocentos metros mais à frente, eu sabia aonde ele estava nos levando.

"O que você pode me dizer sobre esta área?", ele perguntou, pegando a esquerda no circuito em volta da Cedar Drive.

Dei uma olhada nas homenagens para Kacey Robinson na base do escorrega. Finalmente tinha parado de crescer. Já estava quase na hora do pôr do sol e só havia duas pessoas ali — uma mãe com a filha — brincando nos balanços. Um cão grande estava preso à base do trepa-trepa, a uns dez metros delas, talvez. O resto do parque estava deserto e envolto em sombra.

"Vamos lá", comecei, olhando em volta e apontando para os pontos de referência. "Costumávamos andar de trenó ali quando éramos crianças. O campo de beisebol oficial e o parque ainda não haviam sido construídos. Jogávamos futebol americano logo ali, perto dos apartamentos militares. Se atravessarmos aquele campo", apontei, gesticulando em direção ao outro lado da rua, "e depois o jardim nos fundos da casa dos Goode, vamos sair na Tupelo Court, bem em frente à minha casa."

"E quanto ao Boys and Girls Club, já tinha aberto naquela época?"

"Não. Era só um grande estacionamento vazio. Quando já estávamos um pouco maiores, a gente ficava bebendo cerveja ou levando garotas pra lá."

Ao nos aproximarmos da escola primária à nossa esquerda, apontei para uma fila de árvores que ficava do lado oposto da rua em relação ao local onde os ônibus estacionavam. Uma trilha estreita havia sido aberta no bosque. Abria-se formando grandes áreas escuras.

"Tem um outro atalho por ali. Sai atrás do novo edifício comercial em frente ao 7-Eleven."

"O que fica na esquina da Edgewood com a Willoughby Beach?"

"Isso mesmo. O 7-Eleven foi o primeiro lugar por aqui com uma máquina de Space Invaders. Quando eu tinha 9 anos, costumava sair correndo depois do jantar com uma única moeda de vinte e cinco centavos no bolso. Descia a Hanson, cortava pela Cedar Drive, atravessava esse bosque e subia o morro. Eu jogava a minha partida e corria de volta para casa o mais depressa possível na escuridão para que meus pais não soubessem que eu tinha saído."

"É muito chão só para uma partida de Space Invaders."

Eu ri.

"Nem me fale. Especialmente quando você morre no primeiro ou segundo minuto todas as três vezes. Fazer o quê? Quem mandou ser meio obcecado."

Quando chegamos na placa de *Pare* no final da Cedar Drive, o detetive Harper freou até estacionar e ficou imóvel atrás do volante. Não havia trânsito na rua em frente, mas, mesmo assim, não avançávamos um milímetro. Estudei a moita de arbustos do outro lado da rua caso o detetive estivesse monitorando algum movimento que eu não tivesse percebido, mas não havia nada. Por fim, ele pisou no acelerador, virou à direita e rumou para o colégio. Quando voltou a falar, sua voz estava baixa e cautelosa.

"Eu sei que, para vir comigo hoje, você teve de concordar que não me faria nenhuma pergunta específica sobre o caso", ele disse. "Mas eu gostaria de te fazer uma ou duas perguntas, mas só precisa responder se quiser, ok?"

"Tudo bem, claro", falei, uma cólica nervosa despontando no fundo do intestino.

Ele olhou para mim e sorriu, mas o sorriso não alcançou os olhos.

"Relaxa, Rich. Não é nada de mais. Eu só estou procurando uma... digamos... perspectiva diferente."

"Tudo bem", repeti.

"Você está a par de alguma tensão racial aqui em Edgewood?"

"Que eu saiba, não", encolhi os ombros. "Quer dizer, nada fora do normal. Somos, e sempre fomos, uma comunidade muito diversa."

"Mas ambas as vítimas foram jovens brancas."

"Sim, é verdade", olhei para ele. "O senhor acha isso estranho?"

"Você acha?"

"Acho que não. Só imaginei que isso significa que o assassino também é branco. A maioria dos serial killers não cruza os limites da própria raça quando seleciona suas vítimas."

Ele arqueou as sobrancelhas, surpreso.

"Vejo que não sou o único que fez o dever de casa. Onde você aprendeu isso?"

"Não me lembro bem. Provavelmente em um dos livros que eu li."

Ele virou à esquerda na Willoughby Beach Road.

"Tudo bem. Próxima pergunta: se você fosse um criminoso de outra cidade e estivesse procurando raptar uma jovem nas ruas de Edgewood, onde você agiria? O primeiro lugar que vem à mente."

Baixei a cabeça e fechei os olhos. Assumindo meu lado escritor, pensei no que ele estava me perguntando.

"Em algum lugar sem muita gente. Um parque, no início da manhã ou ao pôr do sol. Uma das ruas paralelas à principal ou, então, perto do rio. Em um dos bares ou restaurantes, pelo horário de fechamento," reabri os olhos. "Desculpe, eu falei mais de um."

"Não, tudo bem", ele disse. "Muito bom. Eu só não queria que você pensasse demais a respeito."

Harper entrou no estacionamento na frente da escola ginasial e desligou os faróis do sedã. Já estava totalmente escuro, vaga-lumes salpicavam o céu noturno. Uma luz quente e amarela vazava das janelas das casas do outro lado da rua e mal se distinguia o brilho oscilante de telas de televisão nas salas de estar e porões.

"Agora me diga uma coisa... se você fosse um forasteiro, um estranho, qual seria o *último* lugar a que você iria para raptar uma adolescente em Edgewood?"

"Um local movimentado", respondi na lata.

Ele meneou a cabeça, mas não disse nada, só continuou olhando para a escuridão. Por um instante, achei que tivesse dito algo errado, mas, depois, entendi o que ele estava fazendo.

"O senhor realmente acha que o assassino é daqui, não é?"

"Acho que ele provavelmente morou aqui a vida toda", Harper olhou para mim. "Você não está convencido disso?"

"Certeza, certeza, eu não tenho de nada", respondi, desviando o olhar. *Ou talvez eu simplesmente não quisesse ter.*

3

"O senhor já sentiu medo ao fazer seu trabalho? Não medo do tipo 'alguém pode atirar em mim' ou 'estou em perigo'. Estou falando daquele medo que causa arrepios porque tudo à sua volta é aterrorizante."

Estávamos voltando para a delegacia quando de repente me ocorreu que aquele patrulhamento provavelmente tinha sido mais proveitoso para o detetive Harper do que para mim. Não que isso me importasse. Havíamos percorrido a cidade, de cabo a rabo, três vezes. Eu havia visto partes de Edgewood que não visitava desde garoto. Até saltamos e caminhamos pela margem do rio por um tempo. Eu certamente havia aprendido muito e apreciado a companhia do detetive, mas, de alguma maneira, ele tinha conseguido extrair de mim mais informações do que eu dele. Com a noite quase chegando ao fim, pensei que poderia tentar fazer mais uma ou duas perguntas.

"É claro", ele disse. "Que já vivi momentos assim."

"Sério? Qual foi o pior?"

Ele ficou calado por um instante, pensando.

"A Casa dos Manequins."

"Nossa, parece assustador *mesmo*. O que aconteceu?"

O sinal abriu e atravessamos o cruzamento.

"Era tarde da noite, eu estava trabalhando em Baltimore. Meu parceiro e eu atendemos uma ligação de uma senhora preocupada com o vizinho. Ela morava na rua do Memorial Stadium e fazia um dia mais ou menos que ouvia vozes estranhas e ruídos de pancadas na casa geminada com a sua. Havia tentado tocar a campainha e bateu à porta várias vezes, mas ninguém atendeu. O nome do vizinho era Thomas McGuire. Ela disse que ele estava na faixa dos 60 anos e era bastante simpático, mas também meio estranho às vezes. Falava sozinho direto e acreditava em óvnis, cristais e coisas do gênero.

"Bem, fomos lá verificar. Eu fui pela frente e meu parceiro pelos fundos. Obviamente, ninguém abriu a porta. Tentei espiar pela janela, mas cortinas pesadas bloqueavam a visão. Bem nessa hora, meu rádio apitou, era meu parceiro pedindo para eu ir para os fundos.

"Encontrei ele em pé diante de uma janela semiaberta, espiando através de uma fresta entre as cortinas que ele havia afastado. Mesmo no escuro, vi que ele estava com o rosto pálido e com o revólver na mão. Ele se afastou para o lado e eu dei uma olhada.

"Velas ardiam dentro da casa. Centenas delas, por toda parte, inclusive no chão. Espalhados entre as velas, estavam dezenas de corpos nus, todos colocados em várias poses. Sentados à mesa de jantar. Apoiados na bancada da cozinha. Em pé, encostados nas paredes. As bocas haviam sido pintadas com batom vermelho e os olhos de vidro brilhavam à luz das velas.

"'Que diabos é isso?!', exclamei, me afastando da janela.

"'Tá sentindo o cheiro?', meu parceiro sussurrou. 'Tá sentindo o cheiro de sangue?'

"Saquei a arma do coldre. 'Você chama o reforço?'

"'Chamo', ele disse.'

"Naquele momento, um som saiu de dentro da casa. Alguém chorando. Meu parceiro não titubeou. Arrombou a porta com um chute. 'Polícia!', gritou, apontando a arma. 'Sr. McGuire! O senhor está em casa?!'

"Entramos na cozinha e ficamos petrificados. O fedor de sangue fresco era nauseante. Sombras tremeluziam à nossa volta. De perto, só precisamos de um segundo para perceber que os corpos não eram humanos, eram manequins. Mas manequins não sangram. *Então... de onde estava vindo o cheiro?* Havia dezenas daquelas coisas espalhadas pela casa. Quatro sentados no sofá da sala de estar, dois com as pernas cruzadas. Mais três agrupados como se estivessem conversando perto da tevê. Pus a cabeça dentro do banheiro do andar de baixo e tinha um maldito manequim sentado na privada, outro se arrumando na frente do espelho. Fomos para a sala de estar e, à nossa volta, eles nos observavam com aqueles olhos mortos, brilhantes, e havia mais outros ao longo da escada que levava ao andar de cima. Os quartos estavam cheios deles. Um casal de conchinha na cama em um quarto, meia dúzia fazendo uma orgia em outro, um manequim tamanho infantil sozinho no chuveiro com a água ligada, mais dois sentados no chão, de pernas cruzadas, no final do corredor. E, por toda parte, velas ardendo em qualquer superfície disponível.

"Quando voltamos para o andar de baixo, nossos reforços haviam chegado e estavam tão atônitos quanto nós. Seguimos todos em fila indiana até o porão, onde o cheiro de sangue e de podre estava ainda mais forte. E lá, no meio de todas as velas acesas, da máquina de lavar e da secadora, daquelas fileiras de caixas de papelão empilhadas contra a parede, de pelo menos vinte bicicletas velhas emaranhadas e de mais ou menos duas dúzias de manequins, encontramos os cadáveres de três mulheres, todas na faixa dos 40 anos. Duas eram prostitutas e a terceira era a funcionária de uma creche cujo desaparecimento fora registrado havia três dias. Estavam nuas, estripadas, penduradas no teto. As cabeças tinham sido raspadas e os cabelos substituídos por perucas vagabundas. No canto oposto, atrás de uma pilha de lixo, encontramos o Thomas. Ele também estava nu, encolhido em posição fetal. Soluçando e chorando. Cada milímetro do corpo estava lambuzado de sangue das vítimas. Um quarto cadáver, a ex-mulher do sujeito, foi descoberto mais tarde no porta-malas do carro. Também estava lá havia alguns dias."

"Misericórdia!", exclamei, enquanto me subia uma vontade de vomitar. "Quando foi isso?"

Ele respondeu imediatamente.

"Em 9 de outubro de 1976."

Não falamos mais durante o resto do caminho até a delegacia.

4

"Isso não tem graça nenhuma", eu disse.

Carly Albright estava sentada do outro lado da mesa, sorrindo, claramente se divertindo. Era o início da tarde do dia seguinte, e havíamos escolhido a mesa de canto que havia rapidamente se tornado nosso lugar cativo no Loughlin's Pub.

"Só estou dizendo que é uma tática supercomum usada pela polícia. Sempre aparece nos filmes. Eles fingem criar intimidade com um suspeito para atraí-lo e gerar confiança."

"Não era isso que ele estava fazendo. Ele foi um cara genuinamente simpático."

Ela me ignorou.

"E depois o suspeito fica um pouco confiante demais, comete um erro e *pimba*, é pego."

"Não foi isso o que aconteceu. E pego por quê? Não fiz nada de errado."

"E por acaso ele sabe disso?", ela perguntou, levantando as sobrancelhas.

"Na verdade, ele pediu minha opinião sobre coisas relacionadas ao caso."

"Dissimulação clássica."

"Ah, para. Nem vem", falei, beliscando o prato de nachos com frango entre nós. "Você viaja."

"Só estou dizendo que o detetive Harper talvez não seja o policial cama-rada que você está imaginando que ele é."

"Eu nunca disse isso! Eu simplesmente disse que ele foi simpático."

"Bem... não sei se você deve confiar nele. O Harper tem uma tarefa a cumprir e está sob muita pressão."

"Agora você está parecendo a minha mãe."

Carly fez uma pilha com vários nachos, atochou-os na boca e começou a mastigar.

"Fazer o quê", ela murmurou, migalhas voando para todo lado.

5

Mais tarde naquela noite, pouco antes de subir para escrever um pouco, fui até a garagem, pressionei o botão de abertura automática da porta e saí para levar o lixo até o meio-fio.

Eu estava na metade do caminho quando me dei conta de como estava escuro. Dando uma olhada rápida na varanda da frente, percebi que a luz externa estava apagada — ou meu pai havia esquecido de acender depois do jantar (o que quase nunca acontecia) ou a lâmpada tinha queimado. A lua e as estrelas no céu, escondidas atrás de uma densa cobertura de nuvens, ofereciam pouca ajuda. A Hanson Road estava silenciosa e imóvel, de maneira insólita, e o som dos meus passos... assustadoramente alto. Quando coloquei as duas latas de lixo no meio-fio para serem recolhidas de manhã cedo, senti que minha nuca se encontrava banhada de suor frio e eu podia ouvir meu coração batendo. Meu olhar corria de um lado para outro em meio às sombras.

Então saquei, não sei *como* nem com tamanha certeza, mas foi o que aconteceu: o Bicho-Papão estava se escondendo ali perto, me observando.

Em vez de me virar e fugir em direção à porta aberta da garagem — *E se ele entrou escondido enquanto eu estava de costas e agora estivesse me esperando na escuridão?* —, fiquei lá, petrificado de medo, na extremi-dade da entrada da garagem, minha mão direita ainda segurando a alça de uma das latas de lixo.

De repente, minha mente retrocedeu para uma história que eu tinha ouvido — uma história sobre um bom homem, não muito mais novo do que eu naquele momento, mas consideravelmente mais corajoso.

Eu havia passado o verão antes do meu último ano do ensino médio fazendo trabalho braçal no Arsenal de Edgewood. O horário era péssimo, mas o local não era longe de casa e a remuneração era boa. Eu fazia um pouco de tudo — cortava grama e aparava a vegetação, consertava equipamento quebrado no parque, asfaltava pequenos buracos... Mas minha tarefa mais memorável naquele verão foi fragmentar documentos do governo.

Toda manhã, um caminhão encostava e entregava vários paletes com caixas de papelão contendo milhares de folhas de papel que precisavam ser destruídas. Meu supervisor — um cavalheiro afro-americano de fala mansa chamado Lonny — e eu descarregávamos as caixas, empilhando-as na ponta de uma fragmentadora industrial que parecia muito um triturador de madeira com uma longa porém estreita esteira que ia dar nos seus famintos dentes de metal.

Depois nos alternávamos alimentando a máquina, um de nós cuidadosamente espaçando pilhas de documentos em cima da esteira para que os dentes trituradores não emperrassem e o outro tirando emaranhados de tiras de papel da caixa de coleta e jogando em caçambas ali perto. O trabalho em si era demorado e chato. De tempos em tempos, nos deparávamos com algo interessante — as fotografias em preto e branco de veículos destruídos após várias rodadas de teste de armas de longo alcance eram as minhas favoritas —, mas, na maior parte do tempo, era uma rotina maçante e monótona.

Apesar do tédio, no início, Lonny e eu não tínhamos muito a dizer um para o outro. Éramos ambos naturalmente calados e, na superfície, não podíamos ser mais diferentes. Eu era um garoto branco e magricela de 17 anos que morava num subúrbio e estava se preparando para se formar na primavera e partir para a faculdade. Ele era um pai de família com 30 e poucos anos, musculoso e cheio de dreadlocks, de uma cidadezinha interiorana no oeste do Texas.

Entretando, certa tarde, tudo isso mudou. Lonny percebeu qual livro eu estava lendo na hora do almoço. Não me lembro mais exatamente do título, mas o assunto era a Guerra do Vietnã.

"Você está lendo isso para a escola?", ele perguntou com aquele seu sotaque carregado.

"Não, por minha conta mesmo. Leio muitos livros de história."

"Está aprendendo alguma coisa interessante?"

"Um monte", eu disse. "Principalmente que aquilo lá foi uma carnificina. Ainda não acredito que mandaram garotos como eu para lutar naquela selva. Nem imagino como deve ter sido."

Então ele olhou para mim, de verdade *— depois, quando pensei sobre aquela conversa, ficou claro que, naquele momento, ele estava decidindo se deveria ou não contar para mim a sua história.*

"Eu estive lá", Lonny finalmente disse, os olhos baixos.

E era tudo o que precisávamos.

Nas semanas seguintes, ele compartilhou sua história comigo e eu o cravejei de perguntas. Aprendi sobre armas (por que os soldados americanos preferiam os AK-47 do inimigo aos próprios fuzis M16), tiroteios (de trinta segundos a cinco minutos de inferno na terra), racismo em tempos de guerra (como os soldados afro- -americanos quase sempre iam na frente das patrulhas e como sempre *acabavam carregando a pesada metralhadora M60, apelidada de Porco), mas, sobretudo, aprendi sobre os amigos que ele tinha feito e perdido durante o período de serviço (ele os chamava de "irmãos"). Foi uma experiência poderosa e emocionante — para nós dois —, e logo descobri que ele não a havia compartilhado com muitas pessoas. Senti-me honrado.*

De todas as histórias que Lonny me contou naquele verão, uma em especial sempre se destacou. Ele estava em missão havia menos de uma semana quando recebeu a ordem de ir para a vanguarda da formação pela primeira vez. Era total- mente inexperiente e não tinha a menor ideia do que estava fazendo, mas isso não importava. Era a vez dele. Era um patrulhamento noturno e outra companhia havia feito contato com o inimigo naquela mesma área poucos dias antes. Depois de algumas horas, enquanto subia uma trilha íngreme, Lonny levantou o punho, sina- lizando para os homens atrás dele que parassem. Não viu nada à espreita na selva escura à frente, mas sentiu — *com todas as fibras do seu ser, ele* sentiu *o inimigo escondido ali perto, observando-os naquele exato momento. A palavra que ele usou para descrever aquela sensação foi "cabulosa" — depois disse que viria a ter a mesma sensação várias vezes durante seu tempo no Vietnã, uma espécie de instinto de sobrevivência — e não fazia ideia de onde ela vinha. Disse que, agachado naquela trilha escura, sentiu os pelos dos antebraços se eriçarem, o suor que ensopava sua farda se tornando instantaneamente gelado e um gosto ruim surgindo na sua boca. O gosto do medo. Trinta segundos mais tarde, ele estava no meio do seu primeiro tiroteio...*

———————

Em pé na entrada da garagem, ainda segurando a tampa da lata de lixo como se fosse uma âncora de salvação, senti o sabor daquele mesmo medo primordial inundando minha boca, ameaçando me afogar. Com os olhos vasculhando a escuridão, eu não conseguia identificar nada fora do comum — mas sabia que havia algo errado. Tudo à minha volta parecia *cabuloso*.

Ele estava lá, na escuridão.

Em algum lugar.

Perto.

Não faço ideia de quanto tempo se passou até que uma fileira de carros surgiu no topo do morro da Hanson Road, iluminando meu retorno frenético para a garagem e para a segurança da minha casa em seguida. Podem ter sido quarenta e cinco segundos ou, mais provavelmente, cinco ou dez minutos. Meu cérebro havia emperrado, parando temporariamente de funcionar.

Eu só sabia o seguinte: nem antes nem depois daquela noite, jamais senti um medo tão forte a ponto de paralisar completamente minha mente e meu corpo. E nunca mais soube com tanta certeza de que estava na presença do mal absoluto.

ACIMA: O major Buck Flemings (esquerda) e o detetive Lyle Harper
(Foto cortesia de Logan Reynolds)

ACIMA: Moradias militares na Cedar Drive *(Foto cortesia do autor)*

ACIMA: Escola Primária Cedar Drive *(Foto cortesia do autor)*

sete

Maddy

*"Em meados de agosto, a maioria dos moradores de Edgewood estava em
um estado de total histeria."*

1

N a manhã de 10 de agosto, eu me encontrava sentado numa cadeira gira-
tória de barbeiro, cortando o cabelo, ouvindo um monte de velhos
ranzinzas — nenhum deles com menos de 70, inclusive Big Ray, que estava
ocupado aparando minhas costeletas — discutindo sobre a próxima eleição
presidencial quando o rádio deu a notícia: outra garota de Edgewood havia
desaparecido.

Seu nome era Madeline Wilcox e ela tinha 18 anos. Maddy, como era
conhecida por parentes e amigos, morava com os pais no final da Hanson
Road, quatro quarteirões a leste da Biblioteca. Bonita e espirituosa, ela se
formaria no Colégio Edgewood na primavera seguinte, mas só se conseguisse
ser aprovada nos dois cursos de verão que estava fazendo: ambos de maquiagem.
Até aí, tudo certo — quando do seu desaparecimento, ela havia tirado B em
ambos os cursos. A irmã mais velha de Maddy, Chrissy, estava passando as
primeiras férias da faculdade trabalhando como salva-vidas em Dewey Beach,
ali perto. Maddy estava planejando visitá-la no fim de semana seguinte.

Mais cedo naquela manhã, como era sua rotina, a sra. Wilcox subiu com
um monte de roupa do porão e, enquanto atravessava o corredor, abriu a porta

do quarto da filha para acordá-la. Para sua surpresa e preocupação imediata, Maddy não estava lá e parecia que ninguém havia dormido em sua cama.

Na noite anterior, Maddy tinha ido com alguns amigos a uma festa em Jappatowne, mas a sra. Wilcox dormia cedo e havia ido para a cama às nove e meia, então não ouviu se a filha havia ou não respeitado o horário-limite de meia-noite. Seu marido estava viajando a negócios, ficaria fora por três dias, portanto, não podia ajudar. A sra. Wilcox deu uma olhada no quarto vazio e, de repente, pensou: *E se a Maddy não voltou para casa ontem à noite?*

Ela pôs o cesto de roupa sobre a cama e foi até a janela frontal. Olhando para fora, avistou o Camaro vermelho da filha parado na entrada da garagem. Imediatamente deu um suspiro de alívio. *Obrigada, Senhor, ela chegou sã e salva.*

Ao descer a escada, fitou rapidamente o pequeno prato de cristal na mesa da antessala, procurando as chaves do carro da filha. Não estavam lá. Mais tarde, a sra. Wilcox disse à polícia que foi naquele momento que uma sensação ruim tomou conta dela.

Correndo descalça para fora da casa, a sra. Wilcox estava na metade do gramado quando notou que a porta do Camaro do lado do motorista estava ligeiramente aberta e a luz interna, acesa. Seu medo cresceu.

Segurando as lágrimas, ela estava prestes a pôr a mão na maçaneta da porta quando seu pé direito pisou em algo pontiagudo na grama. Ela gritou e olhou para baixo: era o chaveiro da filha.

Foi então que as lágrimas rolaram livremente e ela voltou correndo para dentro de casa para ligar para a polícia.

2

Ao olhar para o rosto de Madeline Wilcox no noticiário vespertino, percebi por que seu nome parecia tão familiar quando o ouvi pela primeira vez no rádio.

Um velho amigo e companheiro da equipe de lacrosse, Johnny Pullin, tinha namorado a irmã mais velha dela por uns meses. No início, eu não conseguia me lembrar do nome nem do rosto da irmã, mas certamente lembrava de Madeline, e como. Embora eu só a tivesse visto em duas ocasiões, ela havia me causado uma impressão duradoura.

As duas vezes foram em Rocks, um trecho sinuoso do riacho Deer localizado no norte do condado de Harford para onde gerações de adolescentes locais fugiam para beber cerveja, mergulhar pulando da velha ponte ferroviária e descer as corredeiras em boias infláveis.

Johnny Pullin e eu estávamos com 18 anos naquele verão, portanto Madeline não tinha mais do que 14. Mas aquilo não a havia intimidado nem um pouco. Jovem e bonita, falou palavrão como um marinheiro, flertou como a rainha do baile e gastou onda com aquela sua impetuosidade e sagacidade. Eu até a flagrei surrupiando cervejas do meu cooler.

Carly tinha feito algumas perguntas rápidas na manhã do desaparecimento e, à primeira vista, parecia que as coisas não haviam mudado muito nos últimos quatro anos. Madeline Wilcox era uma estudante abaixo da média e havia se metido em várias encrencas por fumar nas instalações da escola e matar aula. Na verdade, foi reprovada no 9º ano por causa de um número excessivo de faltas não justificadas.

Havia, no entanto, várias indicações de que, recentemente, ela andava fazendo mudanças em seu estilo de vida e finalmente estava entrando nos eixos. Madeline ia fazer cursos de verão e tinha arrumado um emprego como ajudante três vezes por semana numa casa de repouso em Bel Air. Os chefes só tinham coisas boas a dizer do desempenho da garota. Muitos dos vizinhos também a elogiaram, enaltecendo seu comportamento amistoso e sua consideração. A sra. Peters, uma vizinha idosa cujo marido morrera de câncer havia pouco tempo, disse que Madeline limpou a neve da entrada da garagem durante todo o inverno passado sem que ninguém pedisse e se recusou a aceitar um tostão que fosse quando ela tentou pagar pelo serviço. Segundo os amigos, Madeline havia recentemente parado de fumar e estava economizando o dinheiro que costumava gastar em cigarros para comprar um filhote de golden retriever no final do verão. Planejava chamá-lo de Sawyer.

3

Após chegar à cena, técnicos forenses começaram imediatamente a trabalhar no Camaro de Madeline Wilcox, tentando obter impressões digitais e vasculhando o painel, os assentos e os tapetes em busca de provas. Policiais e detetives uniformizados bateram de porta em porta ao longo dos dois lados da Hanson Road e das ruas ao redor. Policiais especializados — acompanhados de duas equipes de cães — começaram a fazer buscas no bosque que margeava muitos dos jardins nos fundos das casas naquele trecho da Hanson. O rio Winters Run serpenteava por boa parte daquela área densamente arborizada, passando, por fim, embaixo da histórica ponte Ricker's enquanto seguia sinuoso rumo ao norte, cruzando a Route 24.

Os detetives conversaram por muito tempo com as duas amigas de Madeline Wilcox que deveriam tê-la acompanhado à festa na noite anterior. Frannie Keele e Kendall Grant explicaram que as três mudaram de ideia, pois estavam cansadas e decidiram não ir. Em vez disso, passaram a noite na casa de Kendall, a alguns quarteirões de distância, comendo pizza entregue pela Gus's e jogando videogame. Madeline saiu às cinco para a meia-noite para fazer o curto percurso de carro até sua casa. Segundo as amigas, Maddy demonstrou bom humor a noite toda.

O sr. Wilcox pegou um voo de volta de Nova York uma hora depois do telefonema da desnorteada esposa. Um vice-xerife estava esperando por ele no aeroporto de Baltimore para levá-lo em casa. Às 13h20, boletins de notícias interromperam os episódios de *All My Children*, *The Young and the Restless* e *Days of Our Lives* para dezenas de milhares de espectadores locais.

O sr. e a sra. Wilcox estavam lado a lado na varanda da casa. O detetive Lyle Harper estava atrás deles, com uma expressão adequadamente soturna. A sra. Wilcox, soluçando, olhava diretamente para a câmera e suplicava a quem havia levado sua filha que a devolvesse ilesa.

"A Maddy é uma garota muito meiga", a mãe falou, lágrimas escorrendo por seu rosto trêmulo. "Ela é tudo para a nossa família. Por favor, deixe a Maddy voltar para casa."

Richard Chizmar

O sr. Wilcox, impassível, pôs uma mão firme no ombro da esposa, mas não disse uma palavra.

Quando terminaram, três das quatro redes voltaram à programação normal, mas a equipe de jornalismo do Channel 13 continuou no ar, primeiro entrevistando Frannie Keele e Kendall Grant, e depois fechando com um vizinho da mesma rua.

Não demorou muito para alguém criar um cartaz com VOCÊ VIU ESTA GAROTA? e a foto de Madeline, uma breve descrição (1,65 m, 55 kg, loira, olhos verdes, pequena cicatriz acima do olho esquerdo, tatuagem de borboleta no tornozelo direito), além de informações de contato do Departamento de Polícia do Condado de Harford. No jantar, praticamente todas as lojas em Edgewood tinham pelo menos um cartaz preso na porta de entrada ou na vitrine.

Naquela noite, Kara e eu nos unimos a um grupo de trinta ou quarenta voluntários civis para uma busca numa área de bosque paralela à boa parte da Perry Avenue, a rua de cima. Também surgiram planos para vasculhar os campos de beisebol e os bosques atrás das três escolas na Willoughby Beach Road na manhã seguinte. Eu havia convencido meu pai a não ir conosco — a última coisa que ele precisava era pedir um dia de folga no trabalho e caminhar no meio de hera venenosa conosco —, mas vi vários outros conhecidos do bairro. O sr. Vargas estava lá com muitos dos pais da Bayberry Court; o treinador Parks com a esposa; Carly Albright e a mãe, ambas usando coletes cor de laranja fosforescentes como se estivéssemos no meio da temporada de cervos; a sra. Tannenbaum, da recepção da Biblioteca de Edgewood; Jim Solomon, do posto Texaco; e um trio de colegas da equipe de luta greco--romana da escola: Len Stiller, Frank Hapney e Josh Gallagher.

Várias vezes durante as buscas, lancei olhares de esguelha para Josh. Eu não conseguia imaginar a coragem necessária para que ele estivesse ali com todos nós. Kara, ao contrário de mim, fez questão de ir até ele, dizer oi e perguntar sobre seus pais. Eu o deixei na dele e continuei a vasculhar os arbustos.

O sol logo se pôs e, após quase três horas no bosque, ficou escuro demais para enxergar alguma coisa, então desistimos. Pelo que sei, nenhum dos participantes das buscas encontrou nada que tivesse alguma ligação, por mais remota que fosse, com o desaparecimento de Madeline Wilcox. Os únicos momentos emocionantes foram quando Jim Solomon descobriu uma caixa novinha em folha de projéteis calibre .22 que algum moleque devia ter deixado cair uma semana antes e quando Frank Hapney chutou sem querer um ninho de vespas e foi picado meia dúzia de vezes nos braços e pernas.

Foi nas buscas da manhã seguinte que vários boatos começaram a se espalhar. O primeiro e menos palatável era de que Madeline Wilcox estava tendo um caso com um homem casado e o relacionamento ilícito levara ao seu desaparecimento. Eu nunca soube se as pessoas acreditavam que ela havia sido supostamente raptada pelo marido infiel ou pela esposa furiosa.

A teoria mais popular que circulou naquele dia dizia respeito à suspeita crescente de que Madeline Wilcox talvez tivesse simplesmente fugido de casa. Obviamente ela já havia feito aquilo várias vezes — uma vez, chegando até a Carolina do Norte —, e muitas pessoas da cidade estavam convencidas de que era o que havia acontecido novamente.

"Pense bem, Chiz", começou Kurt Reynolds enquanto alguns de nós atravessavam com dificuldade um campo aberto, formando uma longa corrente humana com uma distância de um metro e meio a dois entre cada pessoa. "O Bicho-Papão mata as vítimas e coloca elas em pose para que alguém rapidamente encontre. Não é o que está acontecendo. Já se passaram umas trinta e seis horas."

Kurt havia se formado um ano antes de mim e nunca foi o mais brilhante do grupo. Jimmy Cavanaugh certa vez vendeu a ele um saquinho de aparas de lápis por dez pratas e Kurt enrolou e fumou. Ele havia se tornado bombeiro voluntário e toda a sua equipe estava participando das buscas. Kara não conseguiu ir por causa da faculdade, então tive que ficar ao lado dele a manhã inteira. Eu amava Kara mais do que minha própria vida, mas, naquele momento, a culpa pela minha furiosa dor de cabeça era exclusivamente dela.

"Então por que será que ainda não encontramos o corpo?", perguntei, baixando a voz.

"Bem, a questão é exatamente essa. O Bicho-Papão *quer* que a gente encontre os corpos. Por que ele começaria a esconder eles agora?", Kurt

questionou e balançou vigorosamente aquela sua cabeça em formato estranho.
"Ã-ã. Se estivesse morta, a essa altura a gente já teria achado o corpo. Ela
provavelmente tá sentada em alguma praia por aí com uma gelada numa mão
e um baseadão na outra."

É claro que eu discordava da análise criminalística *especializada* do meu
velho amigo, mas fiquei na minha. Eu sabia que não adiantava discutir com
aquele bobalhão. Pouco depois, quando surgiu uma oportunidade, fingi ficar
para trás do grupo e, de fininho, fui mais para trás da fila. Em vez de um metro
e meio ou dois, agora eram uns dez metros que nos separavam e graças a Deus
eu não ouvia uma palavra do que ele dizia. Milagrosamente, em meia hora,
minha dor de cabeça havia passado.

O namorado de Madeline Wilcox devia estar ouvindo os mesmos boatos
escandalosos circulando sobre o desaparecimento. Boa-pinta e bem articulado,
foi entrevistado naquela noite, no noticiário das 18h do Channel 11. Estava
irritado demais.

"Já é pra lá de ridículo que tenha gente pensando algo do gênero, quanto
mais falando abertamente a respeito. Não apenas ridículo, mas difamatório.
Todas as nossas energias, ferramentas e recursos, tanto da polícia quanto da
comunidade, devem estar focados em achar a Maddy", disse, apertando os
olhos azuis para a câmera. "Juro pra vocês que ela não sumiu por vontade
própria. Não escolheu ir embora. Ela estava empolgada para voltar à escola e
se formar, e mais empolgada ainda para fazer o vestibular. Outro dia, até
fizemos planos para ir visitar a irmã dela na praia…"

Antes do intervalo comercial, uma rápida tomada apareceu na tela
mostrando um grupo de buscas saindo do bosque atrás do colégio. O âncora
do Channel 11 confirmou o que eu já supunha: apesar do grande número de
pessoas, nenhuma das buscas daquele dia havia conseguido descobrir algo
interessante. Olhando para o televisor, reconheci o passo desequilibrado de
Kurt Reynolds na frente do grupo. Parecia um dos zumbis desengonçados
de George Romero em *A Noite dos Mortos-Vivos*. À sua esquerda estava
Danny Earnshaw, um dos velhos colegas de turma da minha irmã Nancy.
Agora ele comandava um conceituado escritório de advocacia na Route 40.
Depois identifiquei meu velho boné de beisebol e minha camiseta cinza

de *Além da Imaginação* no meio da multidão, e, pouco atrás de mim... uma surpresa. Olhei duas vezes e me aproximei da tela do televisor para confirmar o que eu estava vendo: caminhando com passo veloz, quase me alcançando, estava o sr. Gallagher. Ele carregava um longo cajado, e um chapéu cor de laranja berrante — um daqueles brindes que são distribuídos nos jogos dos Orioles — cobria sua cabeça. Olhei para ele, me perguntando como havíamos conseguido não nos cruzar durante as buscas até que um bebê chorão em um comercial da Pampers surgiu na tela.

4

Dois pescadores locais descobriram o cadáver de Madeline Wilcox embaixo da ponte Ricker's aproximadamente às 8h23 de sexta-feira, 12 de agosto — exatamente quarenta e oito horas após ela ter sido dada como desaparecida.

Ao se aproximarem do local onde costumavam pescar, os dois acharam, de início, que tinham se deparado com uma sem-teto adormecida ou talvez uma universitária embriagada e desmaiada. Eles encontravam frequentemente resquícios de farras sob a ponte — latas e garrafas de cerveja vazias, guimbas de cigarros; vez por outra, uma camisinha usada — e acharam que a mulher provavelmente estivesse dormindo depois de uma noitada particularmente animada. Ela estava encostada na velha fundação de pedras, as longas pernas esticadas à sua frente e as mãos apoiadas pacificamente sobre a barriga. Então, ao se aproximarem, os homens perceberam que não se tratava de uma mulher, mas de uma adolescente. Ela estava com os olhos esbugalhados, o pescoço inchado e ferido, e nua da cintura para baixo. Não parecia estar respirando. Foi então que eles saíram correndo para pedir ajuda.

Embora a mídia só tenha podido revelar muitos dos detalhes oficiais nas notícias do dia seguinte — àquela altura, a maioria dos membros do departamento de polícia não estava a fim de cooperar com os jornalistas, locais ou não —, isso não fez diferença. A novidade se espalhou como fogo pelas ruas de Edgewood.

Madeline Wilcox havia sido espancada, estuprada e estrangulada até a morte. Os investigadores encontraram três marcas profundas de dentadas em um dos seios e no torso. Como já havia acontecido com Natasha Gallagher e Kacey Robinson, a orelha esquerda tinha sido decepada e o corpo colocado em pose após a morte. Mais uma vez, nenhum sinal da orelha cortada na cena do crime. Marcas vermelhas circundavam seus pulsos e tornozelos, evidências de amarras que foram removidas. O assassino havia escondido, molestado e torturado Madeline Wilcox a seu bel-prazer e, depois de saciado, livrou-se do corpo.

Para piorar as coisas — se é que isso era possível —, os policiais tiveram então a certeza de que o assassino estava brincando com eles. A área em torno da Ricker's, inclusive a parte escura embaixo do arco de pedra, havia sido minuciosamente vasculhada pelas autoridades em duas ocasiões diferentes. A primeira na manhã do desaparecimento de Madeline, poucas horas depois do angustiado telefonema da mãe para o 190. A segunda na tarde seguinte, quando quase duas dúzias de cadetes foram trazidos da academia de polícia no Centro de Baltimore para ajudar nas buscas.

Em ambas as ocasiões, a área havia sido considerada limpa, o que só podia significar uma coisa. A certa altura, o assassino tinha dobrado a aposta e desovado o corpo de propósito embaixo da ponte para mandar uma mensagem muito clara à polícia: *Estou de olho em cada um dos seus passos e sou mais esperto do que todos vocês.*

5

Depois da morte de Madeline Wilcox, os agentes das forças de segurança passaram a revelar cada vez menos informação. Não podendo mais negar o óbvio, reconheceram em definitivo o que três assassinatos no espaço de sessenta dias significava: havia um serial killer em Edgewood. E, em vez de estar fechando o cerco em torno do psicopata, eles estavam ficando para trás a cada dia que passava. E, agora, o Bicho-Papão ria e zombava deles.

Até aquele momento, Carly não tinha conseguido descobrir se o criminoso havia deixado para trás algo que envolvesse números. Suas fontes mais próximas afirmavam que haviam sido preteridas pelas fontes mais próximas *delas*. Eu havia cruzado com o detetive Harper no estacionamento do McDonald's alguns dias antes, mas ele praticamente grunhiu para mim quando eu disse oi. De qualquer forma, eu não podia simplesmente chegar para ele e perguntar. Harper não fazia ideia de que eu estava a par da amarelinha e do cartaz sobre o cão desaparecido, e certamente ficaria furioso se viesse a saber.

Finalmente, depois de oito longos dias da descoberta do cadáver de Madeline Wilcox, uma rachadura surgiu na muralha que guarda os segredos da polícia, e Carly obteve o furo de reportagem que estávamos esperando.

Cada quadrado da misteriosa amarelinha descoberta após o primeiro assassinato continha o número 3. Após o segundo, o número que aparecia com maior frequência, e em sequência, no cartaz sobre o cão desaparecido era o 4. Daquela vez, durante a realização da autópsia, o legista havia descoberto algo peculiar depositado no fundo da garganta de Madeline Wilcox: *cinco moedas de um centavo*.

6

Mais para o final daquela semana, parei no 7-Eleven para um lanche rápido quando voltava da Biblioteca para casa. Os cachorros-quentes com chili estavam em oferta — dois por US$ 1,99, incluindo um refrigerante pequeno de máquina. *Almoço econômico*, como meu pai costuma dizer.

Na calçada em frente, cruzei com Parker Sanders, um velho amigo que estava dois anos abaixo de mim no colégio. Ele estava saindo com um Big Gulp de refri em uma mão e um saquinho de M&M's na outra.

"Alimentação saudável, pelo que estou vendo."

"Fazer o quê", ele disse. "Eu soube que vocês voltaram a jogar basquete na escola."

"Aparece lá."

"Diz pro Pruitt me chamar da próxima vez que vocês forem jogar. Ele ainda tem meu telefone", e, acenando, entrou no carro.

Pode esperar sentado, pensei ironicamente, observando-o sair com o carro. Jeff Pruitt não suportava o cara.

Com a barriga roncando, virei-me para entrar na loja e dei um encontrão num homem que estava segurando a porta para um cliente de saída.

"Desculpe", pedi, recuando para abrir espaço. "Acabei me distraindo e…"

"Tranquilo, tudo bem", ele disse, continuando rumo ao estacionamento.

Minha boca ficou imediatamente seca. Fiquei lá parado, petrificado, com medo de me virar e olhar. Eu só havia ouvido a voz do homem misterioso ao telefone uma vez e, ainda por cima, ele só havia dito quatro palavras — *Que que foi rápido?* —, mas tinha quase certeza de que acabara de ouvi-la pela segunda vez.

Finalmente vencendo minha paralisia, entrei na loja e esperei até ouvir a pesada porta de vidro se fechar atrás de mim, depois arrisquei-me a olhar por cima do ombro. O homem parecia ter uns 35 anos, era alto e corpulento, cabelos escuros e curtos escondidos embaixo de um boné de beisebol desbotado do Atlanta Braves. Estava sentado atrás do volante de um Fusca amarelo e havia colocado óculos escuros. Não dava para saber se estava olhando para mim ou não. Um instante depois, deu ré e foi embora.

Eu deveria segui-lo. Ver onde ele mora.

Mas minhas pernas não se mexiam.

Meu apetite sumiu, comprei um Snickers e uma caixinha de leite achocolatado e fui para casa.

7

Em meados de agosto, a maioria dos moradores de Edgewood estava em um estado de total histeria. As vendas de armas voltaram a disparar e, após uma trégua em julho, havia novamente uma longa lista de espera para a instalação de sistemas de segurança doméstica. O Hair Cuttery no shopping e os salões de beleza locais só tinham horários disponíveis para final de setembro — a mídia fez questão de deixar bem claro que todas as três vítimas do Bicho-Papão tinham longas e sedosas madeixas, o que fez mulheres de todas as idades correrem para cortar os cabelos bem curtos. Quase da noite para o dia, pelo menos dentro dos aconchegantes limites do condado de Harford, os cortes à Joana d'Arc e Dorothy Hamill dos anos 70 voltaram a ser uma febre.

E tinha também aquele grupo de pessoas — cujo número parecia aumentar a cada dia — que dizia que armas e sistemas de segurança não ajudavam em nada quando se tratava de deter o Bicho-Papão. Citando a natureza horrenda dos assassinatos, além da desconcertante falta de indícios, um pequeno, mas barulhento, grupo de moradores estava convencido de que o assassino em série não era um ser humano, mas algum tipo de criatura sobrenatural.

"Senão, como você explicaria tudo isso?", um cavalheiro de olhos arregalados disse ao vivo para um repórter do Channel 2. "Essas garotas estão sendo raptadas bem debaixo do nariz dos pais, na segurança de suas casas e bairros, mutiladas e assassinadas brutalmente e depois devolvidas para que todos vejam. Nenhum ser humano é capaz de fazer esses truques. Isso não é coisa deste mundo."

Na tarde seguinte, uma mulher usando um roupão atoalhado cor de rosa e bobes nos cabelos — "que coisa mais ridícula", minha mãe comentou ao meu lado — disse a uma equipe do noticiário do Channel 13 que algo havia ativado o holofote do detector de movimento no jardim dos fundos da sua casa na noite anterior. Quando ela correu para a janela do quarto no andar de cima, viu um vulto escuro atravessando o gramado. A mulher afirmava que o vulto tinha pelo menos dois metros e dez e um único chifre pontudo que saía do centro da sua testa inclinada e, quando chegou à grade que cercava o jardim, simplesmente alçou voo e desapareceu no céu noturno. O marido dela, é claro, estava dormindo na hora e não viu nada.

Ao assistir àquelas histórias sensacionalistas — e muitas outras do tipo — sendo transmitidas diariamente na televisão, eu não podia deixar de pensar: *São iguaizinhas a cenas de um filme de terror… só que, desta vez, são absolutamente reais.*

Na manhã seguinte, Carly ligou e me pediu para ir até o jornal. Um vídeo não exibido de um noticiário do Channel 11 andava circulando por lá e ela queria que eu desse uma olhada. Quando cheguei, ela me acompanhou até a área de convivência, onde havia um televisor e um videocassete em cima de uma escrivaninha de madeira que já tinha conhecido dias melhores. A sala cheirava a café, perfume e cigarro. Carly apertou play e um rosto conhecido surgiu na tela: Blanche Waters, uma senhora afro-americana que morava na esquina da rua dos meus pais. Dos 12 até ir para a faculdade, cortei grama e limpei a neve da entrada da garagem dela. Apoiada numa bengala, parecia uma criança ao lado do repórter.

"Meu avô costumava contar a história de Henry Lee Jones, um escravo fugitivo que havia feito um pacto com o diabo. Em troca da ajuda para que Henry e a família fugissem para o norte, o diabo exigiu que Henry matasse a filha de 10 anos do dono da fazenda, uma menina de índole meiga que nunca havia feito mal a ninguém."

A sra. Waters espirrou e continuou por muito tempo a assoar ruidosamente o nariz num lenço embolado. Quando terminou, inspecionou cuidadosamente o lenço e, em seguida, enfiou-o de volta no bolso da blusa sem cerimônia. Segurando o microfone, o repórter olhou para a câmera e ergueu suas bastas sobrancelhas com ar de quem estava se divertindo. A velha continuou:

"Henry Lee cumpriu sua parte do pacto naquela mesma noite, estrangulando a menina na caminha dela, mas acabou descobrindo que o diabo o tinha ludibriado. Ora, ele manteve a primeira parte da promessa; ajudou Henry e a família a fugir sãos e salvos. Mas, depois, passou a perna nele, amaldiçoando Henry Lee com a vida eterna e uma sede insaciável por garotas brancas e inocentes. Pouco depois, a mulher de Henry pegou os dois filhos e fugiu no meio da noite, e nunca mais ninguém teve notícia deles. Reza a lenda que Henry Lee Jones ainda anda por aí, possuído pela ira odiosa do satanás, vagando pelos campos e estrangulando garotas. Já faz tempo que meu avô está sete palmos embaixo da terra, que Deus o tenha e proteja sua alma, mas eu acredito que ele estava dizendo a verdade", no que ela se vira e olha diretamente para a câmera. "Henry Lee Jones veio para Edgewood e está com fome. Senão, como é que você explica três garotas *brancas* mortas com tantas negras e hispânicas morando aqui?"

Àquela altura, a gravação terminava.

"Misericórdia", falei, olhando para Carly.

"Já pensou se eles tivessem colocado isso no noticiário da noite?"

Balancei a cabeça.

"Na verdade, estou surpreso que não tenham feito."

"Eu também."

"Ainda bem que meus pais nunca vão ver isso. Eles adoram a sra. Waters. Poxa, eu também. Eu conheço ela desde pequeno", suspirei. "Ou melhor, *achava* que conhecia."

Carly pegou o controle remoto e desligou a tevê.

"Acho que logo, logo vamos descobrir que *não* conhecemos muito esta cidade."

8

Nos dias após a morte de Madeline Wilcox, a imprensa nacional invadiu Edgewood com toda a força, equipes chegavam de lugares distantes como Flórida, Chicago, Boston e Canadá. Não era incomum dar uma volta de carro à tarde e ver moradores em um lado da rua conversando com uma equipe de cinegrafistas e, do outro lado, sendo interrogados por detetives da polícia. Helicópteros das forças de segurança e dos veículos de comunicação circulando no céu logo se tornaram parte do cotidiano.

Pais de cidades vizinhas no condado de Harford não tinham escrúpulo — moral ou de qualquer outro tipo — de proibir seus filhos de pôr os pés em Edgewood, especialmente à noite, indicando os assassinatos como prova irrefutável de que "a cidade é um perigoso antro de pecado e degradação, habitada por viciados em drogas sem instrução e de baixa renda". Essas palavras pungentes saíram dos lábios vermelhos de uma mulher de cabelos armados chamada Kemper Billington, que, por acaso, era a vice-presidente da Associação de Pais e Mestres do Colégio Fallston, durante uma entrevista ao vivo com uma equipe de reportagem do Channel 11. Jogando gasolina na fogueira, o *The Aegis* publicou um editorial particularmente ofensivo a respeito dos custos galopantes da investigação policial, provocando o envio de mais de uma dúzia de cartas iradas ao editor — inclusive uma da funcionária do *The Aegis* Carly Albright — e um monte de cancelamentos de assinaturas.

O ciclo de fofocas continuava inalterado. Como depois dos dois primeiros assassinatos, boatos voltaram a circular com força total pela cidade, o mais extravagante envolvia uma teoria de que havia um culto satânico operando clandestinamente na sociedade do condado de Harford. Histórias de vacas e cães sendo abatidos de maneira misteriosa e brutal tomavam conta das conversas tarde da noite, bem como uma história particularmente macabra sobre um suposto incidente de profanação de sepultura que teria acontecido no cemitério de Edgewood no início daquele verão. Os assassinatos das três jovens de Edgewood estavam sendo atribuídos a uma nova onda de ritos iniciáticos para o Alto Conselho Satânico do culto. Supostos membros do conselho incluíam o chefe de polícia, o vice-diretor da Escola Ginasial de Edgewood e a rica mãe adotiva da capitã da equipe de cheerleaders. Um telefonema anônimo tarde da noite para o disque-denúncia informou à polícia onde podia ser encontrado um altar improvisado no meio do bosque atrás do shopping. Uma equipe de detetives foi verificar e ficou bem decepcionada.

Outra fofoca que logo se espalhou dizia que a polícia estava procurando dois homens que trabalhavam em conjunto. Uma equipe de serial killers trabalhando juntos parecia a explicação mais plausível para o fato de as garotas terem sido pegas em locais tão conhecidos sem que pista alguma fosse deixada para trás. Um homem invadiu o quarto de Natasha Gallagher, deixou-a inconsciente e a entregou pela janela para uma segunda pessoa. Um homem distraiu Kacey Robinson e Madeline Wilcox enquanto um cúmplice se aproximou e as deixou inconscientes com uma pancada.

Segundo Carly Albright, nenhuma das histórias tinha muita credibilidade. Pelo que ela sabia, os investigadores ainda estavam procurando um só assassino, acreditando fortemente que os *modi operandi* dos três assassinatos eram idênticos e disciplinados demais para que fossem o trabalho de vários criminosos.

Carly explicou que uma tendência interessante estava começando a surgir em Edgewood: assim como o pânico satânico e a teoria dos assassinos múltiplos podiam ser atribuídos ao recente aumento das fofocas — em algum momento, a suspeita começou a substituir a precaução —, aquele novo padrão de comportamento também podia. Nos dias após a morte de Madeline Wilcox, houve uma disparada repentina no número de discussões e brigas envolvendo os moradores locais. Línguas soltas e injúrias movidas a álcool ocasionavam confrontos em estacionamentos e jardins. Gozações se tornavam sérias e, depois, violentas. Velhas rixas se reacendiam e novas começavam. Uma epidemia de acusações falsas eclodiu e foi necessária uma advertência oficial da polícia para atenuá-la. O disque-denúncia recebia chamadas num ritmo recorde, mas a maioria era sobre bobagens triviais e as forças de segurança estavam pensando até em desativar tudo aquilo.

Eu havia testemunhado pessoalmente essa nova dinâmica durante uma das minhas infrequentes corridas matinais. Ao percorrer a Perry Avenue, me deparei com um grupo de crianças com bicicletas e skates. No meio de uma espécie de círculo, dois moleques estavam brigando. Não tinham mais do que 11 anos. Corri até lá e separei a briga.

"Eu sei quem são os pais de vocês", menti. "Agora tratem de apertar as mãos e fazer as pazes, senão vou contar para eles o que acabei de ver."

"Não vou apertar a mão desse babaca", rosnou o mais novo dos dois.

"Por que não?", perguntei.

"Ele tá dizendo pra todo mundo que meu pai é o Bicho-Papão."

E, depois, veio o toque de recolher. A partir de segunda-feira, 15 de agosto, por ordem do Departamento de Polícia do Condado de Harford, todos os moradores de Edgewood deveriam estar dentro de casa até as 22h. Exceções foram abertas para trabalhadores de turnos noturnos, profissionais de saúde e pessoal de empresas de segurança. Todos os postos de gasolina, restaurantes e bares deviam fechar mais cedo e, surpreendentemente, os donos fizeram poucas reclamações.

Quando o corpo de Madeline foi liberado pelo instituto médico-legal, a família Wilcox optou por uma cerimônia privada numa pequena igreja da zona leste, o que me deixou grato e aliviado. Depois de falar com alguns colegas e vizinhos, percebi que era bastante óbvio que a maioria das pessoas teve a mesma reação que eu — velórios demais já haviam acontecido em Edgewood naquele verão.

Apesar da agitação que tomava conta do resto da cidade, o 920 Hanson Road continuava a ser um porto seguro. Embora tivesse reagido à morte de Madeline com previsíveis episódios de tristeza e reflexão, minha mãe também ficou surpreendentemente calma diante da situação. Certa noite, após o jantar, ela me disse que estava fazendo todo o possível para permanecer confiante e otimista, mandando empadões, cookies e brownies para a delegacia para ajudar a alimentar os agentes que estavam fazendo hora extra, e rezando com fervor sempre que possível. Ela acreditava piamente que tudo estava nas mãos de Deus e, embora não externasse, acho que, fosse por qual motivo fosse, também acreditava que não haveria mais assassinatos.

Meu pai não tinha tanta certeza. Ele me acordou cedo num domingo e me pediu para ajudá-lo a instalar trancas novas na porta do porão e na dos fundos da garagem.

Mesmo assim, na maioria das noites, nós três conversávamos, ríamos e jantávamos juntos, e eu ia para a cama agradecendo a bênção de duas pessoas tão gentis terem se encontrado neste mundo e por eu poder fazer parte da vida delas.

Com o passar do mês, achei que os dias cansativos e a pressão do trabalho estavam finalmente afetando Carly. Ela tinha ficado a semana inteira de mau humor e não me deu muito papo ao telefone. Acabei perguntando se ela precisava dar um tempo nas nossas ligações e, mais em geral, na história do Bicho-Papão como um todo. Para minha surpresa, ela começou a chorar, baixando a guarda e pondo tudo para fora.

Mais cedo naquela semana, enquanto trabalhava numa matéria em seu quarto, ela ouviu algo lá fora. Quando se levantou e correu para a janela, teve quase certeza de ter visto um vulto que corria na escuridão. No dia seguinte, enquanto circulava na cidade a trabalho, começou a ter uma sensação estranha, como se alguém a estivesse seguindo. Naquela noite, começaram os pesadelos. Bem assustadores. Naquela semana, mal havia conseguido dormir, e o estresse e a exaustão a estavam afetando. Ela se desculpou, mas eu disse que não era necessário e que compreendia perfeitamente. O que eu não disse era que eu estava tendo sensações de paranoia e pesadelos semelhantes.

9

N a tarde de sexta-feira, 19 de agosto, o detetive Lyle Harper e o major Buck Flemings do Departamento de Polícia do Condado de Harford organizaram juntos uma coletiva de imprensa nos degraus do tribunal. Mais de trinta e cinco veículos de comunicação de todo o país participaram. O major Flemings falou primeiro, anunciando a formação de uma nova força-tarefa composta por membros da guarda municipal, do departamento de polícia e do FBI. O detetive Harper chefiaria a força-tarefa e, quando ele foi ao púlpito logo em seguida, notei imediatamente como estava abatido e havia emagrecido. Não pude deixar de pensar na esposa em casa e nos três filhos espalhados pelo Estado, e torci que estivessem ao seu lado para lhe dar apoio. Ele parecia estar precisando.

A fala de Harper foi breve, encerrada com a promessa, pronunciada com um ar sombrio, de que a força-tarefa estava "trabalhando sem interrupção para pôr fim àqueles assassinatos insanos em Edgewood".

Quando ele terminou, olhei para a minha mãe no sofá, me preparando para outra rodada de críticas direcionadas ao detetive. Apesar do meu aval, ela ainda desconfiava dele.

Em vez disso, eu a vi cabisbaixa, de olhos fechados, com os lábios se mexendo silenciosamente, apertando o rosário entre as mãos.

ACIMA: Madeline Wilcox *(Foto cortesia de Frannie Keele)*

ACIMA: Entrada da garagem de Madeline Wilcox isolada como cena de crime
(Foto cortesia de Logan Reynolds)

À ESQUERDA: Cartaz VOCÊ VIU ESTA GAROTA? *(Foto cortesia do autor)*

ACIMA: Madeline Wilcox
(Foto cortesia de Frannie Keele)

ACIMA: Policiais e moradores vasculhando uma área perto da Hanson Road
(Foto cortesia do The Aegis)

Richard Chizmar

ACIMA: Policiais e moradores vasculhando a margem do bosque
(Foto cortesia do The Aegis*)*

ACIMA: Detetives examinando a cena do crime na ponte Ricker's
(Foto cortesia do The Baltimore Sun*)*

oito

O Bicho-Papão

"Se não era o Bicho-Papão na sua janela, então quem era?"

1

C urioso como sempre e incapaz de obter muita informação na *Encyclopedia Britannica* lá de casa, visitei a Biblioteca ainda naquela semana e pesquisei as origens do Bicho-Papão.

Embora muitos livros e revistas sobre folclore e criaturas sobrenaturais tenham fornecido detalhes valiosos, a maioria das minhas anotações saiu de um único volume: *Monsters and Myths*, de Robert Carruthers Jr.; Lemming Publications; Nova York, Nova York; 1974.

A seguir, um pequeno resumo:

Escrito com várias grafias diferentes na língua inglesa, dentre as quais *bogeyman*, *bogyman* e *bogieman*, o *Boogeyman* — ou Bicho-Papão — é uma criatura mítica usada mais comumente por adultos para assustar crianças a fim de que elas se comportem bem/sejam obedientes: ou seja, a personificação do medo. Considera-se que os duendes, descritos na Inglaterra no século 16, são a primeira referência conhecida a um *"Bogeyman"*. A palavra *"bogey"* deriva do inglês medieval *"bogge/bugge"*, que significa "algo assustador" ou "espantalho". Pode ter sido influenciada pelo termo do inglês arcaico *"bugbear"* — *"bug"* quer dizer "trasgo" ou "espantalho", e *"bear"* representa um demônio malvado com forma de urso que come criancinhas. Embora a descrição do Bicho-Papão costume variar ao redor do mundo, existem muitas características comuns, dentre as quais garras, olhos vermelhos e dentes pontiagudos. Alguns até são descritos como chifrudos e cascudos. Criaturas semelhantes ao Bicho-Papão são quase universais, comuns no folclore de quase todos os países. Homem do Saco, El Coco, Babau, Buba, Bagu e Babaroga são apenas alguns dos nomes a elas atribuídos.

2

Na sexta-feira, 9 de setembro, a polícia obteve a tão esperada novidade. Annie Riggs, 17 anos, era uma das melhores alunas do Colégio Edgewood. Representante da turma de formandos, Annie só tirava 10 em todas as matérias e era capitã das equipes de hóquei sobre grama e lacrosse. Tinha um sorriso aberto e contagiante e um coração maior ainda. Modesta e autoirônica, Annie era querida tanto pelos alunos como pelos professores.

A tarde daquela sexta-feira marcava o final da primeira semana do ensino médio — com apenas quatro dias úteis graças ao feriado do Dia do Trabalho na segunda-feira —, bem como a primeira semana inteira de treino de hóquei sobre grama. Annie ficou até mais tarde depois do treino da sexta para falar com os técnicos e auxiliares sobre uma nova tática defensiva e sobre o amistoso que aconteceria na tarde da segunda. Aproximadamente às 19h15, ela saiu da escola e foi andando para casa. Pouco depois, em um trecho tranquilo da Sequoia Drive, um agressor mascarado a atacou por trás. Seguiu-se um embate e ela conseguiu se libertar e correr até uma casa próxima em busca de socorro.

Apesar da presença de dezenas de repórteres na cidade, a notícia da tentativa de rapto não vazou, só foi ao ar na manhã seguinte. Por uma vez na vida, os familiares e envolvidos ficaram de boca fechada.

Na segunda-feira, 12 de setembro, Carly Albright obteve uma cópia do depoimento policial escrito à mão por Annie Riggs, aqui reproduzido integralmente pela primeira vez:

Eu era a última no vestiário depois do treino porque fiquei até mais tarde. Geralmente pego carona com uma amiga ou com um dos meus pais para ir pra casa, mas minhas colegas de time já tinham ido embora fazia tempo e meus pais estavam num jantar de trabalho. Pus a blusa do agasalho, meu relógio e meu colar e peguei minha mochila no armário. Foi aí que percebi que já estava supertarde. Saí da escola pela porta lateral do ginásio.
Ao sair, vi o sr. Harris e disse que nos veríamos na segunda-feira.
Eu sabia que ia chover, afinal dava para ouvir trovões, mas, mesmo depois de olhar para o relógio, fiquei surpresa com a escuridão. Lá fora, parecia uma cidade-fantasma. O estacionamento estava praticamente vazio e não vi mais ninguém quando atravessei a Willoughby Beach Road. Mais à frente, um casal de idosos estava entrando no carro na frente da igreja, mas só isso. Quando cheguei à Sequoia Road, estava trovejando e relampejando pra valer. Um Jeep branco virou a esquina mais à frente e desacelerou; por um instante, achei que fosse minha amiga Lori Anderson parando para me dar uma carona. Mas não era ela e a pessoa simplesmente seguiu em frente. Olhei por cima do ombro e vi o Jeep se afastando, foi então que tive uma sensação estranha, como se alguém estivesse me seguindo. Então comecei a ouvir coisas. Passos atrás de mim na calçada. O galho de uma árvore se partindo como se tivesse sido pisado. Mas, toda vez que eu olhava à minha volta, não havia ninguém. A essa altura, achei que só estava sendo paranoica e me senti meio boba, mas isso não me impediu de andar um pouco mais depressa. (Agora há pouco, o detetive altão — não me lembro o nome dele — me perguntou se eu tinha sentido algo estranho ou incomum nos últimos meses e eu disse que não.
Mas, agora, lembrei que não é verdade. Outro dia, pouco antes do início das aulas, eu estava praticando hóquei com umas amigas na escola e tive a mesma sensação estranha de quando eu estava andando de volta para casa. Como se alguém estivesse me seguindo. Mas foi no meio de um dia

ensolarado, então não fiquei com medo nem senti perigo algum.

Na verdade, eu tinha me esquecido disso até agora.) Enfim, àquela altura, eu havia chegado ao trecho da Sequoia sem casas nem postes de iluminação, onde só tem o que restou daquela velha oficina e todas aquelas árvores e arbustos grandes. A ventania estava começando a aumentar e a temperatura estava caindo depressa. Achei que tivesse ouvido passos novamente, então olhei por cima do ombro mais uma vez. A mesma coisa. Ninguém. Eu estava começando a me sentir uma idiota. Estava a um quarteirão e meio de casa e disse a mim mesma que não ia mais olhar. Seja lá o que acontecesse. Eu não era uma garotinha de 10 anos. Mas aí tive certeza de ter ouvido algo novamente. Passos. Logo atrás de mim. Mais alto daquela vez. Forcei-me a não olhar, mas resolvi acelerar ainda mais o passo. E o barulho sumiu. Até soltei uma risadinha pensando que havia vencido, depois, acho que por hábito, dei uma olhada por cima do ombro — e lá estava ele. Um homem. Muito alto. Muito grande. Calças escuras e camisa de manga comprida escura. E estava usando uma máscara. Parecia a máscara do filme Assassino Invisível. *Minhas amigas e eu alugamos esse filme algumas vezes. Tipo um saco de pano com dois buracos para os olhos. Antes que eu pudesse correr, gritar ou fazer qualquer outra coisa, ele me deu uma gravata e me suspendeu. Deixei minha mochila cair e, logo em seguida, estávamos andando de costas rumo às árvores. Ele era muito forte. Comecei a gritar e a tentar acertar socos e chutes, mas era difícil alcançá-lo porque ele estava atrás de mim. Ele tampou minha boca para me fazer parar de gritar. Estava usando algum tipo de luva, mas não consegui ver. A certa altura, mordi a mão dele com muita força e lembro que a luva tinha gosto de borracha, mas ele nem pareceu notar. Quer dizer, deve ter doído, mas ele não deu nem um pio. O braço em volta do meu pescoço começou a me apertar e senti que logo ia desmaiar. Foi então que me lembrei do spray de pimenta que minha mãe tinha me dado. Não é muito maior do que um tubinho de protetor labial e eu havia colocado no bolso do agasalho quando estava no vestiário. Consegui pegar o spray, estiquei o braço para trás e comecei a borrifar — pelo que pareceu muito tempo. No início, achei que não estivesse funcionando ou que eu não*

*estivesse acertando o rosto. Ele não diminuiu o ritmo nem me soltou e nem
gritou. Não fez nada além de continuar a me arrastar para mais longe da
minha casa. Lembro que pensei:* VOU MORRER. *Aí, de repente,
o braço que estava agarrando meu pescoço soltou e eu caí no chão, olhando
para ele em cima de mim, e o homem estava balançando a cabeça, como um
cachorro que acabou de nadar, depois ele arrancou a máscara e começou a
esfregar os olhos. Então, de repente, simplesmente saiu correndo. Só vi
a cara dele por um segundo, e de lado, mas percebi que ele tinha cabelos
escuros e curtos e um queixo bem pronunciado. Eu me levantei e corri para
a casa mais próxima. Quando eu estava esmurrando a porta, percebi que o
homem não havia dito nem uma palavra, mesmo depois de eu ter usado
o spray na cara dele. Eu ouvi ele arfando, sem ar, mas só isso. Em nenhum
momento ele pronunciou uma palavra. Quer dizer, como isso é possível?
Tenho quase certeza de que é tudo que eu consigo lembrar agora.*

3

Quando a notícia foi divulgada na manhã seguinte, teve a força de um tsunami.

Embora um porta-voz da polícia tivesse logo advertido que o ataque a Annie Riggs ainda precisava ser oficialmente ligado aos homicídios das três outras garotas de Edgewood, o público não acreditou. Annie Riggs era jovem, bonita e tinha longos e ondulados cabelos de um castanho brilhante. Para a maioria das pessoas, era o suficiente.

Na hora do almoço, um retrato falado do agressor — com uma foto da máscara que ele havia usado — tinha sido transmitido pelas redes locais, além da CNN. Em poucas horas, as ligações para o 190 e o disque-denúncia não paravam mais. Um senhorzinho reconheceu a pessoa no retrato falado: o genro. Uma professora de música da escola primária tinha certeza de que era seu ginecologista. Outra mulher afirmou com certeza que só podia ser seu ex-marido. E assim por diante.

A máscara deixada para trás era feita de aniagem rústica. Fendas para os olhos e a boca haviam sido cortadas com tesouras afiadas ou alguma espécie de estilete, e pedaços curtos de barbante haviam sido amarrados atrás para mantê-la no lugar. O Laboratório de Criminalística do Condado de Harford a estava submetendo a uma série de testes.

Eu não podia ter certeza absoluta, mas achava que existia uma boa possibilidade de que fosse o que eu e Jimmy Cavannaugh havíamos visto flutuando na nossa direção na escuridão naquela noite perto da Meyers House. À tarde, em casa, na Carolina do Sul, Jimmy deu uma boa olhada na máscara pela CNN e me ligou para dizer que concordava comigo.

Annie Riggs foi interrogada por horas e examinada dos pés à cabeça: rasparam as unhas; passaram um cotonete na boca; vasculharam o rosto, cabelos e roupas em busca de indícios. Pela primeira vez, a polícia tinha uma testemunha ocular e a examinou por todos os ângulos. Depois de revisar o depoimento escrito por Annie, uma equipe de detetives a encorajou a tentar lembrar de qualquer coisa que ela pudesse ter deixado passar, enfatizando que nenhuma observação, por mínima que fosse, era irrelevante para eles. Foi aí que ela se lembrou do cheiro estranho do agressor. Disse que era diferente de todos os cheiros que ela havia sentido até então, mas teve dificuldade para ser mais específica em seguida.

"Não era cheiro de gente ou de suor", ela explicou. "Era algo diferente, algo... indescritível."

Pressionada, Annie disse que era um cheiro orgânico, quase terroso, que vinha do próprio homem; ela achava que não vinha das roupas, da máscara ou das luvas. E essa foi a melhor explicação que ela foi capaz de dar.

Enquanto isso, cada centímetro do lote de quatro mil metros quadrados de moitas e mato alto na Sequoia Drive foi implacavelmente vasculhado, bem como os jardins e ruas adjacentes. Nos fundos do lote, atrás dos escombros de uma velha garagem, uma trilha estreita criada por fileiras paralelas de arbustos da altura de um homem ia dar na Holly Avenue, onde a polícia acreditava que o homem provavelmente havia estacionado seu veículo. A Willoughby Beach Road, uma rota de fuga rápida, ficava a apenas dois quarteirões dali.

O detetive Harper e a maioria dos membros da força-tarefa ficaram otimistas e com energia renovada graças à corajosa reação de Annie Riggs. Após meses sem resultados concretos, eles tinham não somente uma testemunha, mas também, finalmente, uma prova concreta. Entretanto, outros policiais, aqueles cujos empregos dependiam da volubilidade dos eleitores, estavam menos entusiasmados. Milhares de dólares e centenas de horas de trabalho haviam sido gastos para pegar o monstro e o maior avanço em suas investigações se deu graças a uma jogadora de hóquei sobre grama de um metro e sessenta e cinco de altura e cinquenta quilos de peso que havia tirado seu aparelho ortodôntico havia quatro meses.

Por falar em Annie Riggs, ela virou uma celebridade nacional da noite para o dia. A mídia ainda não havia decidido se a coroaria como "A Garota que Venceu o Bicho-Papão" ou "A Única Sobrevivente", então, àquela altura, usavam as duas alcunhas. Um jornal de outro Estado publicou uma foto de Annie no primeiro ano do ensino médio embaixo da seguinte manchete em letras garrafais: **A BELA E A FERA**. Mais perto de casa, muitos dos amigos e colegas de escola a apelidaram de "Ripley", a destemida personagem de Sigourney Weaver nos filmes *Alien*. Muitos desses mesmos amigos e colegas apareceram ao vivo na televisão, contando histórias pessoais sobre Annie. Àquela altura, os pais da adolescente já haviam sido soterrados por pedidos de mais de uma centena de veículos de comunicação, dentre os quais CNN, Associated Press, *The New York Times*, *Newsweek*, *People*, *Entertainment Tonight* e *Tonight Show*. Recusaram todos, afirmando que a filha precisava descansar e se recuperar do susto.

Ao cair da noite, o número já constante de ligações para o 190 sofreu um claro aumento. Um homem que se comportava de maneira suspeita na Bayberry Drive foi denunciado. Vários moradores ligaram a respeito de uma picape verde circulando devagar demais na Perry Avenue. Os cidadãos avistavam o homem mascarado atrás de cada árvore ou poste, à espreita em cada canto escuro de qualquer jardim. Tiros ecoavam pela cidade enquanto os proprietários das casas miravam em sombras. Foi um milagre ninguém ter morrido.

Fiquei sentado com meu pai na varanda da nossa casa por quase uma hora, observando viaturas da polícia indo de um lado para outro da Hanson Road com seus holofotes iluminando os quintais e os espaços escuros atrás dos carros estacionados. Parei de contar quando cheguei a trinta. Aquela sensação desconexa de estar assistindo a um filme voltou de repente e eu a compartilhei com meu pai, explicando que havia sentido algo parecido na noite do patrulhamento com o detetive Harper. Meu pai discordou respeitosamente. Disse que parecia que estávamos *participando* de um filme. Fui obrigado a admitir que ele tinha razão.

Mais cedo, no jantar, até minha querida mãe entrou na dança. Ela teimava que o retrato falado da polícia era a cara do filho de 30 anos da cabeleireira dela. Ele se chamava Vince e já tinha tido problemas com a lei. De que tipo, ela não sabia, mas o havia visto no salão várias vezes e tinha quase certeza de que era a mesma pessoa. O que ela não lembrava, porém, era que eu também havia conhecido Vince e, pelo que me lembrava, o sujeito não tinha nada a ver com o homem no desenho. Por sorte e para grande alívio meu e do meu pai, conseguimos dissuadi-la de ligar para o disque-denúncia e comunicar suas suspeitas.

Logo após o jantar, o telefone tocou. No início, não dei importância. Desde a noite em que meus pais tinham ido visitar Carlos e Prissy Vargas — a noite em que o Bicho-Papão finalmente falou comigo — não aconteceram mais trotes. Mas, então, vi a expressão que tomou conta do rosto da minha mãe após ela ter levado o fone até o ouvido e dito "Alô" e logo percebi que havia algo errado. Ela imediatamente bateu com o fone no gancho. Meu pai e eu ficamos parados, olhando para ela, sem dizer uma palavra. Ela nos encarou com fúria nos olhos.

"O seu passador de trotes deve estar de muito bom humor hoje", ela disse. "Só ficou rindo. Vai entender…"

Antes que pudéssemos responder, ela subiu a escada marchando, deixando os pratos do jantar para que nós dois lavássemos.

4

Os noticiários da hora do almoço no dia seguinte estavam cheios de desventuras assombrosas — todas da noite anterior. A força-tarefa do detetive Harper obviamente teve muito trabalho.

Na primeira história, um morador de longa data da Sunshine Avenue, paralela ao rio, jogou umas dez bombinhas no jardim dos fundos da própria casa para afugentar um bando de gansos barulhentos. Seu vizinho, achando que tinha acabado de escutar uma rajada de metralhadora, pegou seu revólver calibre .45 da gaveta da mesinha de canto e correu para fora de casa para investigar. No caminho, em meio à escuridão, tropeçou numa espreguiçadeira à beira da piscina e atirou acidentalmente na própria perna. O vizinho dos gansos irritantes, ouvindo o tiro e os gritos de dor provenientes da casa ao lado, pulou a cerca e usou a própria camisa para fazer um torniquete na perna do coitado antes de chamar uma ambulância. Muito heroico, na minha opinião.

A segunda história envolvia três adolescentes locais que haviam se embebedado com uma garrafa de Jack Daniels roubada e tido a brilhante ideia de fazer sua própria versão da máscara do assassino e sair espiando pelas janelas da vizinhança. Aquela brincadeirinha resultou em meia dúzia de telefonemas para o 190, dentre os quais o de um homem assustado que temia estar tendo um infarto e o de outro menos assustado que, armado com um facão, saiu correndo para o jardim nos fundos da casa e por pouco não cortou um dos adolescentes em pedacinhos. Os três garotos — descobri mais tarde que o líder do grupo era ninguém menos do que o irmão mais novo do meu não tão querido amigo e bombeiro voluntário Kurt Reynolds — passaram uma longa noite em celas separadas antes dos pais aparecerem na delegacia para pagar as respectivas fianças.

A terceira, e mais fascinante, história envolvia um policial que estava fazendo patrulhamento a pé próximo da Meyers House. Caminhando pela Cherry Road, ele literalmente quase tropeçou num homem trajando roupas escuras que estava saindo do jardim dos fundos de uma casa.

"Tropecei num buraco da calçada", contou mais tarde ao supervisor, "e vi que meu cadarço estava desamarrado. Me abaixei para amarrar e quando me levantei, lá estava ele: um sujeito saindo de trás dos arbustos a não mais do que sete metros de distância. Ele me viu mais ou menos no mesmo momento em que eu olhei para ele e nós dois ficamos parados por um instante, um encarando o outro. Eu então me identifiquei e ordenei que ele ficasse onde estava, mas o camarada saiu correndo pela rua."

Pedindo reforços pelo rádio, o policial iniciou uma perseguição a pé. O suspeito atravessou outro jardim e o policial foi atrás — pulando cercas, desviando de piscinas, atravessando arbustos e correndo por ruas desertas. Por duas vezes, o policial quase alcançou o homem misterioso, mas acabou sendo despistado. Por fim, em um jardim escuro, o policial foi obrigado a desistir após ser inesperadamente atacado — não pelo fugitivo, mas por um pastor-alemão acorrentado que quase devorou suas pernas. Uma exausta porta-voz da polícia parecia estar fazendo de tudo para indicar que o suspeito provavelmente não era o homem que eles estavam procurando. Pouco mais de vinte e quatro horas tinham se passado desde o ataque a Annie Riggs e as forças de segurança estavam convencidas de que o suposto assassino não seria tão descarado a ponto de fazer uma nova tentativa em tão curto intervalo.

"Então quem diabos *eles* estão procurando?", meu pai questionou naquela tarde enquanto guardávamos as ferramentas de jardinagem na garagem. "E em plena luz do dia?" Naquele momento, olhei para a casa dos Hoffman do outro lado da rua bem na hora em que dois agentes uniformizados pulavam a cerca de madeira e desapareciam no quintal dos fundos da casa dos nossos vizinhos.

5

Minha mãe nunca aprendeu a dirigir. Tendo crescido em uma família rica em Quito, no Equador — quer dizer, rica de acordo com os padrões locais da época; a diferença em relação aos padrões do nosso país é enorme —, ela era conduzida até a escola e aonde quer que precisasse ir pelo motorista da família. Depois, quando estava na casa dos 20 anos, após ter conhecido e se casado com meu pai, em suas próprias palavras, "nunca consegui fazer o exame de direção e tirar a carteira de motorista". Quando eu e meus irmãos éramos mais jovens, sua incapacidade de dirigir legalmente era motivo de muita gozação, mas ela parecia não se importar. Levava na esportiva e se vingava de nós se recusando a entrar no carro com outra pessoa ao volante que não fosse meu pai — exceto em circunstâncias desesperadoras, motivo pelo qual ela me permitiu levá-la ao Santoni's naquela tarde de domingo. Meu pai estava ocupado ajudando um vizinho, ela precisava de mais ingredientes para o jantar e, obviamente, não me julgava capaz de escolhê-los sozinho.

Percorremos os corredores do mercado para a frente e para trás, um do lado do outro, enchendo a cestinha que eu carregava com as marcas que ela indicava nas prateleiras. Cumprimentando, entre uma parada e outra, praticamente toda a cidade de Edgewood. Entre a igreja, as atividades do bairro e as noites mensais de bingo no centro comunitário, minha mãe conhecia quase todo mundo. Quando saímos do mercado trinta e cinco minutos mais tarde, sabíamos quem na cidade estava doente, quem estava esperando neném, quem iria para a faculdade no outono, quem acabara de ser promovido no trabalho e quem fora demitido pela segunda vez em dois meses. Eu estava exausto.

Enquanto atravessávamos o estacionamento, notei alguém em pé na calçada na frente do banco nos espiando atrás de um poste de luz. Um homem alto, de boné de beisebol e óculos escuros. Quando percebeu que eu o estava encarando, ele rapidamente se virou e desapareceu dobrando a esquina. Eu não tinha certeza absoluta, mas quase: o homem que estava nos espiando era o detetive Harper.

Ao sairmos do estacionamento, passei pelo banco e olhei mais de perto. O detetive — se de fato era ele — havia sumido. *Por que diabos ele estaria me observando? Ou será que ele estava vigiando o mercado e o fato de eu ter aparecido havia sido uma mera coincidência?*

Naquela noite, deitado na cama, assisti ao noticiário das onze. A locutora introduziu a matéria de abertura e, obviamente, estava relacionada à heroína local Annie Riggs e à caçada em curso ao Bicho-Papão. Quando o rosto desconsolado do detetive Harper apareceu e sua profunda voz de barítono tomou conta do meu quarto, peguei o controle remoto, desliguei a tevê e fui dormir.

6

No final de setembro, eu havia estabelecido uma nova rotina. Depois do último telefonema da noite, com Kara, trabalhei na minha revista — principalmente lendo a bela pilha de manuscritos, fazendo revisão

e diagramando os anúncios — até não conseguir mais manter os olhos abertos. Geralmente desligava a luminária da escrivaninha e só me enfiava na
cama depois da meia-noite. Na maioria das manhãs, acordava por volta das
oito e meia. Em alguns dias, dependendo do tempo lá fora e do meu humor,
saía para correr ou fazer alguns arremessos de basquete e só então voltava
para casa, tomava banho e começava a escrever. Outras vezes, eu começava
o dia com calma, lendo alguns capítulos na cama antes de descer, ainda de
pijama, para comer uma tigela de cereal e ler o jornal.

Na quarta-feira, 14 de setembro, minha mãe bateu à porta do meu quarto
às 7h25, me acordando de um sono profundo. Mesmo sem ter olhado para o
despertador e visto a hora, eu sabia pela expressão em seu rosto que era algo
importante.

"A Carly quer falar com você", avisou, entregando o telefone sem fio.
"Ela me pediu para te acordar. Acho que está chateada."

Peguei o telefone.

"Oi."

"Você precisa vir pra cá imediatamente", disse Carly com a voz trêmula.

"Onde você está?", perguntei, bocejando.

"Em casa. Voa."

E desligou.

7

Carly morava com os pais do outro lado de Edgewood Meadows, mais
ou menos na metade do caminho entre a Biblioteca e o Colégio Edgewood. Levei menos de dez minutos para me vestir, achar a chave do carro e ir
correndo para a casa dela.

Quando estacionei, ela estava sentada na varanda, o queixo apoiado nas
mãos entrelaçadas. Os olhos estavam inchados e avermelhados.

"O que foi?!", perguntei assim que saltei do carro.

Ela se levantou com dificuldade, parecendo tão exausta e fragilizada que
senti uma repentina vontade de abraçá-la.

"Ontem à noite, logo após ter apagado as luzes e ido deitar, escutei algo na minha janela novamente", contou, olhando em volta como se os vizinhos tivessem saído de casa para ouvir às escondidas. Aparentemente contente por ninguém estar bisbilhotando, ela prosseguiu. "Eu estava com tanto medo que nem consegui me levantar e ir verificar dessa vez. O quarto estava escuro, a janela estava escura, e, por um instante, tive certeza de que, embaixo da minha cama, havia alguém escondido, pronto para me agarrar."

Ela começou a tossir, cobrindo a boca com a mão trêmula.

"Calma", pedi.

"Alguns minutos depois, escutei o mesmo barulho, como se alguém estivesse arranhando algo, tentando arrancar a tela, e eu sabia que não era minha imaginação. Puxei o cobertor até a altura dos olhos e fiquei ali deitada. Eu não conseguia me mexer; não conseguia abrir a boca para chamar meus pais; não conseguia fazer nada. Estava totalmente paralisada. Depois de um tempo, o barulho sumiu... precisei de umas três ou quatro horas para finalmente fechar os olhos e dormir.

Olhei para a lateral da casa.

"Por que você não espera aqui e eu vou dar uma olhada na sua janela?"

Balançando a cabeça, ela disse:

"Já fiz isso. Não encontrei nada."

"Tudo bem. Então por que não vamos comer alguma coisa e depois te trago de volta e você tenta botar o sono em dia?"

"Escuta... não encontrei nada na janela, mas, um pouco depois, quando saí pra trabalhar, *isto aqui* estava esperando por mim."

Carly se afastou para o lado, permitindo que eu visse o que estava atrás dela. No meio da varanda, a poucos centímetros do capacho com MARYLAND É PARA OS CARANGUEJOS escrito, alguém havia desenhado com giz azul uma carinha triste. Bem embaixo, havia três números: 666.

"O que nós vamos fazer?!", ela se exasperou, começando a chorar.

"Acho que está na hora de ligarmos para o detetive Harper", respondi sem tirar os olhos do desenho.

8

C omo esperado, ele não ficou nada satisfeito.

Primeiro, Harper nos passou um pito por meter o bedelho onde não devíamos e possivelmente atrapalhar uma investigação em andamento. Em seguida, explicou meticulosamente por que o desenho da amarelinha, o cartaz do cachorro de estimação e as moedas de um centavo eram provas críticas que o público não podia, em circunstância alguma, conhecer. Por fim, nos fez prometer que não diríamos uma palavra a respeito a mais ninguém, repetindo várias vezes com aquela sua assustadora voz de policial que estávamos pondo em risco todo o árduo trabalho realizado por seus agentes.

"E pensar que confiei em você", disse ele, olhando atravessado para mim. "Não cometerei esse erro novamente."

Imóvel no gramado, minha vontade era de sumir.

E aquela, como descobrimos depois, foi a parte fácil.

A parte difícil foi quando chegou a hora de Carly ligar para o pai no trabalho — antes que um dos vizinhos fosse mais rápido no gatilho — e explicar por que havia uma van do laboratório de criminalística estacionado na entrada da sua garagem e uma equipe de detetives por toda parte na varanda e no jardim lateral. O pai, surpreendentemente calmo diante daquela notícia, telefonou na mesma hora para a esposa, e ambos estavam em casa em trinta minutos. A sra. Albright não teve o mesmo sangue-frio. Depois de abraçar Carly e se certificar de que ela estava bem, entrou com a filha para falar com o detetive Harper. Antes da porta se fechar, entreouvi a sra. Albright dizendo ao detetive que ainda estava escuro quando eles saíram para trabalhar naquela manhã e nenhum dos dois havia notado o desenho a giz na varanda.

Mais tarde, as coisas ficaram ainda mais difíceis quando foi minha vez de pegar o telefone e contar aos meus pais o que havia acontecido. Basta dizer que coisas desagradáveis foram ditas (muitas delas murmuradas em um espanhol ininteligível) e muitas lágrimas de medo rolaram.

Para piorar a situação — se é que ainda era possível —, a mãe de Carly saiu de casa pouco depois e deixou bem claro que também não estava nada satisfeita comigo. Para ela, minha curiosidade egoísta havia contribuído para tornar sua filha o alvo de um serial killer sádico que já havia torturado e assassinado três jovens. E agora ele sabia onde os Albright moravam.

Pela segunda vez naquela manhã, levei um puxão de orelha e uma bela bronca.

"Bem que, desde o início, eu tive a sensação de que você ia ser um problema", a sra. Albright vociferou, botando o dedo na minha cara. "Minha Carly está dando duro para construir uma carreira respeitável e não precisa que um viciado em terror a arraste para essa confusão. E você tem uma noiva… não deveria estar frequentando a minha filha."

Apesar da condição fragilizada mais cedo, Carly tomou a frente da situação e assumiu toda a culpa. Com tudo o que tinha direito. Fiquei muito orgulhoso dela. Primeiro, se dirigiu ao detetive Harper:

"Fui eu que contactei minhas fontes internas para obter informações sobre a investigação. Richard não teve nada a ver com isso."

Quando o detetive Harper a pressionou para revelar aquelas fontes anônimas, Carly se recusou, citando questões de confidencialidade. Também se manteve firme e ratificou que tínhamos o direito de levar adiante nossa investigação jornalística, contanto que não interferíssemos com o trabalho que a polícia estava fazendo. Depois foi a vez da mãe:

"Como você se atreve a falar assim com o meu amigo? Sou uma mulher adulta, perfeitamente capaz de decidir com quem trabalho e quem frequento. Quanto à noiva do Richard, o nome dela é Kara e é uma querida. Ele sempre se comportou como um cavalheiro."

Eu já falei de como fiquei orgulhoso dela?

Quando a poeira baixou, notícias surpreendentes estavam à nossa espera. Embora Carly não tivesse encontrado nada de interessante no jardim lateral mais cedo, o mesmo não podia ser dito dos detetives. Um canteiro de flores estreito, delimitado por pedras redondas, se estendia por todo o lado esquerdo da casa dos Albright. O solo ali havia sido adubado, mas as tempestades de verão haviam carregado boa parte da cobertura orgânica. Em um ponto onde só havia terra, bem embaixo da janela do quarto de Carly, os detetives descobriram a marca quase perfeita de uma bota. Um técnico do laboratório começou a trabalhar imediatamente, tirando fotos da pegada em todos os ângulos possíveis.

Depois de confirmar com Carly e seus pais que ninguém da família tinha um par de botas com aquele desenho de sola específico, um segundo técnico — usando um pequeno balde d'água, um saquinho de gesso odontológico em pó e algum tipo de spray fixador — tirou um molde. Eu já tinha visto aquele procedimento várias vezes na televisão — geralmente realizado por caçadores profissionais do Pé-Grande nas terras selvagens do noroeste do Pacífico —, mas nunca o havia presenciado. Todo o processo era fascinante e, apesar do clima soturno que reinava, eu me peguei desejando que meu pai estivesse lá comigo.

Ao retornar para casa naquela tarde, comecei de repente a dar voltas no quarteirão, a cabeça a mil. Eu sabia que era velho demais para ser mandado para o meu quarto ou posto de castigo — pelo amor de Deus, eu ia me casar dali a alguns meses —, mas devo admitir que essa ideia me passou pela cabeça. Também fiquei com medo de que minha mãe se recusasse a me servir sua comida pelo resto da minha estada na sua casa, mas isso também não aconteceu. Até depois, quando as coisas pioraram ainda mais, ela continuou a me alimentar.

Quanto a Carly, sua vida mudou de uma maneira dramática. O detetive Harper determinou que um rodízio de policiais vigiasse a casa dos Albright por um período de três semanas, além de segurança vinte e quatro horas para Carly. Embora meu nome — e qualquer menção ao desenho em giz na varanda — não tenha aparecido em nenhuma reportagem da mídia, Carly, é claro, não teve a mesma sorte. Ela virou o destaque, a última estrela na produção do Teatro de Marionetes do Bicho-Papão, e a imprensa estava ávida.

"Foi nojento…", ela me disse mais tarde "fui atacada por todos os lados com milhares de microfones e flashes. Eles estavam me esperando como urubus fora da minha casa e do meu escritório, gente sem escrúpulos."

Não demorou muito até ela parar de falar totalmente com a mídia.

Se teve uma coisa boa que resultou de toda essa confusão, foi que, logo depois, Carly Albright foi promovida no jornal. O *The Aegis*, com toda a sua sabedoria oportunista e avidez, percebeu que tinha na equipe uma escritora contratada que estava intimamente ligada à principal matéria do jornal: o Bicho-Papão. Adeus, eventos comunitários e obituários; olá, reportagens de primeira página e aumento de salário.

Nos dias seguintes, fiquei várias vezes tentado a perguntar ao detetive Harper se ele estava me vigiando naquela tarde no mercado, ou se algum dos seus homens dirigia um sedã prateado com vidros escuros — mas nunca reuni coragem. Já era constrangedor demais o fato de ele ter começado a se referir a Carly e a mim como Nancy Drew e Joe Hardy (da série de livros de mistério Hardy Boys que eu adorava quando era criança). Todavia, acabei baixando a guarda e contei a ele dos trotes que andávamos recebendo. Ele me perguntou se eu, ou algum membro da minha família, havia sido ameaçado; quando eu disse que não, não exatamente, ele ignorou a questão e mudou de assunto.

9

Kara, ao contrário, não subestimou os telefonemas, especialmente em vista do que acabara de acontecer na casa de Carly. O sol estava se pondo e nós estávamos sentados na grama ainda morna embaixo do salgueiro-chorão, observando vaga-lumes dançando no jardim, quando ela voltou a tocar no assunto.

"Não entendo por que eles simplesmente não grampeiam o seu telefone", ela reclamou. "Isso está acontecendo desde que você voltou para casa. Não é uma coincidência. Caramba, o sujeito até disse o seu nome."

"Mas foi tudo o que ele fez. Ele não me ameaçou. Não ameaçou meus pais."

"E você não acha que passar esse tipo de trote não é intimidação?"

Encolhi os ombros sem muito ânimo. Eu estava cansado, com dor de cabeça e ansioso para mudar de assunto.

"E a mensagem que ele deixou na porta da casa da Carly não é uma forma de ameaça?"

"Entendo o que está dizendo. Sério. Só não sei direito o que você quer que eu faça a respeito."

"Para começo de conversa, você pode dizer para o detetive Harper levantar a bunda da cadeira e fazer o trabalho dele."

"Já tentei fazer isso", eu disse, olhando para ela na escuridão. "Você acha mesmo que é o Bicho-Papão que está ligando lá para casa e não alguém querendo tirar sarro da minha cara?"

"Acho", ela disse, sem hesitar. "Pra mim, ele tá querendo te desestabilizar."

"Por que ele faria isso? E por que logo comigo?"

Ela cruzou as pernas e se virou para mim, segurando minha mão.

"*Por quê?* Porque ele é um doente que gosta de infernizar e machucar as pessoas. *Por que você?* Não sei... talvez ele saiba que você é um escritor de histórias de terror. Ou talvez te conheça pessoalmente."

"Nem fala uma coisa dessas."

"Se ele te escolheu é porque algum motivo ele tem, Rich", ela disse, apertando minha mão. "E agora a Carly. Estou começando a ficar apavorada."

"Não fica assim", pedi. "Vai ficar tudo bem."

Eu não acreditava totalmente naquilo, mas não sabia o que mais podia dizer.

10

Alguns dias depois, atendi a porta e encontrei uma sorridente Carly Albright em pé na minha varanda. Na verdade, ela não estava exatamente em pé — estava saltitando, ficando na ponta de cada pé alternadamente, como uma garotinha prestes a fazer xixi nas calças.

"Não foi ele!", exclamou.

"Ele quem?"

"O homem na minha casa... o homem que desenhou na minha varanda... não foi o Bicho-Papão!"

Saí para a varanda.

"Do que você tá falando?"

"O detetive Harper acabou de sair da minha casa. Disse que um dos vizinhos da rua de trás tinha imagens da câmera de segurança, de um homem atravessando o jardim deles na noite em que tudo aconteceu. A dona da casa reconheceu o rosto do homem; fazia parte de uma equipe de jardinagem que ela havia contratado pouco antes.

"Os detetives foram lá e conversaram com o sujeito, que admitiu tudo imediatamente. O detetive Harper disse que ele parecia quase aliviado por ter sido filmado."

"E como eles sabem que ele não estava envolvido nos homicídios?"

"Álibis muito consistentes para duas das três noites. E ele também não tem nada a ver com o retrato falado da polícia. É baixinho e magro, as orelhas com rombos de alargadores… Disse que tudo não passava de uma brincadeira idiota. O cara é metaleiro raiz, curte rock satânico: Ozzy, Danzig, Black Sabbath, Darkthrone, essas coisas. Ficou muito puto quando o *The Aegis* publicou uma matéria sobre satanismo, e concluiu que estávamos tirando sarro deles. Quando descobriu que alguém no bairro trabalhava para o jornal, achou que seria engraçado ficar chapado, ir até a minha casa de fininho e desenhar um 666 na minha varanda. Também estava planejando desenhar um pentagrama invertido na entrada da garagem, mas amarelou. Disse à polícia que só queria me assustar."

"Caramba… Então o giz azul e os números… foi tudo uma bizarra coincidência?"

"Foi!"

"É difícil de acreditar."

"Eu sei, mas parece que é verdade. Que loucura, né? O cara disse que queria ter comprado um spray, mas como estava duro, pegou o giz emprestado com um dos caras que divide apê com ele. Até levou os detetives ao quarto do coinquilino e mostrou a caixa de giz azul que estava numa gaveta."

"Eles interrogaram o tal coinquilino?"

"Sim, ele também não tá metido em nada disso."

"Que doideira!", exclamei. "Pelo menos já deu desse troço de ter polícia estacionada na frente da sua casa, né? Só que também já eram os guarda-costas galãs e fortões."

Pensei que acharia graça, mas ela ficou bem séria.

"Bem, aí é que a coisa fica interessante."

"Como assim?"

"O assecla de belzebu, apesar da estatura, tem um pé quarenta e cinco."

Olhei para ela.

"Que diabos isso significa?"

Ela suspirou como se eu fosse um idiota.

"A marca da bota embaixo da minha janela era tamanho quarenta e dois."

"Aaah, tá. Saquei", eu disse, entendendo finalmente. "Então foram duas pessoas diferentes naquela noite?"

"É o que parece", ela falou. "O metaleiro jura que não chegou nem perto da minha janela, e os detetives não encontraram nenhuma bota no armário dele que correspondesse à pegada... então vão continuar a vigiar a casa, e a mim, por mais uma semana. Por desencargo de consciência."

"Ou seja, eles não estão cem por cento convencidos de que *não foi* o assassino que andou perto da sua janela."

"Noventa e cinco. Quais as chances de dois esquisitões terem circulado perto da minha casa na mesma noite?"

"Quais as chances de um sujeito qualquer resolver te dar uma provocada usando giz azul e o número 666?"

"É verdade", ela disse, inclinando a cabeça para o lado, pensativa.

"Se não era o Bicho-Papão na sua janela, então quem era?"

"A molecada brincando. O Acariciador Fantasma. Ou talvez eu simplesmente não andasse dormindo o suficiente... e imaginei tudo."

"Você não imaginou a pegada da bota, Carly."

Ela anuiu.

"Devem ter sido uns adolescentes querendo aparecer."

"Tomara que você esteja certa."

"Pois é", ela disse, os olhos focando algo a distância. "Tomara mesmo."

11

O restante de setembro foi tranquilo.

ACIMA: Colégio Edgewood *(Foto cortesia do autor)*

ACIMA: Annie Riggs *(Foto cortesia de Molly Riggs)*

À DIREITA: O lote abandonado onde Annie Riggs foi atacada *(Foto cortesia de Carly Albright)*

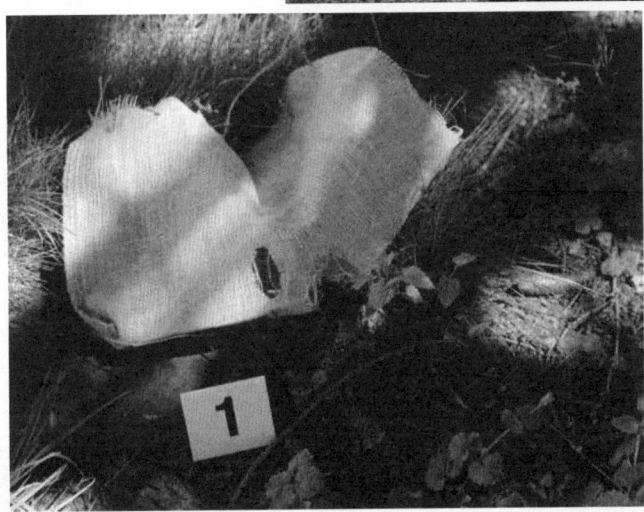

À ESQUERDA: A máscara do assassino, achada na Sequoia Drive *(Foto cortesia de Logan Reynolds)*

ACIMA: Membros da força-tarefa revelando a máscara do assassino para a mídia
(Foto cortesia do The Baltimore Sun*)*

À ESQUERDA: Retrato falado do assassino
(Foto cortesia de Alex McVey)

À DIREITA: O misterioso
desenho a giz na
varanda dos Albright
*(Foto cortesia de Logan
Reynolds)*

nove

O País de Outubro

"... um ato de insanidade."

1

"**P**ara começo de conversa, era outubro, um mês peculiar para os meninos..."
De todos os trechos liricamente belos e de tirar o fôlego com que Ray Bradbury brindou os leitores durante sua vida, essas doze palavras que abrem seu romance seminal *Algo sinistro vem por aí* talvez sejam as minhas favoritas.

Bradbury vai além, descrevendo uma paisagem mítica, o País de Outubro, onde o Outono é Rei, a Maldade é Rainha e tudo é possível. O bem, o mal, o milagroso, o inimaginável — está tudo ali, esperando você no mês de outubro, pairando ligeiramente fora do seu alcance.

Desde pequeno, aquele era meu período do ano favorito — uma estação de magia absoluta. O ar cheirava a maçãs maduras, folhas mortas e lenha queimada. O vento doía em algum lugar mais profundo do que os ossos. O céu tinha camadas de ricos tons de laranja, amarelo, roxo e vermelho, além de uma miríade de cores turbilhonantes belas demais para terem um nome. A lua das colheitas — cheia e magnífica, tão próxima do horizonte que era quase possível esticar a mão e tocá-la — fazia sua visita anual e nos deixava querendo mais. As nuvens flutuavam, espiando por cima dos ombros, relutantes em abrir caminho para o avançar do inverno. Galhos nus se alongavam enquanto passávamos por eles, os dedos esqueléticos, famintos pelo nosso toque, e montículos de folhas caídas estalavam sob os nossos pés enquanto suas infinitas irmãs esvoaçavam passando por nós na brisa fria do outono como miniaturas de fantasmas assombrando a paisagem. O crepúsculo demorava. A meia-noite durava para sempre. Grandes abóboras entalhadas projetavam sorrisos meio banguelas nas cercas das varandas e nas janelas, seus tremeluzentes olhos laranja perscrutando todos os nossos movimentos.

E, depois, acontecia.

O dia mais mágico de todos enfim chegava.

Não apenas para os jovens, mas também para os jovens de espírito.

A noite se insinuava pela cidade como um ladrão silencioso, e finalmente era chegada a hora. Halloween.

2

Na cidade de Edgewood, a segunda-feira, 31 de outubro, amanheceu clara e fria, com uma sensação de otimismo esperançoso envolvendo as ruas.

Fazia quase dois meses desde a reação e a fuga por um triz de Annie Riggs na Sequoia Drive e, nesse ínterim, não houvera outros ataques. A mídia local, ávida por manter a história (e as vendas nas bancas) viva, mal mencionava esse fato, concentrando-se, pelo contrário, nos últimos avistamentos possíveis e em entrevistas ocasionais com membros de baixo escalão da força-tarefa — qualquer desculpa que mantivesse aquelas palavras mágicas "O Bicho-Papão" nas manchetes. Enquanto isso, os rostos artificialmente esculpidos e bronzeados da imprensa nacional foram lentamente abandonando o barco, as despesas e as diárias dos hotéis eram altas demais para que eles ficassem na cidade sem que houvesse mais violência ou derramamento de sangue a cobrir. A polícia continuava seu trabalho, na maior parte do tempo em silêncio. Mais ou menos toda semana, um porta-voz surgia para fazer uma breve declaração oficial — todas parecendo bastante iguais àquela altura: a força-tarefa estava trabalhando dia e noite e os cidadãos deviam se manter vigilantes. Quase um mês havia se passado desde a última coletiva de imprensa do detetive Harper. Naquela ocasião, ele falou por alguns minutos antes de revelar um retrato falado atualizado do agressor de Annie Riggs. Fora as sobrancelhas mais grossas e o lábio superior mais fino, parecia idêntico ao primeiro.

Quanto aos edgewoodianos, a maioria acreditava (ou pelo menos diziam a si mesmos) que o assassino havia finalmente terminado o serviço. Fazia cinquenta e dois dias que nada de ruim acontecia. Após a perda do anonimato na noite do ataque a Annie Riggs e a quase captura algum tempo depois numa perseguição a pé com a polícia, o Bicho-Papão teria que ser um tolo desleixado para ficar por lá e tentar mais alguma coisa. E ele já havia mostrado que não era nada disso.

Embora vários moradores já se sentissem mais otimistas, o toque de recolher continuava a vigorar — porém, três semanas antes, havia sido flexibilizado para começar às 23h — e vários decretos extraordinários foram instituídos para o Dia das Bruxas. A diretoria do Edgewood Shopping Plaza anunciou uma coleta de doces alternativa para as crianças menores. Das 17h às 19h, cada uma das lojas distribuiria guloseimas e as famílias participantes foram estimuladas a distribuir doces apenas no estacionamento. Além disso, crianças com menos de 12 anos não podiam ficar nas ruas dos bairros sem a supervisão de um adulto, e todas as brincadeiras, a despeito da idade das crianças, deveriam terminar às 21h. Pela segunda semana seguida, *Halloween 4: O Retorno de Michael Myers* foi a principal atração nos cinemas de Edgewood, mas as sessões noturnas foram canceladas. Se você queria festejar a noite de Halloween com um balde de pipoca amanteigada, vidrado na última onda de homicídios de Michael Myers e seu caminhar arrastado, tinha que entrar na fila para a sessão das 17h ou das 19h15, senão, azar o seu.

Por sorte, o mês de outubro também havia sido tranquilo para Carly Albright. Ela havia tirado um pouco o pé do acelerador, exatamente como o médico havia sugerido. A imprensa enfim tinha desistido de tentar convencê-la a falar e, apesar de alguns pesadelos esparsos, na casa dos Albright não havia mais nervosismo ou intrigas relacionadas ao Bicho-Papão. Nenhum outro desenho a giz. Nenhum outro maluco na janela de Carly. Nem viaturas da polícia estacionadas na frente da casa. A teoria final era de que a pegada que a polícia havia encontrado no canteiro de flores embaixo do quarto dela provavelmente era de algum jovem da vizinhança. Relembrando meus dias de caçador de sapos, quando meus amigos e eu passávamos embaixo de praticamente todas as janelas de Edgewood Meadows, achei que a chance de eles terem razão era alta. Embora ainda não tivesse sido indicada para o Pulitzer — o que, embora ela negasse, era sua ambição secreta —, Carly estava gostando de cobrir notícias de verdade, só para variar, e de ver sua assinatura no semanário *The Aegis*. Ela até tinha recebido do editor um pager, para que estivesse disponível vinte e quatro horas por dia, o que, para mim, parecia algo hediondo, mas não era o que Carly pensava. Ela ficou mais feliz com aquela geringonça dos infernos do que com o aumento de salário.

Outubro também havia sido um mês bom para mim. Sentindo-me especialmente inspirado, tive a sorte de vender mais três contos, um novo recorde pessoal para um único mês. Nenhuma daquelas histórias seria indicada para o Pulitzer — ou qualquer outro prêmio, na verdade —, mas todas foram vendidas para mercados bastante importantes, dos quais eu podia me orgulhar. Eu estava ganhando confiança como escritor e, sem a distração constante da caça à sombra do Bicho-Papão, pude passar períodos mais longos e mais produtivos na frente do teclado. Até parei de ouvir o rádio da polícia na maioria das noites.

De vez em quando, porém, eu ainda tinha a sensação de que estava sendo vigiado em público e podia jurar ter avistado aquele mesmo sedã prata atrás de mim certa noite na Route 40, mas, até então, aquela noite terrível em que levei o lixo para fora — e de alguma forma *soube* que o Bicho-Papão estava à espreita por perto — não havia se repetido. Os trotes que atormentaram a casa dos Chizmar diminuíram bastante nos dois meses anteriores; em todos eles, alguém simplesmente desligava sem dizer nada. Eu estava voltando a acreditar que se tratava apenas de uma pessoa qualquer, um adolescente entediado se divertindo tentando me assustar. Depois de ler a matéria no *The Aegis*, devia ter achado que eu era um alvo fácil.

Até minha mãe estava bem mais alegre, quase tão sossegada e meiga como de costume. Seguindo a tradição, ela havia passado boa parte da tarde na cozinha, assando pão fresco e preparando almôndegas com sua receita secreta de molho de tomate. Desde que me entendo por gente, sempre convidamos amigos e vizinhos para a noite de Halloween. O pessoal se fartava com generosos pratos de espaguete com almôndegas e salada, e, depois que as crianças saíam para catar balas e doces, os adultos se apinhavam na sala de estar e no porão para conversar ou assistir aos jogos de futebol americano universitário na tevê. Quem se sentava mais perto da porta da casa, geralmente um dos meus pais ou o louco do meu tio Ted, ficava responsável pela entrega de doces a cada toque da campainha. Lembro que eu sempre ficava espantado ao voltar para casa tarde da noite — minha fronha abarrotada de guloseimas e quase pesada demais para ser carregada — e via que praticamente todos os adultos ainda estavam ali sentados, conversando. O que eles tanto tinham para falar?

3

À s 17h30 daquela tarde de Halloween, nossa casa estava lotada. Na sala de estar e no porão só havia lugar em pé, e, na cozinha, a situação não era muito diferente. Norma e Bernie Gentile estavam sentados à mesa de jantar com minha irmã Mary, o marido dela, Glenn, meu tio Ted e minha tia Pat. Todos estavam se entupindo de comida e tentando não falar de boca cheia.

Kara e eu estávamos sentados em cadeiras dobráveis na antessala, uma grande tigela de doces equilibrada sobre uma mesinha entre nós. Estava quase escuro lá fora e bandos de crianças já circulavam atrás de doces. Já estávamos na ativa havia vinte minutos — jogadores de futebol americano e fadas, astronautas e alienígenas, princesas e Smurfs —, mas a montanha de doces mal havia sofrido alguma erosão.

Eu não tinha me fantasiado para a ocasião (a menos que você considere fantasia um agasalho de moletom cinza), mas, como sempre, Kara não havia poupado esforços. Essa era uma das várias coisas que eu adorava nela. Kara abraçava e celebrava a vida ao máximo. Fosse se transformando no bobo da corte mais fofo que você já viu (como fez naquele ano), fosse dedicando semanas para encontrar o presente de Natal perfeito para alguém ou parando o carro no acostamento da estrada para assistir ao pôr do sol no inverno, Kara era capaz de encontrar beleza, graça e significado em momentos triviais do dia a dia. Se eu era sombras, luar e histórias de morte e terror, ela era o brilho do sol, risadas e a estrada de tijolos amarelos de *O Mágico de Oz*. Equilibrávamos um ao outro.

Logo depois das 19h, Kara anunciou que enfrentaria uma viagem de volta à cozinha para renovar nossos drinques e me deixou sozinho na porta. Depois de alguns minutos, liderado por Darth Vader e Elvis Presley, o maior grupo da noite atravessou a entrada da garagem, rindo, saltitando, arrotando, e se aglomerou na varanda. Elvis tocou a campainha. Levando a tigela comigo, saí e comecei a jogar punhados de doces em fronhas, sacolas de compras e abóboras de plástico. À medida que a horda se afastava em meio a um coro de agradecimentos berrados, por acaso dei uma olhada do outro lado da rua. Uma figura escura e solitária estava imóvel como um espantalho na calçada da casa dos Hoffman. Alto demais para ser uma criança e sem fazer nenhum esforço para esconder a própria presença, o homem parecia estar me observando. *Provavelmente um pai entediado esperando o filho*, pensei. *Talvez até um policial disfarçado; eles estão por toda parte esta noite. Ou, melhor ainda, o detetive Harper me espionando outra vez.*

Eu estava prestes a me virar quando uma picape fez a curva na esquina da Tupelo e a luz dos faróis iluminou o jardim da casa dos Hoffman. Naquele instante, eu o vi claramente. E não era o detetive Harper.

O homem estava usando roupas escuras e uma máscara — que parecia muito com a máscara grosseira que eu havia visto na televisão e no jornal recentemente. Minha boca ficou instantaneamente seca e senti um suor frio despontando na nuca.

O estranho continuou lá, imóvel, os braços caídos ao longo do corpo, observando.

O flash de uma câmera espocou de repente no final da entrada da garagem, próximo ao meio-fio, desviando minha atenção.

Richard Chizmar

"Mais uma. Só mais uma!", ela implorou, embora parecesse exausta.

O Incrível Hulk e o Super-Homem puseram a língua para fora e fizeram pose — o flash brilhou novamente. Quando voltei a olhar para o outro lado da rua, o homem mascarado tinha desaparecido.

"Tudo bem?", perguntou Kara, aproximando-se com as nossas bebidas.

"Tudo", respondi, entrando em casa. Tomei um gole de limonada e não disse nada sobre o que eu tinha acabado de ver. *Provavelmente só uma brincadeira*, disse a mim mesmo. *Como a cena em* Halloween II *na qual um dos caras se veste como Michael Myers.*

À medida que a noite avançava, Kara e eu fomos assumindo o papel de porteiros da casa 920 da Hanson Road, cumprimentando os retardatários na porta e nos despedindo dos convidados com um abraço. Os Gentile foram os primeiros a ir embora, correndo para a casa ao lado para distribuir barras de chocolate Baby Ruth tamanho família, algo que faziam desde que eu era criança. Antes de saírem, o sr. Bernie tirou um resplandecente dólar de prata do bolso do casaco e o jogou para mim sem dizer nada. Meu tio Ted — irmão mais novo do meu pai e o cara mais *infantiloide* que eu já conheci — tentou aplicar um cuecão em mim enquanto saía, mas eu consegui me safar, então ele se contentou em me dar só um cascudo. Tia Pat foi comendo ele no esporro até chegarem no carro. Logo depois das 19h30, Carly Albright, com orelhas de Mickey Mouse alegremente encaixadas no topo da cabeça, deu uma passada e nos ajudou a distribuir doces para os infindáveis grupinhos de crianças. Ouvir ela e Kara pondo a conversa em dia — Carly com um prato de espaguete equilibrado no colo — foi minha parte favorita da noite. Era fácil entender por que as duas tinham tanta intimidade.

Mais tarde, na cama, notei que o Bicho-Papão não havia sido mencionado em nenhuma conversa naquela noite. Eu já nem me lembrava da última vez que aquilo tinha acontecido na presença de um grupo de pessoas reunido no mesmo lugar. Apesar do inquietante incidente que havia acontecido mais cedo — àquela altura, eu já estava quase convencido de que se tratava de uma brincadeira, e tal constatação me fez sorrir —, peguei no sono com facilidade. Contudo, no meio da noite, ao acordar para fazer xixi, aquelas conhecidas e assustadoras palavras — *Uma tempestade está a caminho* — voltaram à tona na minha cabeça... só que, dessa vez, eu estava convencido de que ela havia passado direto.

4

N a manhã seguinte, acordei me sentindo revigorado, pronto e disposto a enfrentar uma longa sessão no teclado. Eu estava trabalhando em uma nova história sobre pai e filho. Para mudar de ares, daquela vez não era, nem deveria ser, uma história de terror. Mais do que tudo, era um relato de um recorte da vida que capturava um momento específico muito significativo para mim. Eu suspeitava que a história fosse sobre o meu pai, mas ainda não havia ficado muito claro. Eu estava ansioso para descobrir.

Desci para pegar uma tigela de cereal Wheaties e voltar para a minha escrivaninha, mas, assim que vi o rosto da minha mãe, percebi que algo horrível tinha acontecido.

"O que foi?", perguntei.

Ela desviou o olhar e, através da janela da cozinha, ficou observando o jardim nos fundos da casa.

"Uma menina não voltou para casa na noite passada."

5

C assidy Burch, 16 anos, morava com a mãe e a irmã mais nova na última casa geminada da Courts of Harford Square. O pai, um caminhoneiro, havia morrido três anos antes num acidente na I-95. Embora miúda — um metro e sessenta, cinquenta quilos —, Cassidy tinha um sorriso brilhante e uma personalidade extrovertida que preenchia qualquer lugar onde decidisse entrar. Estava cursando o segundo ano no Colégio Edgewood, jogava hóquei sobre grama e era a tesoureira do Clube de Latim. Esforçava-se em sala de aula para manter média oito e trabalhava em regime de meio expediente no

Burger King da Route 40. Cassidy Burch tinha olhos azuis reluzentes e lindos cabelos loiros compridos.

Por volta das 17h30, no dia de Halloween, enquanto a mãe ficou em casa para distribuir doces, Cassidy levou a irmã Maggie, de 11 anos, para brincar de "doçura ou travessura". Maggie estava vestida de Buttercup, a personagem do seu filme favorito, *A Princesa Prometida*, que ela havia visto três vezes no cinema no ano passado. De fato parecia uma linda princesa com seus longos cabelos loiros trançados e um vestido esvoaçante feito em casa, e recebeu muitos elogios. As irmãs perambularam pelo bairro por quase noventa minutos, enchendo duas abóboras de plástico com guloseimas antes de finalmente voltarem para casa.

Enquanto Buttercup separava os milhares de doces na mesa da sala de jantar, Cassidy subiu para trocar de roupa.

Às 19h20, uma buzina tocou na frente do sobrado dos Burch. Cassidy desceu correndo a escada, seu manto com capuz de veludo vermelho abrindo-se em forma de leque atrás dela, como a capa da Mulher Maravilha. Com uma saia cinza de comprimento médio, meias-calças brancas e sapatos baixos pretos completando a fantasia, Chapeuzinho Vermelho se despediu da mãe e da irmã com um abraço e saiu para festejar com a melhor amiga, Cindy Gibbons, de 17 anos.

Não era exatamente uma festa. Jessica Lepp havia convencido os pais a permitirem que um pequeno grupo de amigas fosse à sua casa — oito, talvez dez adolescentes — com duas condições: ninguém dormiria lá, afinal, no dia seguinte, todas tinham escola e, portanto, deviam ir embora até as 22h45. A mãe de Jessica insistiu que não queria levar a culpa se alguma das garotas desobedecesse ao toque de recolher. Os Lepp moravam na Larch Drive, uma ladeira a cinco minutos de carro da Courts of Harford Square. Íngreme e sinuosa, a Larch Drive — no seu ponto mais alto — cruzava com a Hanson Road, a apenas cinquenta metros de distância da casa dos meus pais.

A maioria das garotas estava fantasiada naquela noite — uma vampira sexy, uma nerd de óculos remendados com esparadrapo, uma Mulher-Gato e algumas cheerleaders. Elas se reuniram no porão da casa dos Lepp, dançaram ao som de música *disco* dos anos 70 e devoraram sacos de pretzels e batatas fritas. Depois de um tempo, Jessica pôs *A Hora do Pesadelo* no videocassete e todas se amontoaram no sofá e na poltrona, muitas das garotas — inclusive Cassidy — tapando os olhos durante as partes mais assustadoras. Diversão à moda antiga, inocente. Sem garotos, sem álcool ou cigarros, sem fofocas maldosas. Só muitas risadinhas e arrotos incontidos por causa do excesso de refrigerante.

Às 22h45, como prometido, as garotas começaram a ir embora. Cassidy e Cindy ficaram mais um pouquinho, ajudando a amiga a jogar fora caixas de pizza, pratos de papel e latas de refrigerante vazias que estavam no porão. A sra. Lepp fez questão de agradecer às duas e as botou para fora de casa às 22h55. Da varanda, viu-as entrando no carro de Cindy e partindo.

Naquele mesmo momento, a mãe de Cassidy estava sentada na cama com um romance histórico no colo, olhando para o despertador. Enquanto observava o correr dos minutos, a sra. Burch prestava atenção para tentar detectar o som de um carro estacionando na frente do sobrado. Aquela mesma rotina já havia se repetido em muitas outras noites e sempre a deixava apreensiva. *Um dia essa garota vai entender o que uma mãe sente*, ela costumava pensar enquanto morria de preocupação.

Vendo o relógio marcar 23h, e ainda nada de Cassidy, ela começou a roer as unhas, um hábito horrível que estava decidida a eliminar... a partir do dia seguinte.

Às 23h02, a sra. Burch ouviu a porta de um carro sendo aberta, alguns segundos de um rock abafado e, depois, a porta batendo. Soltou um suspiro de profundo alívio e voltou a dedicar a atenção ao livro. A heroína da história estava prestes a enfrentar uma gangue de arruaceiros armados que planejava saquear a cabana da família, e a sra. Burch estava ansiosa para saber como tudo ia terminar.

Ela finalizou a página antes de perceber que não tinha ouvido o som da chave de Cassidy entrando na fechadura nem o som da porta da casa abrindo e fechando ou mesmo o som do ferrolho sendo passado.

Pulando da cama como se os pés estivessem em chamas, desceu correndo, chamando o nome da filha. A antessala estava vazia, a luz interna ainda acesa, e a porta trancada. Ela a abriu e foi para a varanda, chamando por Cassidy novamente. Nada. Observou o estacionamento bem iluminado à direita e esquadrinhou o terreno vazio à esquerda. A noite estava silenciosa. Imóvel.

Correndo de volta para dentro de casa, a sra. Burch encontrou o telefone sem fio no sofá, onde havia deixado mais cedo, e ligou para os Lepp. A mãe de Jessica atendeu ao primeiro toque e garantiu que fazia mais de dez minutos que havia visto Cassidy e Cindy saindo de carro. *Talvez elas tenham parado no Stop and Shop para abastecer o carro ou algo do gênero*, conjecturou. A sra. Burch agradeceu e desligou.

Tomada pela angústia, ligou em seguida para os Gibbons. Cindy atendeu logo, parecia ofegante. Disse à sra. Burch que havia acabado de chegar, depois de ter deixado a amiga em casa e corrido para atender o telefone antes que os pais acordassem.

"Você deixou a Cassidy aqui na frente de casa?", perguntou.

"Como assim?", Cindy respondeu confusa. "É o que eu sempre faço."

"Eu sei, mas… cinco minutos atrás… eram você e a Cassidy aqui em frente?"

"Bem, talvez faça um pouquinho mais de cinco minutos, mas, sim, tia, eu deixei ela e vim direto para casa."

"Você viu a Cassidy depois que ela saltou do carro? Reparou em alguma coisa?"

Cindy hesitou antes de responder.

"Geralmente espero até ela entrar… mas acho que fui embora dessa vez. Eu não queria me atrasar por causa do toque de recolher."

"E você não viu…"

"Como assim?", Cindy disse, sua voz ficando mais alta. "A senhora está dizendo que a Cassidy não entrou em casa? Ela não está aí com a senhora?!"

"É exatamente o que estou dizendo."

"Ai, meu Deus!", Cindy exclamou, parecendo angustiada. "Ai, meu Deus. Acho melhor acordar meus pais."

"Faça isso, minha querida. Eu vou ligar para a polícia."

6

Tudo isso aconteceu na mesma rua, a pouca distância de onde eu estava dormindo.

7

Após uma breve busca, a polícia encontrou o corpo de Cassidy Burch às 2h27 no cemitério Edgewood Memorial Gardens, na Trimble Road. No início, o policial — um novato — que a localizou perto da entrada principal pensou que havia se deparado com a cena de um trote de Halloween, pois o cadáver estava posicionado na frente de uma lápide e cercado de lanternas ainda acesas feitas de abóboras esculpidas. Parcialmente vestida com a fantasia de Chapeuzinho Vermelho, Cassidy Burch havia sido espancada, estuprada e estrangulada. A orelha esquerda fora decepada e não estava presente na cena. Cerca de uma dúzia de marcas de mordida cobriam o corpo, como se o assassino a tivesse atacado a dentadas em meio a uma frenética sede de sangue. Um policial — desta vez um veterano — descreveu aquilo como "um ato de insanidade".

ACIMA: Cassidy Burch *(Foto cortesia de Candice Burch)*

ACIMA: Cassidy Burch *(Foto cortesia de Candice Burch)*

ACIMA: Edgewood Memorial Gardens *(Foto cortesia do autor)*

ACIMA: Polícia e detetives procurando provas perto da casa dos Burch
na Courts of Harford Square *(Foto cortesia de Logan Reynolds)*

dez

Consequências

"Ele gosta da sensação de matar e vai agir novamente se não o detivermos."

1

A cidade de Edgewood acordou dentro de um pesadelo na terça-feira após o Halloween.

Boletins de notícias interrompiam os talk shows matutinos nas quatro redes de televisão locais e os detalhes macabros do assassinato de Cassidy Burch dominavam as ondas das estações de rádio durante o horário de ida para o trabalho. Ansiosos para compartilhar a notícia, vizinhos corriam para pegar seus telefones e se reuniam em pequenos grupos nas varandas e entradas das garagens. Muitos moradores pegaram os carros e foram até o cemitério, mas acabaram rechaçados pelas barricadas da polícia que bloqueavam a única via de acesso. No meio da manhã, a maioria dos edgewoodianos já havia ouvido que *o Bicho-Papão está de volta*.

Após consolar minha mãe na cozinha, subi correndo e telefonei para Carly Albright. Ela não se encontrava, então deixei um recado e ela logo retornou a ligação. Estava tão atônita quanto eu por causa da notícia. Falei do homem de máscara que eu tinha visto do outro lado da rua na noite anterior e ela me deu uma bronca por não ter contado antes. Por sorte, ela estava com pressa, senão eu teria escutado poucas e boas. Falando rápido, Carly disse que estava saindo para ir ao colégio entrevistar o diretor e vários membros do corpo docente. As aulas haviam sido canceladas, mas os professores deviam se apresentar. Fizemos planos para nos falarmos à noite e lá foi ela.

A abertura da edição do meio-dia do telejornal local foi com a imagem ao vivo do detetive Harper fazendo uma breve declaração na frente do portão do cemitério:

"Neste momento, posso confirmar que o corpo de Cassidy Burch, de 16 anos, foi descoberto esta manhã aqui no Edgewood Memorial Gardens."

Enquanto o detetive falava, a câmera deu um zoom por cima do seu ombro, focando num grupinho de policiais caminhando entre as lápides. Cada um deles carregava um pequeno maço de bandeirolas vermelhas presas a arames grossos com quarenta centímetros de comprimento. Antes de se deslocar, a câmera capturou um dos policiais se ajoelhando e examinando algo no chão diante dos seus pés e, depois, enfiando uma bandeira na grama para marcar o local.

"Gostaríamos de pedir que todos deem à família Burch tempo e priva-cidade suficientes para lidarem com tamanha e trágica perda", continuou o detetive Harper. "Membros da força-tarefa estão, neste exato momento, seguindo pistas vitais. Teremos mais informações disponíveis ainda esta noite. Obrigado."

Eu me senti perdido e fiquei inquieto pelo resto da tarde. Não conseguia parar de pensar no mascarado. Foi por volta das 19h que vi o sujeito pela primeira vez me observando lá do outro lado da rua. A polícia acreditava que Cassidy Burch havia sido assassinada pouco depois de ter saltado do carro por volta das 23h. Quatro horas. *Será que o Bicho-Papão tinha me visitado naquela noite e, depois, simplesmente perambulou pela rua à caça de uma nova vítima?* Esse pensamento era quase insuportável.

Incapaz de ficar sentado por mais do que alguns minutos, eu sabia que tentar escrever seria causa perdida e não confiava suficientemente em mim mesmo para editar de forma satisfatória aquele punhado de textos que eu tinha à disposição para a revista. Depois de um tempo, simplesmente saí para espai-recer e fui dar uma volta de carro. Evitando o cemitério e a Courts of Harford Square, circulei sem rumo pela outra metade de Edgewood, passando pelo shopping, pelo 7-Eleven e pelo colégio, onde avistei o carro de Carly numa vaga logo na frente do estacionamento para visitantes. Depois de ficar sentado no carro olhando para o nada durante mais ou menos meia hora à beira do espelho d'água do Flying Point Park, completei o tanque no posto Texaco e dei mais uma circulada antes de pegar o caminho de volta. Sem perceber, passei pelas casas das três primeiras vítimas.

O noticiário das 20h — ao qual assisti no porão com meus pais — deu poucos detalhes novos sobre o assassinato de Cassidy Burch. Os policiais estavam ocupados com a investigação e relutavam em falar diante das câmeras, sobretudo porque não tinham nada de novo a acrescentar. Imagens mostrando quase uma dúzia de policiais uniformizados fazendo buscas no gramado perto do sobrado dos Burch logo deram lugar a uma reportagem com os chorosos amigos e vizinhos de Cassidy compartilhando histórias pessoais sobre a adolescente assassinada. Uma garota de cabelos escuros chamada Mallory mostrou a aquarela de um pôr do sol, explicando que a amiga concluíra a tela na aula de artes no ano anterior e, para sua surpresa, foi o presente de aniversário que ganhou de Cassidy. Outra colega de turma, Lindsey, falou sobre a generosidade de Cassidy, que sempre a ajudava com os deveres de matemática. Disse também que a amiga tinha adoração pela irmã menor, Maggie. Um homem de meia-idade que morava no mesmo grupo de casas geminadas que os Burch repetiu aquelas alusões bondosas antes de acrescentar que acreditava que satanistas eram os responsáveis pela morte de Cassidy. Afirmou que tinha visto gangues de adolescentes drogados vestidos de preto dos pés à cabeça com brincos de crucifixos invertidos e tatuagens de pentagramas nos braços circulando à noite.

"Largaram o corpo da pobrezinha no cemitério. De quais outras provas os policiais precisam?"

Achei interessante que Cindy Gibbons, a garota que havia deixado Cassidy em casa na noite do homicídio, não apareceu em nenhuma das redes. Também não retornou nenhum dos telefonemas de Carly. *Provavelmente está em choque*, pensei, mudando de canal.

Depois de um intervalo comercial, o âncora grisalho do Channel 11 agitou de forma dramática os papéis que estava segurando e começou a ler uma longa lista do que chamou de "últimas providências". Com efeito imediato, toda a cidade deveria obedecer a um toque de recolher às 21h. Diversos bares e restaurantes anunciaram que fechariam mais cedo, bem como vários varejistas locais, entre eles Walmart, Baskin-Robins, Radio Shack e o Santoni's. Além disso, todas as aulas do Colégio Edgewood estavam suspensas pelo resto da semana. A escola primária e a ginasial permaneceriam abertas, mas a frequência não seria obrigatória e ficaria a critério dos pais/responsáveis. O colégio anunciou planos provisórios de reabertura para a quarta-feira seguinte, 9 de novembro — terça-feira era dia de votação —, e prometeu chamar um grupo de terapeutas especializados em luto para ajudar os alunos a lidar com a tragédia.

Mais tarde naquela noite, subi a escada até meu quarto me sentindo entorpecido e exausto. Eu não conhecia Cassidy Burch, a mãe nem a irmã caçula. Pelo que me lembrava, nunca havia cruzado com nenhuma delas em uma loja ou na rua, nem em lugar algum, para dizer a verdade. Ao contrário dos amigos de Cassidy na televisão, eu jamais a ouvira cantar ou pintar ou gargalhar. Nem sequer sabia que voz tinha.

Então por que meu coração estava doendo tão profundamente? Por que eu sentia tanta raiva? Cassidy Burch era a quarta vítima do Bicho-Papão. Por que agora a sensação era tão diferente? Eu estava me sentindo culpado por ter visto o homem de máscara pouco antes do homicídio e não ter dito nada? Ou, meu Deus, depois de todos aqueles anos... eu estava finalmente me transformando na minha mãe?

Arrastei-me até a cama e liguei para Kara provavelmente pela quinta vez naquela noite. Embora tivesse uma prova no dia seguinte e uma montanha de trabalho, ela fez o que pôde para me alegrar antes de me desejar boa noite. Carly Albright ligou logo depois, como prometido, mas eu já havia apagado a luz da mesinha de cabeceira, desativado o toque do telefone e caído no sono.

2

Quando falei com Carly logo cedo na manhã seguinte, ela estava de mau humor, tinha dormido mal e pouco. Nenhuma das costumeiras fontes havia conseguido descobrir o que o assassino deixara para trás daquela vez na cena do crime de Cassidy Burch. O detetive Harper tinha obviamente atormentado seus subordinados para que não vazassem informações para a mídia e agora ninguém estava abrindo o bico.

Carly acreditava que o Bicho-Papão manteria o, digamos, hábito. Deixaria, de alguma forma, *algo* relacionado ao número 6. Eu concordei com ela. Depois de um breve debate, decidimos que a conclusão mais provável poderia estar relacionada com as abóboras. A polícia havia revelado para o público a história sobre as lanternas de abóboras esculpidas que foram encontradas em volta do corpo, mas não mencionou uma vez sequer quantas eram. A cena, dentro do contexto montado, fazia todo o sentido — abóboras, cemitério, Halloween... —, mas era irritante e, de certa maneira, estranho não ter essa informação. Ficou parecendo que nem tudo tinha sido revelado.

Com a notícia da volta do Bicho-Papão, a mídia nacional voltou em peso para a cidade com o intuito de cobrir o que começaram então a chamar de "O Halloween do Terror". Houve até boatos de que o *America's Most Wanted* estava a caminho de Edgewood para fazer uma simulação do último assassinato. O programa é um sucesso nacional. Embora a maioria dos comerciantes locais ocultasse o próprio entusiasmo, um grupo — que incluía Mel Fullerton, aquele idiota da lanchonete — estava descaradamente inebriado com a perspectiva de colher os frutos das diárias do pessoal da mídia. Reconheci muitas das personalidades dos noticiários que eu via na televisão e, embora nenhuma delas me impressionasse demais, quase consegui me tornar uma lenda local quando, dando marcha à ré, por pouco não amassei o carro alugado de Maury Povich, do programa *A Current Affair*, no estacionamento do shopping. Com aquele mau humor que não me largava, eu provavelmente teria saltado do carro e dado um soco naquela carinha de convencido. E se eu tivesse cruzado com Geraldo Rivera em algum lugar na cidade, teria feito coisa até pior.

Também tinha uma história circulando de que o FBI estava planejando realizar uma busca de casa em casa em toda a cidade. Defensores dos direitos civis já haviam se reunido, fazendo um piquete na frente da delegacia e do tribunal. Muitos donos de imóveis entrevistados no noticiário diziam que planejavam defender suas propriedades com unhas e dentes, inclusive se armando.

Edgewood estava se transformando num barril de pólvora, prestes a explodir a qualquer momento.

3

Quando o Colégio Edgewood reabriu na quarta-feira seguinte — já com George H.W. Bush eleito presidente dos Estados Unidos da América —, dois terapeutas especializados em luto trazidos de Baltimore haviam assumido o gabinete do orientador educacional. No final daquela primeira semana, um terceiro terapeuta foi acrescentado à equipe para ajudar a atender à multidão de adolescentes transtornados que continuava aparecendo no gabinete todos os dias.

Os alunos do ensino médio que voltavam às aulas também eram recebidos pela imagem de três detetives sentados atrás de mesas dobráveis na entrada do velho ginásio. Visitando série a série, turma a turma, os detetives conseguiram entrevistar cada um dos 857 estudantes matriculados. Tarefa que durou quase duas semanas.

Depois, eu mesmo conversei com um punhado de alunos, curioso para saber quais perguntas haviam sido feitas. As respostas não foram surpreendentes: *Você conhecia bem as garotas que foram assassinadas? Sabe de algum problema envolvendo as garotas — ressentimentos, boatos, namoros que terminaram mal, qualquer coisa? As garotas eram especialmente próximas de algum membro do corpo docente ou de outros funcionários da escola? Você viu algo estranho ou incomum na cidade nos últimos meses?...*

Logo depois, uma história interessante começou a circular. A polícia estaria supostamente concentrando esforços em um homem de 31 anos chamado Aaron Unger. Professor de inglês e treinador de futebol muito querido no Colégio Edgewood, ele se mudara para a região havia apenas dois anos, proveniente de sua cidade natal, Flint, no Michigan. Segundo várias pessoas, inclusive Bernie Gentile, Unger já havia sido interrogado por detetives quatro vezes, mas ainda estava devendo um álibi consistente.

Carly Albright acompanhou de perto a história por dias a fio e pôde confirmar que muitos dos detalhes relatados sobre o interrogatório eram verídicos. Mas, logo depois, as suspeitas caíram por terra quando ela recebeu a notícia de que Unger havia finalmente revelado o motivo da sua relutância inicial em fornecer à polícia um álibi. Obviamente, ele tinha um motivo: havia passado a noite de Halloween na companhia de duas garotas de programa e temia que, se a notícia se tornasse pública, ele (a) perderia o emprego de professor e (b) seria processado por favorecimento à prostituição.

No final das contas, a polícia decidiu não apresentar denúncia e manteve silêncio sobre toda a situação. Mas... acabou que não fez diferença. Ao término do ano letivo, o professor Aaron Unger pediu demissão e voltou para o Michigan.

4

Na sexta-feira, 18 de novembro, Carly se encontrou com o famoso perfilador criminal do FBI Robert Neville e o entrevistou para uma reportagem especial no *The Aegis*.

A prática do perfilamento criminal — a análise de crimes para construir perfis psicológicos e comportamentais de suspeitos em potencial — se tornara prevalente na comunidade policial havia apenas uma década, quando o trabalho do agente do FBI John E. Douglas sobre os assassinatos de crianças em Atlanta ocorridos de 1979 a 1981 o projetou nacionalmente.

Se John Douglas era amplamente considerado o pai do perfilamento criminal — como de fato era —, Robert Neville estava rapidamente ganhando o título de filho favorito.

Jovem, bonito e brilhante, Neville traçou um perfil aprofundado e controverso do homem conhecido como "O Açougueiro de Boston", que levou à prisão e condenação, em 1985, de um amado padre de Massachusetts pelo homicídio e estupro de sete prostitutas locais. Um ano mais tarde, seu trabalho de análise dos "Assassinatos Brady Bunch", ocorridos em um subúrbio de Chicago, rendeu-lhe a segunda promoção em dois anos e a capa da revista *People.*

Apesar de todos os reconhecimentos, Carly não foi com a cara dele. Disse que Neville era machista e arrogante, além de ter um mau hálito terrível. A entrevista só durou trinta minutos, mas ela mal podia esperar que acabasse. Quando perguntei se ela havia compartilhado alguma daquelas observações com o chefe ou o próprio Neville, ela não captou o sarcasmo, me lançou um olhar de superioridade e retrucou:

"O que que *você* acha?"

Eu sabia que era melhor não dizer mais nada.

O seguinte trecho da entrevista de Carly Albright com o criminologista do FBI Robert Neville é reproduzido abaixo com a permissão tanto da autora como do *The Aegis:*

CARLY ALBRIGHT: O que faz de um perfilador criminal um profissional gabaritado?

ROBERT NEVILLE: A capacidade de estar na pele e entrar na mente de um criminoso — para ver o mundo com olhos diferentes. Pensamento crítico, lógica, razão... essas coisas. Intuição afiada e habilidades analíticas. Distanciamento emocional. Estômago forte.

CARLY ALBRIGHT: O senhor alguma vez já se sentiu assombrado pelo próprio trabalho? Digo... Pesadelos? Depressão?

ROBERT NEVILLE: Nunca. Algumas coisas perduram, é claro. Mas tenho tendência a zerar tudo e seguir em frente. É necessário.

CARLY ALBRIGHT: Por que foi importante vir a Edgewood pessoalmente? O senhor não poderia ter desenvolvido um perfil do assassino lendo relatórios e conversando com os membros da força-tarefa por telefone?

ROBERT NEVILLE: Sim, eu até poderia ter feito isso, mas, devido à natureza dos crimes, ficou claro para mim que eu deveria estar aqui.

CARLY ALBRIGHT: O que o senhor quer dizer com "a natureza dos crimes"?

ROBERT NEVILLE: Não se iluda, os ataques em Edgewood mostram uma perigosa escalada de violência e perversão. Quatro homicídios em 151 dias. Ele gosta da sensação de matar e vai agir novamente se não o detivermos.

CARLY ALBRIGHT: E o senhor tem certeza de que se trata de um homem?

ROBERT NEVILLE: Claro. Mesmo sem uma testemunha ocular, eu tenho certeza absoluta de que é um homem.

CARLY ALBRIGHT: O que mais o senhor pode nos dizer sobre o perfil do Bicho-Papão?

ROBERT NEVILLE: Bem, ele está gostando de ser chamado por esse apelido. Gosta de atenção e notoriedade. Conhece os que vieram antes dele. Filho de Sam. BTK. O Perseguidor da Noite. De alguma forma, nós permitimos que ele se sentisse parte de algo agora.

CARLY ALBRIGHT: O que mais?

ROBERT NEVILLE: Homem branco. Entre 25 e 30 anos. Provavelmente solteiro ou divorciado. Inteligência média ou ligeiramente acima da média. Boa forma física. Desempregado ou tem um trabalho que permite que ele se movimente livremente tarde da noite. Mora perto, em um lugar isolado, ou dirige uma picape ou van. Violenta e mata as vítimas em algum local ermo e depois as desova em outro lugar.

CARLY ALBRIGHT: Então o senhor acredita que ele mora aqui em Edgewood?

ROBERT NEVILLE: Acredito, não. Tenho certeza. Ele conhece bem as ruas e os pontos de desova.

CARLY ALBRIGHT: Ele conhecia pessoalmente as vítimas?

ROBERT NEVILLE: Não necessariamente. Na verdade, é bem provável que não. Mas, quando elas capturam seu interesse, quando ele toma sua decisão, observa-as por muito tempo antes de dar o bote.

CARLY ALBRIGHT: O senhor está dizendo que ele dirige pela cidade escolhendo aleatoriamente as vítimas?

ROBERT NEVILLE: Não. De forma alguma. Ele claramente prefere um tipo específico. Adolescentes, atraentes, populares, de cabelos compridos. Ele tem raiva dessas garotas. Quer dominá-las e destruí-las. Por quê? A navalha de Ockham: a resposta mais provável é a mais simples. Alguém que se encaixa nessa descrição física o magoou no passado. Ele se sente ofendido, maltratado ou enganado. Sacaneado até. Talvez ache que tenham mentido para ele, fazendo-o parecer bobo e fraco.

CARLY ALBRIGHT: Por que ele morde as vítimas?

ROBERT NEVILLE: Morder é algo pessoal, íntimo, e demonstra seu poder sobre as vítimas. O mesmo motivo pelo qual ele as estrangula em vez de usar uma arma. Ele quer que essas garotas — e o público — saibam que são impotentes, incapazes de impedir que ele faça o que bem quiser.

CARLY ALBRIGHT: E as orelhas decepadas?

ROBERT NEVILLE: A mesma coisa. Ele as leva como souvenires, lembranças. Controla tudo. Muito provavelmente, com o passar do tempo, ele tira esses souvenires do esconderijo e vivencia novamente a experiência.

CARLY ALBRIGHT: Por que ele põe os corpos em pose?

ROBERT NEVILLE: Os motivos podem ser vários. É parte do que nós chamamos de "assinatura". Mais uma vez, ele pode estar exibindo seu poder sobre as vítimas. "Eu não apenas controlei você quando viva, também quando morta." Ou, quando o ato é completado, ele pode vir a ter uma sensação de remorso, por mais fugaz que seja.

CARLY ALBRIGHT: Vários policiais com os quais conversei se referiram ao assassino como "O Fantasma". Como é possível capturar um fantasma, sr. Neville?

ROBERT NEVILLE: Apelido divertido, mas impreciso. O homem que estamos procurando tem se mostrado fugidio, mas garanto que ele é totalmente de carne e osso. E vai acabar cometendo um erro, e nós vamos pegá-lo.

CARLY ALBRIGHT: O senhor acha que ele está zombando da polícia?

ROBERT NEVILLE: Acho que ele está jogando e gostando. Ele gosta de matar e está se tornando cada vez melhor.

5

E lá estava, preto no branco: *O assassino era, sem dúvida, alguém da cidade. Ele conhece bem as ruas e os pontos de desova.*

Joguei o jornal no lixo e afastei minha cadeira da escrivaninha. Quem era eu para questionar o grande Robert Neville?

Ao sair do quarto e descer para pegar o carro e ir à agência dos correios para verificar minha caixa postal, percebi por que andava me sentindo tão irritadiço e rabugento nas últimas semanas. Por mais que eu quisesse que não fosse verdade, eu sempre soube, no fundo do meu coração, que o detetive Harper e Robert Neville tinham razão: *O assassino era um de nós.*

6

Naquela manhã de domingo, enquanto meus pais estavam no final da rua, na igreja Prince of Peace, encontrei alguns amigos atrás do colégio para jogar basquete. Meu ex-colega de quarto Bill Caughron apareceu lá com o irmão mais velho, Lee, além de Jeff Pruitt, John Schaech, os irmãos Crawford e alguns caras mais jovens, que eu não conhecia muito bem e haviam voltado para casa no feriado do Dia de Ação de Graças. Jogamos uma partida rápida em meia quadra, de vinte e um pontos, para aquecer e, depois, uma de quadra inteira por mais uma hora e meia.

Era uma sensação boa estar ao ar livre, suando como um porco e pondo o assunto em dia com velhos amigos. Exatamente o que precisava para deixar para trás o desânimo em que eu me encontrava. Claro, o assassinato de Cassidy Burch foi o assunto principal. Jeff Pruitt, Kenny e Bobby Crawford cresceram na Boxelder Drive, a dois minutos a pé da casa de Jessica Lepp, onde Cassidy festejou com as amigas antes de ser morta naquela noite. Bobby conhecia tanto Jessica como Cassidy e ainda estava irritado por Cindy Gibbons não ter esperado a amiga entrar em casa na noite de Halloween.

"E eu não sou o único a achar que foi culpa dela. Soube que ela está até recebendo ameaças de morte."

Um dos caras mais jovens disse que a mãe trabalhava com a sra. Burch, que estava tentando segurar as pontas e ser forte para a irmã caçula de Cassidy. Um grupo de mães havia se reunido e organizado uma agenda de entrega de refeições para que a família Burch não tivesse que se preocupar em cozinhar. Também estavam se revezando para fazer compras para a família.

Sedento e dolorido depois do jogo, parei no 7-Eleven a caminho de casa. Como sempre, o corredor dos fundos perto da máquina de café estava abarrotado. Cumprimentei com a cabeça o sr. Anderson e Larry Noel, pedi licença aos demais para passar e fui em direção à máquina de Slurpee no final do balcão. Um garotinho ruivo e sardento com um catarro amarelo esverdeado pendurado na narina esquerda chegou na minha frente e começou a preparar um Blueberry Smash tamanho jumbo.

Enquanto eu esperava a minha vez, fazendo de tudo para não ficar olhando para o ranho que se aproximava perigosamente do lábio superior do moleque — toda vez que ele inspirava, a meleca desaparecia dentro da narina e, toda vez que ele expirava, ela reaparecia —, não pude deixar de ouvir trechos da conversa ao lado.

"*Usando aquele chapéu horroroso…*"

"*… e ele estava de novo lá ontem de noite. Eu vi eles…*"

"*Aquele filho da puta é preguiçoso demais pra matar alguém.*"

"*… lá perto do corpo de bombeiros…*"

"*Ainda aposto no Stan. Ele tem uma…*"

"*… não é tão difícil de descobrir que ele tem uma ficha corrida mais comprida que o meu braço.*"

"*… e, se a polícia não faz, nós é que deveríamos fazer.*"

"*Quatro garotas brancas mortas e um policial negro… como assim o que tem de errado nisso?*"

De repente, um dos homens pigarreou. Alto.

"Você vai pegar uma bebida ou vai ficar aqui bisbilhotando a conversa alheia a manhã inteira?"

Pisquei e percebi que o homem estava falando comigo. O ruivinho melequento havia sumido. Olhei para o sujeito e tentei forçar um sorriso. Todos os homens estavam me encarando.

"Eu não estava escutando. Estava sonhando acordado. Desculpe."

Ignorando os resmungos, peguei um copo e comecei a enchê-lo. Quando terminei, tirei um canudo da caixa sobre o balcão e respirei fundo. Só havia um caminho até o caixa. Virando-me de lado para ocupar o menor espaço possível, pedi licença várias vezes e comecei a atravessar o corredor. Até que um ombro duro bateu no meu braço, interrompendo meu avanço.

"Você precisa prestar mais atenção por onde anda", disse um homem careca e atarracado que não reconheci.

"Deixa ele em paz", alguém se manifestou, atrás de mim. Virei-me e o sr. Anderson estava lá, em pé. Cheirava a cigarro e café. "Como vai, Rich?"

Engoli em seco, aliviado.

"Tudo bem. E o senhor?"

"Tudo ótimo", respondeu. "Feliz Dia de Ação de Graças para os seus pais."

"Obrigado. Mande lembranças minhas para a sra. Joyce também."

Ele assentiu e eu segui em frente, ansioso para sair dali. Pouco antes do final do corredor, ouvi um sussurro às minhas costas:

É assim que se acaba se metendo em encrenca, garoto.

Continuei andando e não olhei para trás.

7

A segunda metade de novembro foi especialmente frenética para a força-tarefa do Bicho-Papão. Com as festas de final de ano batendo à porta, as pessoas estavam eufóricas com os preparativos — compras de mantimentos para o feriadão de Ação de Graças e também de presentes antecipados e decorações de Natal —, mas, ao mesmo tempo, com os nervos em frangalhos. Ligações para o 190 e para o disque-denúncia continuavam em ritmo recorde.

Um homem que morava em frente à escola primária relatou ter ouvido passos no telhado de casa no meio da madrugada.

Uma moradora da Sequoia Drive ouviu um baque surdo fora de casa enquanto lavava a louça. Olhou pela janela da cozinha e viu um vulto escuro pulando a cerca do jardim dos fundos.

Uma das atendentes da agência dos correios deixou um recado no disque-denúncia descrevendo uma misteriosa pilha de guimbas de cigarro que havia descoberto atrás da cabana que a família tinha no jardim. O marido, envergonhado, ligou uma hora mais tarde para pedir desculpa. Os cigarros eram dele. No último mês, ele saíra de casa várias vezes por dia para fumar escondido, embora tivesse jurado à esposa que havia parado.

Uma funcionária da contabilidade do Harford Community College caiu em prantos enquanto contava a uma telefonista veterana do 190 que tinha acabado de ouvir o grito de uma mulher vindo do terreno baldio atrás de casa.

Um homem disse que o portão dos fundos fora deixado aberto durante a noite; uma mulher irritada reclamou que a luminária da varanda havia sido vandalizada; uma menina de 9 anos ligou para dizer que seu cachorro da raça corgi chamado Elvis havia sumido do jardim cercado nos fundos de casa.

E o detetive Harper e sua equipe da força-tarefa investigavam cada um dos telefonemas.

8

Na antevéspera do Dia de Ação de Graças, o Channel 13 interrompeu uma reprise de *M*A*S*H* às 19h30 para noticiar que, minutos antes, um homem havia entrado no Departamento de Polícia do Condado de Harford e confessado os homicídios recentes das quatro garotas de Edgewood.

A equipe de jornalistas não tinha foto nem o nome do sujeito, mas, segundo o repórter que estava no gabinete do xerife, ele parecia ter uns 35 anos, era alto e corpulento, com cabelos escuros curtos e bigode.

Naquela noite, a cidade inteira — inclusive meus pais e eu — fomos dormir torcendo e rezando para que o pesadelo tivesse finalmente terminado.

Infelizmente, nosso otimismo durou pouco.

Na manhã seguinte, foi amplamente noticiado que a confissão do homem era uma farsa — afinal, ele estava numa penitenciária na Pensilvânia, detido por arrombamento e invasão, quando as duas primeiras garotas foram mortas. O homem não identificado havia sido detido pela polícia e estava sendo submetido a um exame psiquiátrico.

9

Eu estava sentado à mesa na sala de jantar na manhã após o Dia de Ação de Graças, ainda de pijama, me sentindo gordo e sonolento, lendo o jornal, quando Carly apareceu sem avisar.

"Fazendo o que aqui?", perguntei. "Como você entrou na minha casa?"

Ela se acomodou numa cadeira à minha frente.

"Sua mãe abriu a porta pra mim."

"Não ouvi a campainha."

"Porque não toquei. Sua mãe estava lá fora, varrendo a calçada."

"Acho que eu preferia quando você e minha mãe não se conheciam."
Ela sorriu.

"Aquela mulher é uma santa."

Eu não tinha como negar isso.

"Então, por que você...?"

"Tenho uma coisa pra te mostrar", ela me interrompeu e, curvando-se para a frente, tirou um envelope de papel pardo do compartimento lateral da bolsa igual à da Lois Lane, porém exageradamente grande, que ela havia começado a usar. Abriu o envelope e fez deslizar quatro fotos brilhosas em cima da mesa.

"O que é isso?", perguntei, bocejando.

"O que parece?"

Olhei mais de perto.

"Que você tirou fotos das homenagens que as pessoas deixaram para as garotas. Meio assustador."

"Eu, não. Um dos fotógrafos da nossa equipe."

"Ah, tá", falei. "E daí?"

"Olhe novamente", pediu, gesticulando em direção às fotos. "Elas estão em ordem. Nota algo interessante?"

Estudei a primeira foto por muito tempo. Estava prestes a dizer que eu não tinha a menor ideia sobre o que ela estava falando quando percebi do que se tratava — no canto direito inferior da fotografia.

Passei imediatamente para a segunda foto. Inclusive, demorei um pouco mais daquela vez, mas, no final, localizei o que estava procurando — no canto superior esquerdo.

"Puta merda!", exclamei, olhando para ela.

"Incrível, né?"

À ESQUERDA: O 7-Eleven na Edgewood Road
(Foto cortesia do autor)

ACIMA: Equipe jornalística local entrevistando Lindsey Pollard, amiga de Cassidy Burch *(Foto cortesia do* The Baltimore Sun*)*

onze

Homenagens

"A imagem estava desenhada grosseiramente, mas a representação era cristalina..."

1

Reuni as fotografias em uma pilha ordenada.

"Você desvendou tudo isso sozinha?"

"É tão difícil assim de acreditar?!", perguntou Carly, lançando aquele seu olhar cortante. "Caramba. Você acha que eu preciso de um *homem* brilhante ao meu lado, tipo você ou o Neville, não é?

"Bem... não. Eu só estava me perguntando se outra pessoa no jornal havia visto. Um fotógrafo talvez?"

"Ah, bom", ela disse, relaxando. "Ninguém sabe. Só você."

"E estava tudo ali o tempo todo", suspirei. "Você sabe que temos que contar para o detetive Harper, não sabe?"

Ela franziu o cenho.

"Eu temia que você fosse dizer isso."

"Faz questão de ter a honra ou topa deixar pra mim?"

"Quer levar todo o crédito, né, espertinho?", brincou. "Dããã... não, obrigada. Eu mesma ligo pra ele."

2

Enquanto Carly ligava para o detetive Harper da extensão da cozinha, espalhei as quatro fotografias sobre a mesa de jantar e as reexaminei.

Eram fotos coloridas tamanho 20x25 — nítidas e em foco —, suaves ao toque, pois foram reveladas em papel matte. A primeira foi tirada no jardim da frente da casa dos Gallagher pouco depois do velório de Natasha. Quando a fita vermelha que alguém tinha amarrado em volta do carvalho dos Gallagher desapareceu, não demorou muito até ser substituída por uma homenagem um pouco mais elaborada. Alguém — muito provavelmente uma amiga — havia escrito NATASHA PARA SEMPRE EM NOSSOS CORAÇÕES no centro de uma enorme cartolina e desenhado um coração vermelho em volta. Várias fotografias pequenas de Natasha foram coladas ou presas com durex de cada lado do coração. O espaço branco restante foi coberto por dezenas de mensagens manuscritas — *DESCANSE EM PAZ! SAUDADE! VOU TE AMAR PARA SEMPRE! VOCÊ NUNCA SERÁ ESQUECIDA* — e um punhado de desenhos (corações, mãos em oração, passarinhos, arco-íris e carinhas tristes com lágrimas escorrendo dos olhos). O cartaz havia sido pregado ou grampeado na base da árvore. Logo em cima, uma cruz de madeira, coberta de flores, estava pendurada num prego. Embaixo, espalhado sobre a grama, um pequeno exército de pelúcias: ursos e girafas, elefantes e dinossauros coloridos; além de uma fileira desalinhada de vasinhos de vidro com buquês de flores murchas e os tocos de uma dúzia de velas.

Meus olhos se deslocaram para o canto inferior direito do cartaz, focando em uma pequena imagem espremida entre um coração partido ao meio por uma rachadura entrecortada e uma carinha triste com uma expressão exagerada. A imagem estava desenhada grosseiramente, mas a representação era cristalina: uma amarelinha em miniatura. Dentro de cada um dos quadrados, havia o número 3.

Engoli em seco e passei para a segunda fotografia: o altar dedicado a Kacey Robinson que havia sido erguido pertinho da base do escorregador no parque Cedar Drive. Em vez de uma enorme cartolina, a homenagem a Kacey era composta de três cartazes caseiros menores. Fiquei olhando para o sinal retangular no meio. Canto superior esquerdo. Logo embaixo de uma foto de Kacey Robinson andando de bicicleta sem segurar no guidom e com um grande sorriso estampado, alguém havia desenhado uma pequena réplica, talvez com dez centímetros de altura, do cartaz que foi encontrado pendurado no poste de telefone na frente da casa dos Robinson. VOCÊ VIU ESTE CACHORRO? estava escrito apertado na parte superior do cartaz e LIGUE PARA 4444 estava rabiscado na parte inferior. No meio, o desenho de um cão com um sorriso cheio de dentes.

Com o coração ainda disparado, peguei a terceira fotografia: outra homenagem no jardim, nesse caso para Madeline Wilcox. Montes de flores, várias cruzes pequenas e dois maços de Marlboro fechados estão sobre a grama, na frente de um pôster de Madeline. Ela estava usando um vestido de verão amarelo e chinelos de dedo, sentada feliz da vida no capô de um carrão clássico, parecendo livre, leve e solta. O pôster media pelo menos um metro e meio por noventa centímetros e estava preso a uma longa estaca de madeira que havia sido fincada na grama, como um galhardete. Um feixe de balões em formato de coração flutuava na brisa sobre a cabeça de Madeline. Olhei para o para-choque dianteiro do carro, a poucos centímetros do pé direito de Madeline, onde o assassino havia usado um pedaço de durex para prender cinco moedas brilhantes de um centavo no pôster.

Antes que eu pudesse mudar de ideia, passei para a última fotografia. No momento em que a foto foi tirada, a homenagem a Cassidy Burch ainda estava em estágio inicial. Só um punhado de cartazes caseiros e cartões de condolências presos às barras de ferro forjado da grade que circunda o cemitério, bem como alguns balões e uma vela solitária. Eu havia acabado de assistir a uma reportagem no noticiário e o tamanho do altar tinha mais que quadruplicado. Na parte inferior do maior cartão de condolências, embaixo da assinatura da pessoa que o deixara, o assassino havia desenhado uma abóbora gorda com um sorriso torto — e seis olhos triangulares. Chegava a ser obsceno.

"Ele vem nos buscar em quinze minutos", Carly me informou por cima do meu ombro, e eu quase gritei.

3

"Vocês dois são impossíveis, sabiam?"

O detetive Harper balançou a cabeça e levantou os olhos das fotografias com um misto de incredulidade e admiração. Pelo menos era o que eu esperava que a expressão em seu rosto quisesse dizer. Era difícil saber, talvez ele só estivesse novamente com raiva.

Estávamos estacionados na frente do Boys and Girls Club na Cedar Drive, a poucos minutos de distância da casa dos meus pais. Por ser um cavalheiro — para não falar do medo que eu sentia do detetive Harper naquela época —, eu havia aberto a porta do passageiro para Carly, que, não tendo outra alternativa, aceitou. Uma decisão da qual ela talvez estivesse se arrependendo naquele exato momento.

"O senhor não ficou nem um pouquinho impressionado?", Carly perguntou baixinho.

Ele a encarou. Em seguida, balançou lentamente a cabeça.

"Fiquei, sim. Mas..."

"Mas...?"

"Mas já sabemos dos desenhos e das moedas de um centavo há algumas semanas.

"Ã-hã... Fala sério!", deixei escapar e imediatamente me arrependi.

O detetive virou para trás.

"Como é que é?"

"Desculpe", pedi, baixando os olhos. "Não era minha intenção levantar a voz. Só estou... surpreso."

"Bem, não deveria. E você...", ele estava falando novamente com Carly, "você sabe que não pode escrever sobre isso, não sabe? E nenhum dos dois pode dar um pio a respeito, com quem quer que seja."

"Eu sei", ela disse, fazendo beiço.

"E o Hardy Boy no banco traseiro... também sabe, não é mesmo?"

Assenti com a cabeça, era mais seguro do que falar.

"Você se incomoda se eu levar isto aqui comigo?", perguntou Harper levantando as fotografias.

"Fique à vontade", ela disse. "Mas... posso fazer uma pergunta?"

"Diga."

"Vocês estão de tocaia perto das homenagens? Caso ele volte?"

Harper pensou a respeito por um instante antes de responder.

"Todas as noites, há duas semanas."

"Todas as quatro?"

Ele fez outra pausa antes de responder.

"Todas."

"E?"

"Nada que eu possa compartilhar com vocês."

"Ah, para, vai", ela reagiu com um tom que me surpreendeu. "Só eu e o Joe Hardy aqui atrás..."

"Opa!", exclamei, voltando a me sentar direito.

"Nunca demos motivo para o senhor duvidar da gente. Nem antes nem agora. Ligamos para o senhor hoje, não foi? Não precisávamos ter feito isso. Podíamos ter..."

"Tudo bem, tudo bem... vocês venceram", Harper levantou as mãos em sinal de rendição. Havíamos conseguido convencer o policial. Ele expirou por vários segundos antes de dizer: "Escutem só... tudo isso *tem* que permanecer em segredo, está bem?"

"Claro, morre aqui", ela garantiu.

Ele olhou para o banco traseiro.

"Sim, claro", repeti.

"Só começamos a vigiar em tempo integral as homenagens duas semanas atrás porque foi quando descobrimos o que ele estava fazendo. Esse foi o nosso erro. Devíamos ter pescado antes. Se o povo soubesse, nos expulsariam da cidade, e com razão", Harper contou e se movimentou pesadamente no banco. "Mas, mesmo antes de termos percebido, tínhamos agentes de olho nas homenagens. Praticamente desde o primeiro dia, uma ronda pelo menos a gente fazia."

"E viram algo?", Carly perguntou.

Deitei a cabeça para tentar olhar para ela e, pela primeira vez, eu me dei conta de que ela um dia talvez realmente ganharia um Pulitzer.

"O suficiente para pedir a familiares, amigos e certos membros da mídia fotografias ou vídeos das vigílias que foram realizadas nos locais onde as homenagens foram depositadas. Muitos rostos diferentes naquelas multidões. Ainda estamos analisando tudo o que recebemos. Um por um."

"Decisão inteligente", ela disse.

"Obrigado por aprovar."

Carly soltou um risinho.

"Então, imagino que algum padrão começou a surgir? Visitantes repetidos? Rostos conhecidos que apareciam sempre?..."

"Você ficaria surpresa", ele disse, assentindo. "Algumas pessoas visitaram ou passaram de carro por lá quase todos os dias. Fizemos uma lista dessas pessoas."

Essa não. Meu rosto começou a ficar quente.

"Geralmente eram parentes ou amigos, pessoas com as quais já tínhamos falado e que tinham álibis consistentes."

Minhas mãos estavam suando.

"Mas, vez por outra, alguém interessante aparecia."

Meu estômago embrulhou.

"Alguém cujo comportamento achamos incomum... ou até mesmo estranho."

"Estranho como?", Carly perguntou.

"Vimos de tudo. Ataques histéricos de choro. Surtos de raiva. Preces exageradas. Algumas pessoas até levavam consigo souvenires quando iam embora. Animais de pelúcia. Fotografias..."

Tentei engolir, mas minha boca estava seca demais.

"Quando isso acontecia, geralmente verificávamos o histórico da pessoa e, às vezes, até destacávamos uma unidade de vigilância à paisana para ficar de olho nela, só para ver se surgia algum outro... comportamento estranho."

Merda. Mais dez segundos daquilo e eu ia vomitar.

"Desculpe", Carly pediu de repente. "Acabei de receber uma mensagem no pager. Preciso ligar para o jornal."

Graças a Deus, graças a Deus, graças a Deus. Que Deus abençoe seu precioso pager!

O detetive Harper deu a partida no motor e saiu do estacionamento. Alguns minutos mais tarde, enquanto virávamos na entrada da garagem dos meus pais, olhei para o retrovisor e vi que ele estava me encarando. Antes que eu conseguisse desviar o olhar, ele piscou para mim.

ACIMA: Carly Albright correndo atrás de uma matéria para o *The Aegis*
(Foto cortesia de Brooklyn Ewing)

doze

Shotgun Summer

"Foi ele.*"*

1

Desde o encontro com o detetive Harper uma semana antes, algo estava me incomodando. Demorei alguns dias para superar aquela piscadela no retrovisor e a ideia de que a polícia sabia tudo a respeito das vezes em que eu havia passado de carro pelos locais das homenagens e, muito provavelmente, pelas casas das vítimas também. Estava claro que eu não era tão esperto quanto achava.

Além disso tudo, ainda havia uma fotografia guardada dentro de um envelope no fundo da gaveta da minha escrivaninha.

Eu tinha achado a foto havia uns meses, num trecho de grama pisoteada embaixo da árvore onde os amigos e familiares de Natasha Gallagher tinham erguido o altar. Uma imagem 10x10 de Natasha comendo caranguejos cozidos numa mesa, um típico piquenique ao lado de uma piscina; a foto estava desbotada e amassada devido à exposição às intempéries. Atrás, tinha uma parte de uma pegada e um minúsculo rasgo irregular no canto superior esquerdo onde havia sido fixada ao cartaz com um grampo ou uma tachinha. Deduzi que o vento devia tê-la soltado. Na noite de setembro em que me deparei com ela, olhei à minha volta para ter certeza de que ninguém estava observando, depois me curvei, fingindo amarrar o sapato, peguei e guardei a foto no bolso traseiro do meu short enquanto me afastava. Como o detetive Harper havia dito, sem dúvida um comportamento estranho. Naquele momento, eu já não entendi bem por que havia roubado a fotografia, e continuava sem entender. Eu só sabia que Harper ou um dos seus agentes havia testemunhado tudo.

Mesmo assim, não era aquilo que me incomodava. Constrangimento dá e passa. Foi algo que aprendi na marra ao longo dos anos. Era outra coisa — algo importante — rastejando logo abaixo da superfície da minha consciência, fazendo de tudo para se libertar e vir à tona, mas, até então, sem êxito.

Aquilo estava me enlouquecendo.

Até tentei um velho truque ensinado por um professor — um mestre do jornalismo — que eu detestava, mas que, a contragosto, passei a respeitar ao final do curso. Ele havia sugerido que, para lembrar fatos importantes ou enredos que haviam de alguma forma escapado da memória, um escritor deveria fazer uma lista de todas as coisas — por mais triviais que fossem — que haviam preenchido recentemente seus dias.

Minha lista se parecia com esta:

Dia de Ação de Graças
Kara
Mamãe
Papai
Carly
Detetive Harper
Homenagens
Bicho-Papão
Escorregador
Fotografias
Cedar Drive
Basquete
Biblioteca
Agência dos correios
Shopping/Mercado
Impressora
Revista

Conto
Recusa
Banco
Pizza Hut
Stephen King
Cinema
Sebo da Carol
Troca de óleo
Neve fofa
Cemitério
Boys and Girls Club

Pensei em acrescentar *paraquedismo*, *automobilismo* e *rafting* só para fazer minha vida parecer um pouco mais interessante, mas desisti. Não fazia diferença. Por mais que eu a examinasse, a lista não funcionava e eu voltava à estaca zero.

2

A cordei tarde na manhã de terça-feira, 6 de dezembro, vesti meu velho e surrado roupão marrom, calcei os chinelos e logo comecei a trabalhar em um novo conto que eu havia iniciado na noite anterior. Não era lá grandes coisas, mas eu gostava bastante dos protagonistas e achava que a história tinha potencial se eu melhorasse as próximas versões. O título era "Shotgun Summer" e a trama girava em torno das aventuras de dois namorados adolescentes fugitivos que acabam se metendo com uma violenta gangue de ladrões de banco. A certa altura, o garoto saca que vai dar merda, e sente que precisa cair fora o quanto antes, desaparecer, sumir dali, mas a namorada de 16 anos tem outros planos. Depois de sentir o gostinho de dinheiro fácil e derramamento de sangue, ela acaba gostando. Eu estava provavelmente na metade da história quando escrevi esta cena:

Nos arredores de Toledo, eles pararam num posto Phillips 66 para reabastecer a van. Enquanto Jeremy e Trudy iam para os fundos para usar o banheiro,

Hank entrou sozinho e pagou à funcionária trinta dólares de gasolina comum, além de refrigerantes, cigarros e a edição daquela manhã do Plain Dealer. *A senhora atrás da registradora em momento algum tirou os olhos da revista que estava lendo.*

Quando Hank voltou para a van, jogou o jornal no painel, na frente de Leroy, e disse:

— Vai dar ruim.

Na primeira página, estava impressa uma fotografia do banco que eles haviam roubado dois dias antes. Ao fundo, na calçada, jaziam dois corpos.

E, do nada... eu lembrei.

Revirando a escrivaninha atrás do cartão de visita, peguei o telefone e liguei para o detetive Harper.

3

Para minha surpresa, ele não ficou zangado comigo. Na verdade, não me chamou de Joe Hardy sequer uma vez.

Comecei a descrever o incidente que havia ocorrido na frente da minha casa na noite de Halloween. O homem vestido de preto, olhando para mim do outro lado da rua, no jardim dos Hoffman. Uma picape virando a esquina e os faróis possibilitando que eu visse com clareza a máscara que o homem estava usando.

Eu disse que, embora tivesse ficado nervoso de início, especialmente porque Cassidy Burch havia sido assassinada mais tarde naquela mesma noite, achei que fosse só mais uma brincadeira de um adolescente — como os garotos que se meteram em encrenca há cerca de um mês por assustarem pessoas em casa. Por isso eu havia ficado em silêncio.

Mas alguma coisa a respeito daquela noite continuava a rondar minha mente, embora cinco semanas tivessem se passado. Só que, até aquela manhã, eu não me lembrava o que era.

A mulher que tinha tirado duas fotografias na entrada da minha garagem estava virada de frente para o homem de máscara. Dependendo do zoom e do enquadramento das fotos, era bem capaz do homem aparecer no fundo.

O detetive Harper precisava apenas descobrir quem eram o Incrível Hulk e o Super-Homem.

4

Só demorou um dia.

Após mandar seus homens irem de porta em porta na Hanson Road e nos arredores, o detetive Harper conseguiu descobrir a identidade e o endereço da mulher. Seu nome era Marion Caples e ela morava com o marido e o filho de 6 anos, Bradley, vulgo Incrível Hulk, no final da Harewood Drive. Já o Super-Homem era Todd Richardson, 7 anos de idade, filho da sua vizinha.

Marion Caples ainda não havia mandado revelar o filme da noite de Halloween, então o detetive Harper encarregou o laboratório da polícia daquela tarefa. A primeira foto saiu tremida e descentralizada, e provavelmente foi por isso que eu tinha ouvido a sra. Caples implorar às crianças para tirar "só mais uma". A segunda foto, no entanto, estava absolutamente perfeita. Não podia ter sido tirada em um momento mais oportuno. Enquanto, no primeiro plano, o Hulk e o Super-Homem mostravam seus músculos e suas línguas manchadas de pirulitos de cereja, atrás deles, o homem mascarado, iluminado pelos faróis da picape, aparecia de perfil.

No início, o detetive Harper disse que não poderia nos mostrar a fotografia porque se tratava de uma investigação em andamento. Mas quando Carly mencionou que havíamos prometido sigilo em troca de mais informações, ele cedeu. Aquela garota estava se tornando uma repórter e tanto.

A foto que ele empurrou sobre a escrivaninha na tarde do dia seguinte era uma ampliação de 20x25, colorida e absolutamente nítida. Eu não disse muita coisa enquanto estávamos na delegacia, mas, quando voltei com Carly para o carro, as primeiras palavras que saíram da minha boca foram:

"Foi *ele*. Não me pergunte como eu sei, mas eu sei."

treze

Perguntas

"Já assustado, ele se virou e viu o contorno da máscara branca do assassino flutuando na escuridão..."

1

N a quarta-feira, 14 de dezembro, a cidade de Edgewood acordou, espantada, com quinze centímetros de neve fresca. As escolas precisaram cancelar as aulas e muitos moradores faltaram ou chegaram atrasados ao trabalho. A previsão do tempo na noite anterior tinha falado apenas de cinquenta por cento de chance de neve fraca, por isso nenhuma das ruas recebeu sal e os caminhões limpa-neve não madrugaram. Resultado: às 10h, a maioria das ruas ainda estava coberta. Era uma neve molhada, perfeita para fazer bolas e, no final da manhã, uma batalha épica estava sendo travada na Tupelo Drive. De um lado da rua, três garotos se encontravam em pé atrás de um muro de neve compactada que chegava até o peito; do outro, mais perto da minha casa, cinco garotos menores contra-atacavam corajosamente, mas eram impiedosamente rechaçados. De tempos em tempos, batiam em retirada, reagrupavam-se atrás de um carro coberto de neve na entrada da garagem do meu vizinho, carregavam um novo lote de munição e, valentes, lançavam um novo ataque à fortaleza. Fiquei observando por um bom tempo, em total segurança, da janela do meu quarto, pensando melancolicamente que daria tudo para sair e me juntar a eles.

Perseguindo o Bicho-Papão

Seis semanas tranquilas haviam se passado desde a noite de Halloween e o assassinato de Cassidy Burch. Segundo a última coletiva de imprensa do detetive Harper no primeiro dia do mês, a força-tarefa estava seguindo uma série de pistas e trabalhando em conjunto com agentes do FBI para manter o maior nível de segurança possível dentro da comunidade. Seja lá o que isso significasse. Eu só sabia que havia notado menos viaturas circulando pela cidade desde o Dia de Ação de Graças. Meu pai havia dito a mesma coisa para mim um dia antes.

Desde o feriado, dois outros suspeitos haviam sido detidos e interrogados. O primeiro era um dos motoristas de ônibus do Colégio Edgewood, tinha 39 anos e seu itinerário diário incluía as casas de duas das garotas assassinadas. O segundo era um ex-segurança do Harford Mall que morava com a mãe na Hornbeam Road. Várias queixas de assédio haviam sido prestadas contra ele pelas clientes — todas adolescentes de cabelos compridos —, então o shopping o demitira logo depois da Black Friday.

Carly Albright cobriu as duas detenções para o *The Aegis* e me disse que não deram em nada. O motorista apresentou álibis para os quatro assassinatos e o ex-segurança tinha cabelos louros compridos e eriçados que não batiam com o retrato falado da polícia, além de uma grave lesão na mão direita devido a um antigo acidente de carro. As forças policiais concluíram que não havia chance alguma de aquele homem ter estrangulado alguém.

O detetive Harper não tocou mais no assunto da fotografia da noite de Halloween e eu também não perguntei a respeito. Eu continuava esperando a imagem aparecer no jornal ou em algum noticiário noturno, mas, até aquele momento, não havia sido sequer mencionada.

Enquanto eu fazia compras uma tarde com minha mãe, notei que o salão de beleza ao lado da Radio Shack parecia particularmente movimentado. Imediatamente pensei, *lá vem tudo de novo*, mas minha mãe me garantiu que o único motivo eram as festas de fim de ano e que, segundo fontes bem-informadas, a "febre dos cabelos curtos" em Edgewood havia terminado. Mais ou menos no mesmo período, Carly conversou com Joe French da loja de penhores, que disse que ninguém mais estava comprando armas. Considerei uma boa notícia.

Outra coisa havia mudado nas seis semanas desde a noite de Halloween: em todo aquele tempo, recebemos só um trote telefônico. Enquanto no período anterior, com o passar dos dias os telefonemas começaram a lentamente rarear, daquela vez eles praticamente pararam por completo. Eu nem conseguia me lembrar da última vez que havia acontecido. Na semana antes do Dia de Ação de Graças, talvez.

O tempo parecia passar mais rápido em dezembro, o chamariz dos feriados e de um ano novinho em folha exercia sobre nós uma atração inexorável.

Na sexta-feira, 16 de dezembro, um fato muito importante aconteceu na minha vida. Um caminhão da UPS encostou no meio-fio na frente do número 920 da Hanson Road e eu ajudei o motorista a descarregar vinte caixas pesadas na garagem. Finalmente o primeiro número da *Cemetery Dance* era uma realidade. Mil exemplares. Quarenta e oito páginas. Um monte de malditos erros de digitação, apesar de uma meia dúzia de revisões.

Meu pai, Kara e eu passamos o fim de semana enfiando quatrocentos exemplares de assinantes em envelopes de papel pardo e colocando outros trezentos e cinquenta em caixas de vários tamanhos para lojas de gibis. Seria a primeira de centenas de vezes em que nós três trabalhamos lado a lado para que eu tentasse realizar grandes sonhos, mas eu nunca esqueceria a sensação daquele momento específico.

Na semana seguinte, nevou novamente e, em 21 de dezembro, comemorei meu aniversário de 23 anos com Kara, meus pais, minha irmã Mary e a família dela. Para a sobremesa, minha mãe preparou meu bolo de chocolate preferido, com cobertura de chocolate, e eu fiz um pedido secreto antes de apagar as velinhas.

Mais tarde naquela noite, Kara e eu nos encontramos com Carly Albright e o homem que logo se tornaria seu namorado — um policial do Condado de Baltimore em seu primeiro ano de trabalho — para tomar um drinque e trocar presentes de Natal. Não sou muito de frequentar bares, mas ver Carly sorrindo e dando risadas com alguém que parecia realmente se importar com ela foi a cereja no bolo de uma noite maravilhosa. Antes de nos despedirmos, Carly me deu uma caneta-tinteiro gravada com a frase "para assinar contratos e autógrafos quando ficar famoso" e eu dei a ela um sofisticado minigravador Sony para ajudá-la com as entrevistas. Miraculosamente nenhum de nós tocou no assunto do Bicho-Papão durante a noitada.

Logo cedo na manhã seguinte, Kara e eu pegamos a Route 40 e dirigimos até o White Marsh Mall para tentar terminar nossas compras de Natal. Claro, não éramos os únicos que acordaram e tiveram aquela ideia brilhante. O shopping parecia um zoológico.

Enquanto abria caminho pela multidão de consumidores que fervilhava nos corredores do primeiro e do segundo piso, comecei a ter a mesma sensação assustadora de estar sendo observado, era a primeira vez que acontecia em muito tempo. A hora sucessiva foi confusa, eu não conseguia parar de olhar por cima do ombro e dizer "hein?, o quê?" para minha noiva repetir, obviamente exasperada, o que ela havia acabado de falar. No entanto, por mais irritada que estivesse, não abri o jogo porque não queria deixá-la preocupada.

Pouco depois, paramos na praça de alimentação para comprar duas fatias de pizza e refrigerantes e vimos o sr. e a sra. Gallagher na fila do quiosque de pretzels. Foi uma agradável surpresa ver como o sr. Gallagher estava diferente. Ele havia engordado pelo menos uns cinco ou seis quilos desde a última vez que tínhamos nos encontrado e seu rosto estava novamente corado. Também estava usando óculos e segurando a mão da esposa. Decidi não incomodá-los e não os cumprimentei.

Mais tarde, após terminarmos as compras, cruzamos com Mike Meredith no estacionamento. Havíamos terminado o ensino médio na mesma turma e jogado lacrosse juntos. Além de ser o melhor goleiro com quem já joguei, ele também era um dos caras mais esquisitos que já conheci. Por isso, nem me dei ao trabalho de perguntar por que tinha pintado o cabelo de verde. Mike também era tagarela, e foi por isso que ele acabou dando a notícia.

"Tá sabendo?", ele perguntou.

"Sabendo do quê?"

"Nossa, não acredito! Não tá *mesmo*?", ele perguntou novamente, os olhos arregalados.

"Mike, não faço ideia do que você está falando."

"De ontem à noite... a ronda da vizinhança..."

"O que aconteceu?"

"Deu a maior merda, Chiz."

"Como assim?"

Ele balançou a cabeça.

"Foi horrível, meu camarada. Sem dúvida é o fim da ronda da vizinhança."

E depois nos contou o que houve.

2

Às 23h15 aproximadamente, na noite de quarta-feira, Mel Fullerton, Ronnie Finley e Mark Stratton — todos membros da Ronda da Vizinhança de Edgewood — estavam percorrendo a Perry Avenue na enorme picape de Mel, bem em frente ao colégio. Fazia muito frio, e Mel e Ronnie haviam batizado o café com bourbon. Também tinham levado um pack de doze latinhas de Budweiser e já haviam descartado as vazias mais ou menos uma hora antes num trecho escuro da Willoughby Beach Road. O "turno" deles ia terminar em quinze minutos e os três estavam cansados e irritados, especialmente Mel, que havia demonstrado mau humor desde o início.

Eles tinham acabado de virar à esquerda na Hornbeam Road, subindo a longa e íngreme ladeira rumo à Biblioteca e ao shopping center quando alguém vestindo roupas escuras cruzou a rua correndo bem na frente da picape e desapareceu numa vala do outro lado.

Mel pisou imediatamente no freio e escancarou a porta, precipitando-se em direção à rua. Os outros dois homens o seguiram, Ronnie descendo às pressas o morro gramado e entrando na vala, as botas chapinhando na água corrente e rasa.

"Mark, você fica de olho naquele lado", ordenou Mel, apontando para a esquerda, "caso ele se esgueire pela tubulação de drenagem e tente voltar!"

Sem dizer nada, Mark seguiu em direção à escuridão, o feixe da lanterna oscilando sobre o terreno congelado.

Mel abriu caminho morro abaixo, mas lentamente para não cair e se espatifar no chão. Ele sabia que estava bêbado, entretanto, só percebeu o nível de embriaguez quando saltou da picape. Estava arfando e o vapor embaçava o ar na frente do seu cabeção.

"Ronnie!", ele gritou na escuridão.

Um cachorro respondeu com um latido ao longe.

Mel chegou ao sopé do morro e, enquanto seus ouvidos registravam o som de água correndo pelas pedras, o pé escorregou no limo e ele caiu sentado na água gélida.

"*Filha da puta!*", ele gritou, esforçando-se para se levantar e quase caindo novamente. "Caralho, Ronnie, onde você se meteu?!"

Nenhuma resposta — dessa vez nem mesmo o cachorro.

"Tudo bem aí, chefe?", Mark gritou do outro lado da tubulação de drenagem que passava sob a rua.

Que maravilha, Mel pensou, *ele provavelmente viu tudo e com certeza vai espalhar a fofoca amanhã de manhã na lanchonete.*

"Tô bem", ele disse. "Onde a porra do Ronnie se meteu?"

"Sei lá."

Mel ouviu passos lentos e furtivos atrás de si, descendo a ladeira do outro lado do córrego. Se era Ronnie, por que ele ainda não tinha dito nada?

Já assustado, ele se virou e viu o contorno da máscara branca do assassino flutuando na escuridão, acelerando o passo em sua direção.

Enfiou a mão no bolso da jaqueta e pegou o 38 que havia levado. Erguendo-o até a altura do peito, ordenou "*Para aí, porra!*", depois puxou o gatilho três vezes, *bum, bum, bum.*

"Que merda é essa?!", Mark gritou.

"Peguei ele!", Mel respondeu. "Peguei o Bicho-Papão!"

Ainda com a arma em riste, Mel atravessou a vala.

Ao mesmo tempo, um Mark ofegante apareceu em cima dele, debruçado na grade de proteção. Ao ver o corpo encolhido no aclive, sussurrou:

"Puta merda."

Mel se curvou, esticando lentamente a mão livre para desmascarar o assassino, já pensando no que ia fazer com todo aquele dinheiro da recompensa, quando nuvens esparsas se afastaram da lua... e Mel Fullerton percebeu que não havia máscara alguma e que ele acabara de matar Ronnie Finley, seu melhor amigo, e ficaria preso por muito tempo.

3

Parecia que eu havia piscado e o Natal e o Ano Novo eram fantasmas no espelho retrovisor. Foi nessa velocidade que aquelas duas semanas passaram.

Sabendo o que tínhamos pela frente, Kara e eu ficamos em casa no réveillon e assistimos à contagem regressiva com Dick Clark na televisão. Meus pais tinham ido se deitar mais cedo, e ficar de chamego embaixo de um cobertor no sofá do porão foi como se os velhos tempos de namoro, quando ainda estávamos no colégio, estivessem de volta. Deixei Kara em casa à meia-noite e já estava de volta, roncando na minha cama, antes da uma hora.

Já a noite seguinte… não foi tão tranquila. Um grupo de amigos — liderado por Jimmy Cavanaugh e Brian Anderson, que haviam pousado na cidade naquela tarde — apareceu lá em casa. A galera me arrastou para minha despedida de solteiro. Logo se seguiram rodadas animadas de boliche e pôquer e uma quantidade grande demais para ser contada de canecas de cerveja no Loughlin's Pub. Depois de fecharmos o bar, cismamos que seria uma boa ideia jogar bolas de neve nos carros na Route 24. Nenhum de nós tinha condições de dirigir, então percorremos a pé aqueles dois quilômetros e meio. Eram quase 2h30 quando assumimos nossas posições ao longo da beirada do bosque. Não tinha muito trânsito. Até que finalmente vimos faróis se aproximando a toda velocidade no sentido leste. Tirando proveito de anos de experiência, esperamos até o momento exato e, sincronizando cuidadosamente nossos arremessos, atiramos nossas bolas de neve. *Ploft ploft ploft* — três delas atingiram o alvo! Antes que pudéssemos começar a comemorar nosso sucesso, o carro freou repentinamente no meio da estrada e acendeu o pisca-alerta e a sirene. Por acaso, tínhamos acertado a viatura do xerife do condado de Harford. O motorista deu meia-volta e começou a acelerar na contramão em nossa direção. Largamos imediatamente as bolas de neve restantes e fugimos a toda para o bosque, escapando por um triz.

Na manhã seguinte, acordei no porão dos meus pais, cercado por oito dos meus melhores amigos. Brian Anderson estava sem camisa, o peito e os ombros eram um mosaico de arranhões sofridos durante nossa fuga. Uma das costeletas de Jimmy Cavanaugh havia sido misteriosamente raspada e seus dois pés de sapato sumido. Steve Sines, que viera do Maine, tinha um belo olho roxo, mas ninguém conseguia lembrar como ele havia conseguido aquela façanha.

Quanto ao convidado de honra... acordei com a cabeça dentro de uma caixa de papel que horas antes havia abrigado doze latinhas de Bud Light. Um dos meus amigos — até hoje, nenhum dos filhos da puta assumiu a autoria — havia desenhado um pênis na minha testa com um pilô atômico. A coitada da minha mãe quase desmaiou quando viu. E, como se as lembranças enevoadas daquela noite não fossem suficientes, eu tinha várias Polaroids para comemorar a ocasião especial. Guardei-as no fundo de uma gaveta na minha escrivaninha.

4

Na quarta-feira, 4 de janeiro, o grande dia finalmente chegou: diante de 125 familiares e amigos queridos, com meu pai nervoso ao meu lado como padrinho, Kara e eu trocamos nossos votos nupciais. A cerimônia e a recepção foram tudo o que havíamos esperado, e ver todos reunidos em um salão — rindo, dançando, comemorando — foi um presente precioso que Kara e eu sabíamos que carregaríamos conosco para sempre. Foi o dia mais feliz da minha vida... mas, infelizmente, durou pouco.

Devido ao início antecipado do semestre de inverno de Kara, não tivemos tempo para uma lua de mel como manda o figurino. Em vez disso, passamos um fim de semana incrível numa cabana escondida nas montanhas nevadas da Virgínia Ocidental antes de voltar para casa para empacotar minhas coisas e nos mudar para o nosso novo apartamento em Roland Park, a quarenta e cinco minutos de carro de Edgewood e a poucos quarteirões da universidade Johns Hopkins.

Em meados de janeiro, já havíamos estabelecido nossas novas rotinas: Kara passava a maior parte das manhãs e tardes no campus, exceto às sextas--feiras, quando ela só tinha uma aula cedo, e eu me mantinha ocupado no apartamento, escrevendo novas histórias e trabalhando no segundo número da revista.

Os longos dias eram preenchidos por uma solidão silenciosa, proporcionando à minha mente muito tempo para vagar. Portanto, era perfeitamente natural, depois de tudo o que havia acontecido, que meus pensamentos me levassem de volta a Edgewood.

Dez semanas se passaram desde o assassinato de Cassidy Burch na noite de Halloween e, fora os tiros disparados por Mel Fullerton, a cidade permanecera tranquila. Mel havia pagado a fiança e responderia em liberdade, afastado de todos, segundo Carly, mas tudo havia se revelado uma grande confusão, complicada pela revelação de que Ronnie Finley estava tendo um caso com a mulher de Mel. Por isso, muitas pessoas na cidade não acreditavam que os disparos haviam sido acidentais.

Comecei a fazer longas caminhadas superagasalhado depois do almoço para quebrar a monotonia dos meus dias e me ajudar a desanuviar a mente. Durante aqueles passeios, eu costumava ruminar a situação do Bicho-Papão. Baseado nas frequentes atualizações fornecidas por Carly, nada de muito importante estava acontecendo na investigação. Ainda algumas denúncias ocasionais de vagabundos ou voyeurs, além do vizinho dela que havia chamado a polícia na semana anterior para reclamar de um fiscal suspeito da Baltimore Gas and Electric perambulando pela vizinhança, mas só isso. Por capricho, fui visitar a Biblioteca Pública Enoch Pratt no Centro de Baltimore uma tarde e acabei entrando num buraco negro: fiquei cinco horas procurando no acervo de microfilmes artigos de jornal sobre assassinatos recentes na Pensilvânia, Delaware e Virgínia. O fato de os homicídios terem parado em Edgewood não significava que o Bicho-Papão não tivesse ido para outro lugar e começado tudo de novo. Com os olhos cansados, voltei de mãos abanando para Roland Park naquela tarde.

Todavia, as perguntas persistiam: *Por que os assassinatos pararam de repente? O Bicho-Papão estava só esperando, dando um tempo antes de atacar novamente? Ou ele havia finalmente desistido e ido embora da cidade, ou quem sabe sido preso por algum outro delito qualquer?*

Eu sabia que o detetive Harper estava fazendo as mesmas perguntas para si mesmo dia e noite, e estava numa posição muito melhor para formular respostas, mas isso não me deixava parar de pensar. O Bicho-Papão fazia parte da minha vida — da vida de todos nós. Foi durante aquelas longas caminhadas ao meio-dia — Bruce Springsteen e os Rolling Stones no volume máximo nos meus fones de ouvido — que comecei a contemplar a ideia de escrever um livro sobre os assassinatos. Se meu ex-vizinho Bernie Gentile tinha razão, o tempo continuaria a avançar, os moradores de Edgewood seguiriam tocando suas vidas e as lembranças das quatro garotas mortas desvaneceriam até não passarem de uma nota de rodapé na história da cidade. Aquilo não me parecia correto.

Mais para o final do mês, meus pais foram me visitar. Meu pai entrou no apartamento carregando duas sacolas de papel repletas de mantimentos — "Peguei umas coisinhas a mais no mercado da base" — e minha mãe chegou trazendo um mês de exemplares antigos do *The Aegis*, além de um exemplar recente da *Seleções* com "todos os artigos interessantes marcados" para que eu lesse. Já era um pouco tarde quando nós quatro almoçamos sopa e sanduíches na cozinha apertada e pusemos as novidades em dia. David Goode, que cresceu na casa em frente à nossa na Tupelo Road, tinha ficado noivo de uma garota que ele conheceu na faculdade. Tal Taylor, um velho amigo do colégio, havia recentemente começado a trabalhar para a UPS. Norma Gentile estava de novo no hospital para tratar uma hérnia, mas os prognósticos eram excelentes. Não ligaram mais passando trotes, minha mãe anunciou satisfeita e fez imediatamente o sinal da cruz para que continuasse daquela maneira. Nenhum dos dois tocou no assunto do Bicho-Papão — não sei se de propósito ou por acaso. Eu quase disse que estava pensando em escrever sobre os assassinatos, mas, no final, fiquei de boca calada. Eu não queria estragar o clima.

Naquela noite, antes de irem embora, minha mãe me deu um beijo no rosto e enfiou discretamente um envelope com cinquenta dólares no bolso da minha camisa, para que "você e Kara saiam para jantar". Tentei devolver, mas ela não aceitou de jeito nenhum. Meu pai me deu um meio abraço esquisito no meio-fio antes de sentar no banco do motorista. Cinco minutos depois da partida, eu ainda sentia o cheiro da sua loção pós-barba na minha camisa. Já estava morrendo de saudade dos dois.

5

Mais tarde naquela mesma noite, Carly ligou para me dizer que o motorista do Colégio Edgewood estava de novo em apuros. Seu nome era Lloyd Bennett e, obviamente, seus álibis para as noites dos assassinatos do Bicho-Papão, no final das contas, não eram tão sólidos. A mulher com quem ele dissera que havia estado nas quatro ocasiões ficou com medo e admitiu para a polícia que ele estava mentindo. Ela não sabia onde ele tinha estado, mas certamente não foi na sua companhia.

A última notícia que Carly ouviu foi que Bennett e seu advogado estavam na delegacia sendo interrogados e os detetives estavam preenchendo a papelada para obter um mandado de busca para o carro e o apartamento dele.

6

Carly ligou novamente alguns dias depois para me dizer que havia sido escolhida para fazer a matéria: as famílias das vítimas do Bicho-Papão. Ela sabia que, desde o primeiro dia, eu estivera recortando artigos e fazendo anotações por conta própria sobre os assassinatos — uma espécie de álbum de recortes ou diário vagamente organizado — e queria saber se eu estava interessado em ser coautor do texto. Ela já havia obtido a permissão do editor.

Eu disse que ia pensar no assunto e avisaria. Naquela noite, conversei a respeito com Kara e depois saí sozinho para dar uma corrida e refletir um pouco mais. Por um lado, seria um desafio interessante e uma boa experiência. Por outro, com ou sem livro, eu tinha pouca vontade de conversar com familiares e amigos ainda de luto e correr o risco de reabrir feridas recentes. Naquela noite, fui para a cama decididamente indeciso, mas, ao acordar na manhã seguinte, todas as minhas indecisões haviam desaparecido. De repente, eu sabia: contar as histórias dos sobreviventes era a coisa certa a ser feita e eu queria fazer parte daquilo. Liguei para Carly logo depois do café da manhã e aceitei.

Passamos boa parte da semana seguinte sentados em salas de estar e quartos silenciosos, entrevistando familiares das adolescentes assassinadas — com exceção do sr. e da sra. Wilcox, que haviam vendido a casa no início de janeiro e se mudado para a Costa Leste, e do sr. Gallagher, que declinou educadamente. Foi uma experiência sombria, muitas vezes cheia de lágrimas, mas também surpreendentemente edificante. Inspirado pelo amor arrebatador e pela coragem que senti naqueles lugares — no meio daquelas pessoas especiais —, comecei a ver o mundo sob um outro prisma. Era difícil dar uma explicação melhor ou até entender completamente o que estava acontecendo, mas eu mal podia esperar para ver como aquela experiência afetaria minha escrita. Falando com Carly, descobri que ela sentia algo bastante parecido.

"Tudo isso me transformou", ela me disse uma noite enquanto voltávamos para a redação do jornal. "Nunca mais serei a mesma."

Depois que começamos, só levamos três dias para escrever a matéria. Eu nunca havia colaborado antes e esperava inúmeras dores de cabeça e brigas, que jamais se materializaram. Na sexta-feira, 17 de fevereiro, com dois dias de antecedência, entregamos cinco mil palavras, nosso limite máximo.

Em 22 de fevereiro, a matéria foi publicada no *The Aegis* com uma manchete em letras garrafais: **AS FAMÍLIAS CHORAM E RECORDAM.** Minha mãe ligou aos prantos para me dizer que tínhamos feito um excelente trabalho e as três famílias que havíamos entrevistado nos enviaram notas de agradecimento por termos escrito tributos tão humanos e atenciosos. Meu pai mandou emoldurar a primeira página para mim e para Carly. A minha ainda está pendurada acima da minha escrivaninha como um lembrete diário da coragem dos familiares sobreviventes.

O *The Aegis* ficou com todos os direitos de publicação do texto, por isso não pude reproduzi-lo aqui, mas nossa editora, Karen Lockwood, gentilmente me deu permissão para reproduzir trechos selecionados das nossas entrevistas.

SRA. CATHERINE GALLAGHER

Albright: Como a senhora e sua família estão lidando com a situação?

Sra. Gallagher: Da única maneira que conhecemos: um minuto de cada vez, uma hora de cada vez, um dia de cada vez. Já se passaram oito meses e todo santo dia ainda parece trazer um novo desafio.

Chizmar: Está de alguma maneira mais fácil?

Sra. Gallagher: Sim e não. Meu marido e eu estamos fazendo terapia há quase seis meses. Terapia específica para luto. Ajuda. Agora temos um número maior de ferramentas necessárias para lidar com o que aconteceu com a Natasha. E aprendemos como nos apoiar mutuamente de maneira saudável. É importante. Meu Deus, no início foi tão difícil... Nós dois estávamos muito perdidos e com tanta raiva...

Chizmar: A raiva ainda persiste?

Sra. Gallagher: Ah, em alguns dias, persiste. Passo uns quatro ou cinco dias seguidos me sentindo bastante forte, agarrando-me a lembranças felizes, depois... *bum*, do nada, eu explodo. Há algumas semanas, eu estava pondo os pratos na lava-louça e comecei a pensar na vez em que a Nat pôs detergente demais e inundou a cozinha de espuma. No início, comecei a rir, depois veio o choro. Antes de me dar conta do que estava fazendo, eu já havia jogado dois pratos contra a parede. Meu marido chegou correndo, assustadíssimo, e eu me senti péssima.

Albright: Como seu filho está lidando com a morte da irmã?

Sra. Gallagher: Josh não fala muito a respeito. Ele se recusou a ir à terapia conosco, mas sei que está sofrendo tanto quanto a gente. Ele nos deu o presente de Natal mais lindo do mundo: um álbum cheio de fotografias da Natasha, desde quando era bebê até a morte dela... até ter sido assassinada.

SR. ROBERT E SRA. EVELYN ROBINSON

Albright: O que está sendo mais difícil em relação à perda da sua filha?

Sr. Robinson: Tudo. Não ouvir a voz dela. A risada. Saber que ela foi raptada a duzentos, trezentos de metros da nossa porta e não ter sido capaz de fazer nada para impedir.

Sra. Robinson: Para mim, a parte mais difícil tem sido ajudar as irmãs mais novas da Kacey a entender o que aconteceu. Elas ainda têm muita dificuldade para entender como e por que algo assim pode acontecer. Com qualquer pessoa. A hora em que elas vão dormir é especialmente difícil.

Chizmar: Como os parentes e amigos têm ajudado?

Sra. Robinson: Todos têm sido incríveis. Não sei como teríamos suportado o velório e o primeiro mês sem o apoio de todos. Eu nem me lembro da maior parte. Os amigos das meninas e do David têm sido maravilhosos.

Albright: Vocês acham que a polícia algum dia vai pegar o homem que fez isso?

Sr. Robinson: Torço muito para que isso aconteça, mas não estou muito esperançoso. Não mais. No que diz respeito ao homicídio de Kacey, acho que a polícia não avançou nada em relação à noite em que ela foi assassinada.

SRA. CANDICE BURCH

Chizmar: Segundo todas as pessoas com quem conversei, e a julgar pelo tempo que passamos juntos, a senhora é uma mulher extraordinária. Perdeu o marido há muitos anos e agora a filha, mas continua a ser uma das mulheres mais fortes e positivas que já conheci.

Sra. Burch: Obrigada pelas palavras. Tenho dias bons e dias ruins. Na maior parte dos dias ruins, fico na minha, assim ninguém precisa me aturar. Mas eu também tenho outra filha, uma linda menina com uma vida inteira pela frente e não quero que ela sofra mais do que já sofreu. Eu e Maggie somos uma equipe e vamos homenagear a memória de Cassidy todo dia ficando juntas e tentando fazer deste mundo um lugar melhor.

Albright: A senhora falou com a polícia ultimamente? Tem alguma novidade?

Sra. Burch: Um dos detetives liga para mim de tempos em tempos para perguntar se Cassidy conhecia fulano ou sicrano. Ou se conhecia esse ou aquele lugar. Sempre pergunto se eles estão fazendo algum progresso e, toda vez, a resposta é a mesma: estão seguindo pistas e localizando pessoas para interrogar.

Chizmar: A família Wilcox recentemente se mudou de Edgewood. No seu jardim, tem uma placa de VENDE-SE. Para onde a senhora pretende ir?

Sra. Burch: Para não muito longe. Seguindo a [Route] 40, na direção de Havre de Grace. Quero que a gente acorde todo dia com um horizonte novo, um novo começo, mas a Maggie ainda vai continuar na Escola Ginasial de Edgewood no outono. Conseguimos acertar tudo com a secretaria de educação, o que é uma verdadeira bênção.

SRTA. VALERIE WATSON, PROFESSORA DE INGLÊS, COLÉGIO EDGEWOOD

Albright: Você foi professora tanto da Natasha Gallagher como da Kacey Robinson, correto?

Srta. Watson: Correto. A Natasha foi minha aluna no primeiro ano e Kacey no segundo.

Albright: Que tipo de alunas elas eram?

Srta. Watson: Ambas eram meninas muito especiais, mas de maneiras diferentes. A Natasha tinha tanta energia que mal conseguia ficar parada em certos dias. Eu costumava brincar a respeito, mas ela só ria e dizia que eu parecia a mãe dela. Ela era ótima aluna e sempre tomava conta dos colegas, se certificando de que todos à volta estivessem felizes, é só assim que consigo descrever o comportamento dela. A Kacey era a melhor aluna da minha turma de inglês. A despeito da matéria, por mais difícil que fosse, ela entendia... e como escrevia bem! Os trabalhos levariam nota dez até na faculdade. Sei que ela estava decidida a se tornar veterinária, mas teria dado uma ótima professora ou até mesmo uma escritora. Ela era brilhante, mas nunca se gabou disso, por isso os colegas adoravam a Kacey.

SR. CARL RATCLIFFE, VIZINHO DOS GALLAGHER

Chizmar: Qual é a sua principal lembrança da Natasha?

Sr. Ratcliffe: Ela e as amigas estavam sempre no jardim dando estrelas e saltos e coisas malucas desse tipo. Sempre rindo, brincando e fazendo bagunça, mas nunca de maneira desrespeitosa, nunca me incomodaram... ao contrário do que acontece com muitas crianças hoje em dia. Ela sempre cumprimentava, sempre perguntava se precisávamos de ajuda com as compras. Os pais fizeram um ótimo trabalho com aquela mocinha. O que aconteceu foi uma enorme tristeza.

SRA. JENNIFER STARSIA, VIZINHA DOS ROBINSON

Albright: Qual é a sua principal lembrança da Kacey?

Sra. Starsia: Temos dois galgos que resgatamos de uma pista de corridas na Flórida. Ela amava muito esses meus cachorros e vinha sempre aqui em casa para visitá-los. E também falava com eles, por muito tempo, batiam papo pra valer, como se eles entendessem o que ela dizia. Era uma garota que estava sempre feliz.

Chizmar: Como a senhora se sente quando sai à noite aqui no bairro?

Sra. Starsia: Depois do que aconteceu, eu fiquei muito tempo sem sair sozinha... nem de dia. Agora estou um pouco melhor. Durante o dia, tudo bem, mas geralmente espero meu marido se preciso ir a algum lugar depois que anoitece. Pusemos uma cerca no jardim dos fundos para não termos mais que sair com os cachorros. Eles podem correr quanto quiserem. E agora é meu marido que leva o lixo para fora.

SRTA. ANNIE RIGGS

Albright: É a primeira vez que você fala com a mídia sobre o que aconteceu na noite de 9 de setembro. Por que mudou de ideia e decidiu falar?

Srta. Riggs: Foi uma decisão dos meus pais. Logo depois do que aconteceu, a gente foi bombardeado com pedidos de entrevista e eles tiveram medo que eu ficasse traumatizada. Também não queriam que eu dissesse nada que pudesse contrariar a pessoa que me atacou. Eles ainda estão superpreocupados com isso.

Albright: Ainda teme que ele possa vir atrás de você?

Srta. Riggs: Às vezes, mas confio na polícia. Eles têm sido ótimos. Sei que estão me protegendo e à minha família.

Albright: O que você lembra com mais frequência do homem que te atacou naquela noite?

Srta. Riggs: Sei lá, ele parecia... errado. Tirando a respiração, ele não emitiu nenhum outro som durante todo o tempo e, quando vi os olhos dele através dos buracos na máscara, eles estavam mortos, sem emoção. Às vezes, eu ainda tenho pesadelos com os olhos dele.

SRTA. RILEY HOLT, A MELHOR AMIGA DE KACEY ROBINSON

Chizmar: Se você tivesse que escolher só uma coisa, do que mais você sente falta em relação a Kacey?

Srta. Holt: Uma coisa só é difícil demais, posso dizer duas? A primeira é o sorriso. Nunca era falso ou forçado. Dava para perceber que era sincero. Era algo com que eu sempre podia contar. A segunda é a generosidade. Ela sempre dava para você o último chiclete, sempre.

7

Foi meu pai que me ligou para dar a notícia com dois dias de atraso. Falei com Carly naquela mesma tarde — após sair para dar uma volta com o intuito de tentar entender o que eu acabara de ouvir — e ela me forneceu os detalhes.

Na madrugada anterior, o pai de Natasha Gallagher saiu de fininho da cama, tomando cuidado para não acordar a esposa, calçou suas botas e vestiu um casaco de inverno. Saiu de casa por uma porta deslizante de vidro e entrou no bosque usando uma lanterna. Quando chegou ao local onde o cadáver da filha havia sido encontrado, largou a lanterna e sacou um revólver calibre .38 do bolso da jaqueta. Enfiou o cano na boca e puxou o gatilho.

8

Na primeira sexta-feira de março, peguei o carro, fui até Edgewood e passei a tarde na casa dos meus pais. Eles tinham uma pilha de correspondências para mim que, por algum motivo, os correios não reencaminharam. Além disso, meu pai precisava de ajuda para consertar um longo trecho da calha que havia se soltado do telhado durante uma tempestade recente. Quando entramos em casa após ter terminado o serviço, minha mãe tinha canecas de chocolate quente esperando por nós em cima da mesa da sala de jantar. Fazia mais de um mês que não nos víamos e foi gostoso ficar ali conversando um pouco com eles; eu estava sentindo falta. E também estava com saudade dos rostos deles. Falávamos ao telefone várias vezes por semana — geralmente depois do jantar, quando eu sabia que estariam vendo televisão juntos no porão —, mas não era igual. Dava para perceber que eles sentiam a mesma coisa. A casa parecia mais silenciosa do que de costume — na verdade, todo o bairro parecia — e, antes de ir embora, subi de fininho e fui dar uma espiada no meu antigo quarto. Embora não fizesse tanto tempo desde a minha partida, meus pais já o tinham convertido em um segundo quarto de hóspedes, mas, sem minha escrivaninha, minhas prateleiras e meus pôsteres na parede, ficou meio vazio e triste.

Pouco depois das 17h, minha mãe anunciou que começaria a preparar o jantar e, depois de eu dizer pela terceira vez que realmente não ia poder ficar, abracei meus pais e fui embora.

Afinal de contas, havia uma terceira razão para eu ter decidido visitar Edgewood naquele dia, e ela estava me esperando na Route 40.

Quando entrei no estacionamento do Giovanni's quase às 17h30, flocos de neve bailavam nos feixes dos faróis do meu carro. Entrei correndo, esperando ser o primeiro a chegar, mas imaginando que não seria.

E eu tinha razão.

O detetive Lyle Harper já se encontrava lá, sentado. Usando um terno marrom, ele estava muito parecido com a primeira vez que o vi na televisão — talvez, naquela época, estivesse um tiquinho mais gordo, e também estava de gravata na noite da coletiva de imprensa. Ele conversava com uma garçonete quando me aproximei da mesa. Ela anotou meu pedido de bebida e desapareceu nos fundos do salão.

Eu tinha ficado agradavelmente surpreso quando Harper aceitou meu convite para jantar. Eu não sabia ao certo se ele aceitaria, tampouco por que o havia convidado. Era apenas uma ideia que vinha flutuando na minha cabeça nos últimos tempos e decidi colocá-la em prática.

Ficamos uns trinta minutos beliscando brusquetas e mexilhões gratinados, falando sobre nossas famílias, a vida de recém-casado e a matéria que havia sido publicada no *The Aegis* na semana anterior. Eu nunca tinha visto o detetive tão descontraído. Pouco antes dos pratos principais chegarem, ele até fez uma piada sobre minhas frequentes voltas de carro passando diante das casas das garotas mortas. Antes que eu pudesse reagir, Harper piscou para mim como naquele dia no carro e caiu na risada.

Foi durante o prato principal que finalmente fomos direto ao assunto e começamos a falar sobre o Bicho-Papão. Mantivemos o tom de voz baixo por motivos óbvios.

"Então, a Carly me disse que não há nada sólido contra Lloyd Bennett", comecei.

"Até agora, não, mas estamos trabalhando nisso."

"Ele ainda não tem um álibi?"

Harper comeu outra garfada de lasanha.

"Estamos verificando algumas coisas que ele nos disse. Sujeito interessante. Estamos *sem dúvida* de olho nele."

"Vi uma foto dele no noticiário. Até que parece com o retrato falado da polícia."

"É, mas não tanto assim."

Eu não tinha como contra-argumentar.

"Sinto muito por aquele editorial desagradável do *Sun*", falei. "Totalmente difamatório."

Ele encolheu os ombros.

"Faz parte do jogo. Já estou acostumado."

"O sujeito que escreveu não sabe a diferença entre uma cena de crime e o próprio nariz. Tá na cara que ele só estava atrás de votos."

"Tudo bem. Podemos pedir uma retratação depois de pegarmos o culpado."

Eu olhei atentamente para ele. *Tinha alguma coisa que ele não estava me dizendo?*

"Acha que ainda vão pegar...?"

"Eu acho que sim."

"Mesmo que ele... não entre em ação novamente?"

"Sim."

Eu não sabia ao certo o que dizer, então não disse absolutamente nada. Mesmo com o tal do Bennett novamente sob suspeita, eu tinha minhas dúvidas, bastante sérias, de que o Bicho-Papão seria um dia capturado. Na verdade, se eu fosse obrigado a apostar em um desfecho, arriscaria meu dinheiro no palpite de que a identidade do assassino ficaria para sempre em segredo — como aconteceu com Jack, o Estripador, o Assassino do Zodíaco e o Assassino de Green River, além de muitos outros casos famosos.

Então por que ele parecia tão confiante?

"Tudo bem, abre o jogo, vai. O que você não está me dizendo?", finalmente perguntei.

Ele mordeu um naco de focaccia e apontou para a própria boca, fingindo que não conseguia falar. Eu ri e tentei novamente.

"Eu espero."

"Já quase pegamos ele duas vezes", revelou, aproximando-se depois de ter tomado o que restava da sua cerveja. "Na terceira..."

"Duas vezes?", perguntei confuso. "A noite em que o policial foi mordido pelo cachorro..."

"Essa foi a primeira vez."

"Qual foi a segunda?"

"No início de dezembro. Dois dos meus homens o encurralaram num jardim, mas ele conseguiu fugir. De novo. Ele parece o maldito Houdini."

"E você tem certeza de que era ele?"

"Tenho."

"Como pode ter tanta certeza?"

Harper gesticulou para a garçonete trazer outra cerveja, depois disse:

"Vou abrir o jogo. Mas tem que ficar só entre a gente, entendeu?"

"Claro."

"E você vai jurar que não vai compartilhar essa informação com a sua amiga repórter?"

Depois de uma leve hesitação, respondi.

"Dou minha palavra."

"O filho da puta estava usando uma máscara. Juro pelo meu distintivo, era ele."

9

O estacionamento do restaurante estava polvilhado de neve e uma rápida olhada para as luzes dos postes confirmou o que a garçonete havia nos avisado minutos antes: nevaria forte esta noite. O vento também havia aumentado, penetrando pelo colarinho da minha jaqueta leve e descendo pela minha coluna como dedos gélidos. Quando chegamos no sedã chapa fria do detetive Harper, olhei para trás e vi os dois rastros que nossas pegadas deixaram na neve. Não sei por que motivo, mas aquilo me deu a descarga de coragem que eu estava buscando.

"Foi um prazer, Rich", Harper disse, tirando as chaves do bolso. "Ótimo jantar. Vamos ter que repetir alguma outra…"

"O que mais você não está me dizendo?", perguntei, interrompendo-o. Ele me olhou surpreso. "Desculpe, detetive, mas *tem* mais alguma coisa, não tem?"

Ele ficou me olhando por muito tempo, os cabelos curtos embranquecendo com flocos de neve que iam derretendo. Então:

"Morre aqui, certo?"

"Claro."

Ele suspirou.

"Tudo bem, foda-se. De qualquer maneira, logo vai sair no *Baltimore Sun*. Alguém vazou a informação para um dos repórteres, mas conseguimos convencer os responsáveis a esperar até abril."

"Não direi nada a ninguém, prometo."

"Temos o DNA dele."

Olhei boquiaberto para ele.

"*O quê?!* Quando?"

"Encontramos um rastro de sangue numa lápide no cemitério e outra na fantasia de Halloween da Cassidy Burch. Ambas pertenciam à mesma pessoa, e não era da Cassidy."

"Que notícia *ma-ra-vi-lho-sa!*", exclamei, mal conseguindo conter minha empolgação.

Ele assentiu, seus olhos eram fendas negras.

"O filho da puta finalmente vacilou."

10

Quando saí do estacionamento do Giovanni's, já eram 21h20 e a neve caía oblíqua. De acordo com a meteorologista da rádio 98 Rock, a condição das estradas estava piorando a cada minuto — eu já tinha visto vários caminhões limpa-neve passando —, o que tornou minha decisão seguinte ainda mais questionável.

Em vez de virar à esquerda e seguir para oeste na Route 40 rumo a Kara e ao apartamento, fiz duas curvas rápidas à direita e comecei a subir a ladeira íngreme e escorregadia até a Edgewood Road. Cinco minutos depois, parei na entrada da Tupelo Court, bem na frente da casa dos meus pais, e desliguei os faróis.

Observando os retângulos de luz dourada que era filtrada pelas janelas do porão, imaginei-os lá dentro, aconchegados e quentinhos, de pijama e roupão: meu pai refestelado em sua poltrona, um livro policial aberto sobre o colo, o áudio de um programa sobre crimes ao fundo; minha mãe aninhada sob um cobertor na própria poltrona dela, os olhos esquadrinhando o último número da *Seleções* ou costurando um buraquinho numa camisa social do meu pai. Talvez uma tigela com cookies, queijo cortado em quadradinhos ou maçãs fatiadas estivesse apoiada em uma mesinha entre eles. Ou potes vazios de sorvete — ambos eram verdadeiras formiguinhas. Às 22h, quando o programa terminasse, eles desligariam a tevê, verificariam as portas e subiriam para se preparar para dormir. A porta do meu antigo quarto estaria aberta. O quarto escuro e silencioso.

Um caminhão limpa-neve passou por mim fazendo barulho, os faróis brilhando na escuridão turbilhonante como algum tipo de monstro pré-histórico. Fiquei olhando as lanternas traseiras desaparecerem na curva em meio a um borrifo de neve enquanto seguiam rumo ao norte, na direção da Cedar Drive — e meus pensamentos retornaram àquela longínqua noite de inverno quando eu tinha 15 anos e fiquei na rua até mais tarde para descer o morro uma última vez com meu trenó novinho em folha. Fazia muito tempo que eu não pensava naquela noite, o que era bastante estranho, já que o topo do morro onde eu havia parado assim que vi minha casa a distância não ficava muito longe do local onde o corpo de Kacey Robinson havia sido encontrado, na base do escorregador.

Eu tinha razão, sabe, pensei, meu olhar retornando para o número 920 da Hanson Road. *Nada nunca mais seria igual depois daquela noite. O mundo havia mudado — crescido — e eu não podia fazer nada para detê-lo. Todos nós crescemos. Nos mudamos. Perdemos contato. Até mesmo eu.*

Naquele exato momento, sentado sozinho dentro do meu carro, com o coração doendo, lágrimas furtivas ardendo nos cantos dos olhos, eu teria dado qualquer coisa para voltar no tempo e ser mais uma vez aquele adolescente tresloucado. Subir a Hanson Road com meu trenó de plástico debaixo do braço; as roupas encharcadas; o coração cheio; a cabeça girando; uma caneca de chocolate quente esperando por mim na mesa da cozinha, além de roupas secas e um abraço de mãe sorridente; o cheiro da loção pós-barba do meu pai e a sensação áspera dos calos em suas mãos enquanto ele se aproximava e apertava minha nuca, a sabedoria gentil em sua voz.

Por um breve instante, pensei em atravessar a rua, embicar na entrada da garagem e bater à porta.

Mas, então, uma rajada de vento atingiu o carro, pondo um ponto final nos meus devaneios, e uma lufada de neve cruzou o para-brisa, tapando a minha visão — e eu me dei conta de que era tarde demais.

Em outra ocasião, pensei, acendendo os faróis. *Em breve.*

Engatei a marcha, os pneus traseiros patinando para ganhar tração. Quando encontraram atrito, pisei no acelerador, antecipando o deslizamento, mas sabendo que ia precisar da velocidade extra para chegar ao topo da ladeira na frente da antiga casa dos Anderson. Na janela do lado do carona, a casa dos meus pais passou rapidamente e, antes de pisar no freio já na descida, só tive tempo de pensar: *Quem vai tirar a neve da entrada da garagem amanhã de manhã?*

Cinco minutos mais tarde, eu estava seguindo um caminhão limpa-neve na Route 40, finalmente a caminho de casa, as luzes de Edgewood desaparecendo no meu retrovisor.

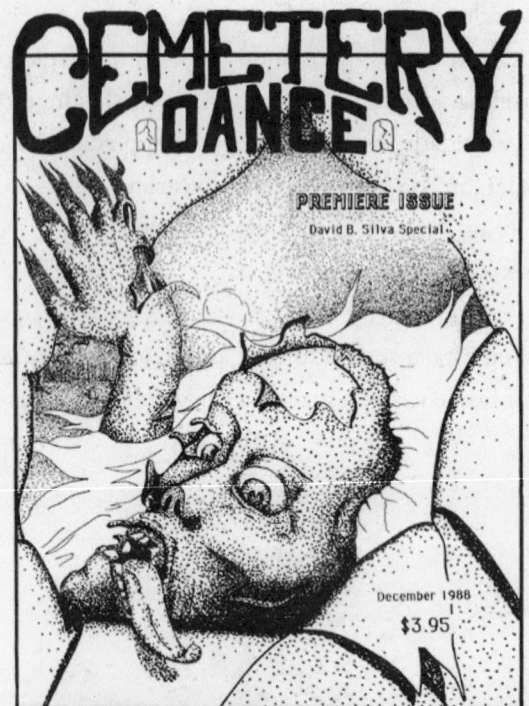

À ESQUERDA: Capa do primeiro número da *Cemetery Dance* *(Foto cortesia do autor)*

ACIMA: A vala na Hornbeam Road onde Mel Fullerton matou a tiros Ronnie Finley
(Foto cortesia do autor)

catorze

2 de abril de 1989

"... permaneciam sem solução."

No sábado, 2 de abril de 1989, exatamente dez meses depois da noite em que Natasha Gallagher, 15 anos de idade, desapareceu do próprio quarto e seu corpo foi descoberto — seviciado, torturado, molestado — no bosque atrás da sua casa, o detetive Lyle Harper estava em pé nos degraus diante do Tribunal do Condado de Harford, dirigindo-se aos jornalistas. O detetive falou por cinco minutos e meio e, após terminar, não abriu para perguntas.

A notícia que ele compartilhou naquela tarde foi tão desalentadora quanto breve: a análise do DNA ainda estava engatinhando — o primeiro caso a utilizar DNA como prova para obter uma condenação havia acontecido apenas em julho de 1987 — e, por isso, só um punhado de laboratórios estava equipado para fazer a testagem adequadamente. O período de espera dos resultados dos testes na época era de três a cinco meses. Além disso, não existia um banco nacional de dados de DNA.

Depois de uma espera de quatro meses e meio, os resultados chegaram no início de março. Nenhum perfil de DNA correspondia aos rastros de sangue que a polícia encontrou na cena do crime de Cassidy Burch. A força-tarefa — composta por membros do Departamento de Polícia do Condado de Harford, da Polícia Estadual de Maryland e do FBI — prometeu continuar a seguir pistas e testar outros suspeitos. O disque-denúncia continuava funcionando.

Os assassinatos de Natasha Gallagher, Kacey Robinson, Madeline Wilcox e Cassidy Burch — todas moradoras de Edgewood — permaneciam sem solução.

Setembro de 2019

1

A tarde de outono está perfeita, digna de cartão-postal, e eu aqui aparando o gramado, sentado no meu carrinho cortador de grama, tentando chegar o mais perto possível da borda do lago sem cair dentro dele — o que já aconteceu, apenas uma vez, mas pode crer, foi o suficiente — quando sinto o celular vibrar no bolso. Eu o puxo para fora e olho para a tela: CARLY ALBRIGHT.

Faz tempo desde a última vez que nos falamos — pelo menos um mês, talvez até mais —, então paro o cortador de grama e desligo o motor. Alguns gansos grasnam em sinal de aprovação do outro lado do lago.

"Alô."

Carly diz algo com seu tom de voz atrevido, mas não consigo entender. Meus ouvidos estão zumbindo por causa do silêncio repentino e ela está falando depressa demais. Tento novamente.

"Alô. Carly?"

"…aram ele!"

"Não ouvi de novo, foi mal. É que estou aqui fora e…"

"Pegaram ele!"

"Quem?"

"*Pegaram!!!*", ela repete, gritando dessa vez. "*Pegaram o Bicho-Papão!*"

2

az tanto tempo desde a última vez que ouvi aquele nome dito em voz alta que a ficha demora a cair. Um filme de terror de baixo orçamento com aquele mesmo título foi lançado direto em streaming há não muito tempo e vi por acaso alguns anúncios e um trailer on-line, mas, fora isso, faz séculos.

É difícil acreditar que mais de trinta anos se passaram desde o reinado de terror do Bicho-Papão na minha cidade natal, Edgewood — mas o calendário não mente, por mais que a gente queira.

Muito havia mudado em três décadas, mas algumas coisas permaneceram iguais.

Kara e eu ainda estamos juntos, mais unidos do que nunca, principalmente por causa do seu coração magnífico e de sua paciência e compreensão sem limites. Ao longo do caminho, fomos abençoados com dois filhos, já crescidos — Billy, 21 anos, cujo nome é uma homenagem ao meu pai; e Noah, 17, que tem o mesmo nome de um caro amigo, um dos pacientes de fisioterapia favoritos de Kara, um homem grande e gentil que, um dia, desembarcou numa praia da Normandia e, por meio de atos de coragem inimagináveis, salvou a vida de muitos outros grandes homens naquele dia histórico.

No outono e na primavera, Billy frequenta o Colby College, no Maine — a cerca de uma hora da casa do nosso grande amigo Stephen King —, onde estuda literatura inglesa e redação, e joga lacrosse. Noah está no penúltimo ano do ensino médio, é um mago da matemática e já foi convocado para fazer parte da equipe de lacrosse da Marquette University depois da formatura. Durante o verão, ficamos todos juntos numa casa reformada de duzentos anos de idade que compramos recentemente em Bel Air, Maryland. A propriedade tem um lago, um riacho, campos e bosques, e, embora faça apenas alguns anos, parece que moramos lá desde sempre.

Como eu gostaria que meus pais tivessem vivido mais para vê-la. Eles teriam curtido cada centímetro do lugar. Minha mãe ficaria horas sentada na varanda dos fundos, observando as tartarugas perseguindo umas às outras no lago e os gaviões circulando no céu. Ela se apaixonaria pelos vários jardins. Meu pai ficaria fascinado com a arquitetura secular, especialmente os troncos de duzentos anos que sustentam o telhado no nosso porão de pedra, e teríamos que arrastá-lo para fora da garagem para quatro carros toda noite para vir jantar.

Nosso plano sempre foi trazê-los para morar conosco quando atingissem a melhor idade, mas vocês conhecem o velho ditado sobre Deus e nossos planos. Minha mãe nos deixou em fevereiro de 2001. Meu pai partiu para ficar com ela seis anos mais tarde, em 7 de julho de 2007. Penso neles e sinto saudade todo santo dia.

O pai de Kara também faz muita falta, tendo nos deixado há poucos anos, mas a mãe, com 91 anos, segue conosco, morando em uma suíte própria no primeiro andar da casa. Assim como a filha caçula, ela é cheia de vida e teimosa, e acho que gosta de morar aqui comigo, Kara e os netos. Pelo menos, é o que eu espero. Agradecemos todos os dias a bênção de poder estar com ela.

É claro que nem sempre desfrutamos de tanta sorte e, ao longo dos anos, tivemos que nos despedir de vários entes queridos: Rita, minha irmã mais velha, faleceu pouco depois de este livro ter sido publicado; meu tio Ted, ainda hoje um dos seres humanos mais encantadores e engraçados que conheci; Craig Anderson, o irmão mais novo do meu camarada Brian; Bernie e Norma Gentile; Michael Meredith; e meu velho amigo, o detetive Harper. Todos já partiram, mas jamais foram esquecidos.

Eu mesmo, uma vez, escapei por um triz. Aos 29 anos, recebi o diagnóstico de tumor de testículo. Os médicos agiram imediatamente e deram conta do recado com duas cirurgias bem-sucedidas. Quando tudo terminou, me disseram que eu tinha 99% de chance de cura. Com tamanha sorte e mais ou menos um mês de recuperação, eu me senti novinho em folha. Mas ainda bem que não sou de apostar, pois eles se enganaram feio. Seis meses mais tarde, depois de sentir dores agudas na barriga e na região lombar e me submeter a uma longa série de tomografias e radiografias, os mesmos médicos descobriram que o câncer havia voltado com força total, espalhando-se para os pulmões, fígado, estômago e linfonodos. Marcaram imediatamente doze semanas de quimioterapia intensiva e me deram 50% de chance de sobrevivência, sem se dar muito ao trabalho de disfarçar o fato de estarem exagerando aquelas chances para me manter encorajado e combativo.

Mas eles não precisavam ter se preocupado. Com familiares e amigos ao meu lado o tempo todo, e Deus cuidando de mim — sim, eu *realmente* acredito que Ele interveio na minha recuperação, e, sim, sei que minha mãe está lá em cima sorrindo para mim enquanto digito estas palavras —, consegui mais uma vez driblar as probabilidades. Em julho do ano passado, completei vinte e cinco anos vivendo sem câncer.

Ainda hoje, muitos amigos me dizem que fui salvo para um dia me tornar um escritor de sucesso e compartilhar minhas histórias com o mundo. Sou eternamente grato a eles pela gentileza e dou sempre a mesma resposta: creio que fui salvo para um dia ser pai dos meus dois filhos.

Depois de mais de uma década morando em apartamentos apertados, comendo miojo ou sanduíches de manteiga de amendoim no jantar e catando os trocados entre as almofadas do sofá ou nos tapetinhos dos carros, quase todos os grandes sonhos que nasceram em meu coração durante aqueles primeiros anos em Edgewood se tornaram realidade. Minha pequena revista, a *Cemetery Dance*, está em seu trigésimo segundo ano de publicação. Em 1991, decidimos cerrar os dentes e expandir a editora para incluir livros de capa dura. Até o momento, publicamos mais de quatrocentos títulos. Escrevi e vendi quase cem contos, bem como vários livros, dentre os quais *A pequena caixa de Gwendy*, uma fábula sombria escrita em conjunto com Stephen King. Logo após sua publicação, um repórter perguntou se eu algum dia tinha sonhado escrever um livro com Stephen King. Eu sorri, olhei no fundo dos olhos dele e disse a mais pura verdade:

"Sempre fui um sonhador, mas nunca sonhei tão alto."

Tenho total consciência de todas as bênçãos que recebi — e continuo recebendo —, e todos os dias sinto, espantado, uma enorme gratidão. Para ser sincero, ainda não sei ao certo como tudo aconteceu. Muita sorte, muito trabalho árduo e o apoio e o amor inabaláveis de muitas pessoas incríveis — é meu melhor palpite.

3

A casa está silenciosa quando eu entro. Kara saiu faz uma hora para fazer compras e meus moleques estão na escola. No final do corredor, minha sogra está cochilando em seu quarto. A porta está fechada. Esqueci de tirar minhas botas e, ao caminhar rumo à sala de estar, deixo um rastro de grama cortada no assoalho de madeira atrás de mim. Sentando no sofá, pego o controle remoto da mesinha de centro. Minhas mãos estão tremendo. Lembrando o que Carly Albright me disse pouco antes de encerrarmos a ligação — e ignorando a vibração quase constante do celular no meu bolso — ligo a televisão e ponho na CNN.

A repórter é jovem e está em forma, com as maçãs do rosto saltadas e um indício de raízes escuras aparecendo em seus cabelos louros bem penteados. A tarja ao pé da tela mostra: LAURIE WYATT, CNN — HANOVER, PENSILVÂNIA. Uma faixa com uma manchete em letras vermelhas atravessa o canto superior da tela: "O BICHO-PAPÃO" DETIDO. Embaixo, a imagem de uma pessoa que não reconheço.

"… recapitulando a notícia de última hora divulgada à tarde: as forças policiais de Maryland e da Pensilvânia executaram um mandado de busca e apreensão em uma casa no quarteirão do número 1600 da Evergreen Way, em Hanover, Pensilvânia, e detiveram Joshua Gallagher, 54 anos, sob a acusação de ter cometido, em 1988, os assassinatos de quatro adolescentes em Edgewood, Maryland, inclusive da própria irmã mais nova, Natasha.

"De acordo com um porta-voz da polícia, Gallagher, funcionário de longa data da Reuter's Machinery, estava sendo vigiado há algum tempo enquanto a polícia esperava os resultados do teste de DNA…"

4

A publicação, em 1990, de *Perseguindo o Bicho-Papão: uma história verídica sobre o mal em uma cidade pequena* continua a ser até hoje uma bizarrice na minha carreira. O único livro de não ficção que escrevi, vendeu um total de 2.650 exemplares antes de sair de catálogo em 1995 — longe de ser um campeão de vendas, mas tampouco um número desastroso para uma pequena editora regional que lançava regularmente livros sobre iscas para caçar patos e faróis (auxiliares de navegação).

Ao longo dos anos, vi um punhado de exemplares aparecer no eBay, geralmente com a encadernação destruída e sobrecapa rasgada, por um valor não muito superior ao preço de capa original. No entanto, uma vez vi um exemplar autografado ser vendido por pouco mais de US$ 150 por uma conhecida livraria on-line.

O livro ainda tem um pequeno, mas dedicado, grupo de fãs — meu filho mais velho, Billy, adora aquele troço; as margens do exemplar dele estão repletas de anotações —, mas eu mesmo não sou um deles. A história traz de volta muitas lembranças dolorosas.

Ed Bryant, o finado e excelente resenhista de livros da *Locus* e do *Rocky Mountain News*, certa vez escreveu: "À medida que os abafados dias de verão iam passando, Chizmar ia não apenas ficando cada vez mais assombrado pela história do Bicho-Papão da sua cidade natal, mas também se tornando um personagem da história, um participante ativo e destemido. Como tal, quando chegou a inevitável hora de sentar e pôr as palavras no papel, Chizmar corajosamente escolheu o ponto de vista mais difícil, porém infinitamente mais íntimo de todos, para narrar a história: o próprio. E, através daqueles olhos penetrantes, e às vezes ingênuos, os leitores obtêm um retrato franco e honesto do tempo e do lugar, conscientes de que será difícil largar."

Acho que a resenha excessivamente generosa de Ed foi responsável por uma grande porcentagem dos 2.650 exemplares vendidos. Suspeito também que ele estava imbuído de gentileza e generosidade no dia em que sentou na frente do teclado para escrever aquela resenha. Pensando em retrospecto, eu, na verdade, não escolhi *nenhum* ponto de vista autoral quando chegou a hora de escrever *Perseguindo o Bicho-Papão*; simplesmente contei a história da única maneira que eu sabia contar.

Mais cedo esta semana, quando meu agente literário ligou com a surpreendente notícia de que várias editoras haviam perguntado sobre uma versão atualizada de *Perseguindo o Bicho-Papão*, fiquei tentado a me sentar imediatamente atrás da escrivaninha e encarar uma reescrita integral. Em vez disso, refleti um pouco e decidi que Ed Bryant tinha razão sobre pelo menos uma coisa: a história que eu decidi contar em 1988 foi o retrato mais sincero e bem elaborado de um tempo e de um lugar que um jovem escritor era capaz de criar. E, até mesmo agora, a meu ver, está ótimo. Por isso, embora eu tenha copidescado trechos enormes do manuscrito original para que a leitura ficasse mais fluida, deixei intactos o coração e a alma da história. Com as verrugas e tudo o mais, como se costuma dizer.

Uma observação final sobre a edição original de 1990, um aparte curioso que sempre me faz sorrir: ela transformou em heróis duas das pessoas que mais amo: minha mãe e Carly Albright. Até hoje, em noites de autógrafos em livrarias e outros eventos, sigo sendo abordado por leitores que me perguntam se eu tenho alguma foto da minha adorável mãe para mostrar. Quanto a Carly, durante quase um ano após a publicação do livro, ela recebeu tantos convites para sair que acabou tendo que trocar o número do telefone. É claro que ela reclamou, resmungou e me culpou pelo incômodo, mas tenho quase certeza de que aproveitou cada minuto.

5

Falando de Carly Albright, mesmo com uma pomposa promoção e um generoso aumento de salário — para não falar do pager —, ela não durou muito no *The Aegis*. Aos 27 anos de idade, era uma das colunistas mais lidas do *Baltimore Sun*. De lá, foi para o *Philadelphia Inquirer* e, após um breve e infeliz período na *Vanity Fair*, estabeleceu-se no *Washington Post*, onde ainda exerce o cargo de jornalista sênior. A vida pessoal de Carly prosperou na mesma medida. Quando ainda estava na faixa dos 30, inscreveu-se num clube de leitura e, na reunião inaugural, conheceu um cara muito simpático chamado Walter Scroggins. Os dois logo ficaram encantados um pelo outro. Walter, careca e de óculos, era um ex-jogador profissional de futebol americano que, na época, tinha uma bem-sucedida clínica de fisioterapia em Rockville, Maryland. Um gigante gentil, era agradável e engraçado, e nunca lia jornais, hábito que desenvolveu nos tempos de jogador. Após um romance arrebatador de seis meses, Carly e Walter se casaram e criaram três filhas adoráveis, cada uma mais teimosa e atrevida que a outra.

Depois de me mandar entrar e sintonizar na CNN, Carly promete que vai me ligar assim que tiver mais detalhes e bate o telefone na minha cara. Demora três longas horas para finalmente cumprir a promessa, mas em momento algum eu duvidei. Depois de todos esses anos, ela jamais me deixou na mão. Nos quarenta e cinco minutos seguintes, lê suas abrangentes anotações. É isso que me diz:

A tenente Clara McClernan é a detetive responsável pelos casos arquivados no Departamento de Polícia do Estado de Maryland. Encerrou uma série de casos de assassinato importantes durante seus anos nas ruas e é conhecida como uma investigadora minuciosa e implacável. A certa altura, ela se interessa pelo Bicho-Papão. McClernan conhece o detetive Lyle Harper, já tendo revisado vários dos seus relatórios de casos antigos e ouvido os papos de sempre nas delegacias. Respeita o histórico de trabalho e aprecia muito a companhia do detetive nas poucas vezes em que os dois se encontram antes de Harper morrer, em março de 2019. Até a aposentadoria quinze anos antes — e mesmo depois, para ser sincero —, o detetive Harper jamais parou de pensar nos assassinatos das quatro garotas de Edgewood e no assassino em série que escapou da justiça de maneira quase sobrenatural durante todos aqueles anos. Os últimos itens removidos do seu mural no dia em que ele deixou o escritório pela última vez foram as fotografias de Natasha Gallagher, Kacey Robinson, Madeline Wilcox e Cassidy Burch. Quando a tenente McClernan pediu, ele ficou feliz em entregar sua pilha de blocos com anotações pessoais a respeito do caso sem solução.

E, escondido no fundo de um desses pequenos blocos espiralados, McClernan descobre o primeiro fio solto — e o puxa com força.

Após a morte de Natasha Gallagher em 2 de junho de 1988, não foi coletado o DNA de nenhum dos familiares imediatos. O motivo inicial para esse deslize foi a natureza atordoante do crime. Edgewood era uma cidade pequena, não propensa a tamanha violência — um rapto que se transformou em assassinato envolvendo mutilação e um cadáver em pose eram algo inaudito e a polícia estava tendo dificuldade para fazer tudo certo. O segundo motivo para não terem coletado o DNA dos parentes na época do homicídio foi o total desespero da família, especialmente do pai da garota. O detetive Harper até rabiscou uma anotação a esse respeito: "Necessário coletar DNA do pai/mãe/irmão, mas família precisa de tempo."

A despeito do motivo — talvez porque a polícia não tenha conseguido encontrar prova alguma na cena do crime de Natasha Gallagher ou simplesmente por causa de um descuido — ninguém tocou mais no assunto até o dia após o homicídio de Kacey Robinson, em 20 de junho de 1988. Na época, depois de conduzir a coleta de DNA da família Robinson, o detetive Harper ordenou que membros do Departamento de Polícia do Condado de Harford coletassem amostras da família Gallagher. Em 24 de junho, o adjunto do xerife coletou material do sr. e da sra. Gallagher na casa deles na Hawthorne Drive. O mesmo adjunto anotou em seu relatório que não conseguiu obter uma amostra de Joshua Gallagher porque o jovem estava trabalhando fora, fazendo entregas de madeira o dia todo. Recados telefônicos foram deixados na residência e no trabalho, instruindo o sr. Gallagher a retornar a ligação para marcar um horário para a coleta de material.

E essa é a última menção ao fato que a tenente McClernan consegue encontrar onde quer que seja. Por isso, a questão entra para a "lista dela".

Tal lista cresce diariamente, composta de buracos negros e cantos empoeirados da investigação que ela tem certeza de que já foram verificados várias vezes, mas é a isso que se reduz o exame de um caso arquivado. Refazer o trabalho com novos olhos e ouvidos. Procurar não apenas o que pode ter passado batido da primeira vez, mas também o que pode ter sido visto sob uma luz diferente. *Mude a iluminação da sala*, ela gosta de dizer, *e você não sabe o que poderá ver.*

O item número um da lista da tenente McClernan é reexaminar uma teoria que nenhum veículo de comunicação conhecia em 1988 — a suspeita de que o Bicho-Papão talvez fosse um membro das forças de segurança. Essa ideia explicaria a ausência de combate no quarto de Natasha Gallagher, bem como de gritos por socorro nos outros três casos. Um policial de Maryland, Michael Moore (nenhuma relação com o premiado diretor de documentários), fora identificado como um suspeito em potencial. Na época dos assassinatos, ele havia se divorciado duas vezes e estava morando num local afastado, para o lado dos bosques do condado de Harford. Durante um período de sete anos, várias ex-namoradas de Moore haviam ligado para a polícia para denunciar abuso físico e sexual, mas, em seguida, se negaram a apresentar queixa. Moore também se parecia bastante com o retrato falado do Bicho-Papão feito pela polícia e havia uma certa confusão em relação à validade do seu perfil de DNA. Sabendo que era melhor não ficar empolgada tão cedo, a tenente dá uma série de telefonemas e conduz algumas pesquisas. O resultado é decepcionante, mas não surpreendente. Em abril de 2001, Moore foi preso por cárcere privado e estupro e está atualmente cumprindo pena em Cumberland, Maryland. Seu perfil de DNA foi atualizado na época do julgamento e não corresponde ao rastro de sangue deixado na cena do crime de Cassidy Burch.

Depois de riscar o nome de Moore da lista, a tenente passa para o item número dois: um xerife adjunto chamado Harold Foster, que foi forçado a entregar seu distintivo em 1998 por causa de acusações de tráfico de drogas e furto em Baltimore. A ex-mulher de Foster, moradora de longa data de Fallston, havia dito ao advogado, à época do divórcio, que não ficaria surpresa se Foster fosse responsável pelos assassinatos das três garotas em Edgewood (isso foi antes da morte de Cassidy Burch). Segundo a ex-mulher, Foster nutria fantasias sexuais violentas envolvendo sufocamento e mordidas, e não tinha álibi para nenhuma das três noites em questão. O advogado transmitiu a um colega policial a informação, que foi considerada suficientemente boa para ser relatada aos superiores e investigada. Todavia, um mês mais tarde, quando a amostra de DNA foi descoberta no cemitério, ninguém tocou mais no assunto e não foram feitas novas análises do DNA de Foster. Muito provavelmente, deve ter caído no esquecimento. Infelizmente, uma série de telefonemas rápidos esclarece tudo para a tenente McClernan, fornecendo provas de que os testes foram de fato feitos e não foi encontrada nenhuma correspondência, eliminando a suspeita sobre Foster.

Os itens de três a sete da lista são relativamente mais simples em comparação com os outros e a tenente leva apenas quarenta e oito horas para examiná-los e descartá-los. Mesmo assim, ela não esmorece. A lista é longa e continua crescendo. McClernan tem tempo.

Ela, então, chega ao item número oito: Joshua Gallagher e a tal questão da amostra de DNA faltante. Começa examinando com mais atenção seu álibi. Na noite do assassinato da irmã, Joshua está com Frank Hapney, um colega de trabalho e ex-colega de turma. Eles passam a noite bebendo no Loughlin's Pub até por volta das 22h, depois retornam para o apartamento de Hapney na Edgewood Road. Chegando lá, veem televisão e continuam bebendo até quase meia-noite. A essa altura, Joshua vai embora e volta para casa, aonde chega por volta de 0h15.

Levando em consideração o horário estimado da morte de Natasha Gallagher, a linha do tempo fornecida pelo álibi de Joshua Gallagher é apertada — além de difícil de verificar —, mas a tenente não se preocupa muito com isso. Joshua Gallagher não tem antecedentes, nenhuma queixa e, segundo todos, é um filho e irmão carinhoso. Jamais apareceu em qualquer lista de suspeitos.

Como se quisesse provar seu argumento, ela abre outro dossiê e olha o rosto de Gallagher aos 22 anos de idade. Compara-o a uma fotocópia do retrato falado do Bicho-Papão. Nada a ver. E ainda tem o seguinte: na noite em que escapou por um triz, Annie Riggs afirmou que o assassino era um homem grande — de pelo menos um metro e oitenta, musculoso e forte. Joshua Gallagher tem um metro e setenta e cinco, e pesa setenta e dois quilos.

Tendo já verificado os antecedentes de Gallagher há algumas semanas, quando acrescentou o nome dele à lista, a tenente McClernan sabe que agora ele está casado, tem dois filhos adolescentes e mora e trabalha em Hanover, Pensilvânia. É o treinador dos times de beisebol dos filhos durante o verão, participa de um torneio de dardos nas noites de sábado e é um ávido caçador. Parece ter construído uma vida confortável para si mesmo. Em seguida, verifica os antecedentes de Frank Hapney, para a eventualidade de resolver falar com ele. Prontuário limpo. Ainda mora em Edgewood, em uma casa alugada na Willoughby Beach Road. Trabalha na loja de materiais de construção Lowe's, em Bel Air.

Depois ela procura os pais, Russell e Catherine Gallagher. Fica desolada ao descobrir que o sr. Gallagher cometeu suicídio no início de 1989, porém, mais uma vez, não fica surpresa. Divórcio e suicídio são muito comuns entre pais de adolescentes que foram vítimas de assassinato. Uma vez que os sentimentos de culpa e responsabilização entram em cena, é difícil voltar atrás. E, às vezes, a mera presença do outro é uma lembrança dolorosa demais do que foi perdido. De acordo com o arquivo informatizado, a sra. Gallagher está com 73 anos e ainda mora na Hawthorne Drive, em Edgewood. Nunca se casou novamente.

Remexendo nos blocos de anotação do detetive Harper e em uma pilha de velhos relatórios, a tenente se depara com várias anotações esparsas a respeito de Joshua Gallagher. Na primeira, o detetive Harper menciona que Gallagher só frequentou três semestres da faculdade na Pensilvânia antes de voltar para casa em Edgewood. Nenhum motivo sobre o retorno precoce está elencado. *Mais uma coisa a ser verificada*, a tenente pensa e acrescenta esse ponto a uma lista própria dentro da lista. A segunda anotação diz respeito ao local de trabalho de Joshua na época do assassinato da irmã — a loja de materiais de construção Andersen's, na Route 40, entre a Edgewood e a Joppatowne. Não existe mais, mas ela conhece bem a loja, afinal, o pai havia sido um requisitado marceneiro na cidade e costumava comprar madeira e ferramentas lá. Lembrando que Joshua Gallagher afirmou estar ocupado fazendo entregas de madeira no dia em que as amostras de DNA dos pais foram coletadas, a tenente faz uma anotação para verificar quais tipos de veículos os empregados usavam para fazer essas entregas. Já se passaram mais de trinta anos, mas alguém deve lembrar.

A tenente deita a caneta no bloco amarelo quase totalmente preenchido com a letra do detetive Harper, e se recosta na cadeira, sua expressão demonstrando concentração. Um acidente grave aconteceu na Route 24 há noventa minutos — um Mustang conversível atravessou a faixa central e colidiu com um caminhão que carregava uma caçamba cheia de entulho — e a delegacia está alvoroçada. A tenente não deu a mínima. Um instante mais tarde, inclina-se para a frente, volta a pegar a caneta e rabisca rapidamente uma só frase ao pé da página: *Natasha Gallagher — primeira vítima e única garota que não foi estuprada.*

É uma observação que o detetive Harper havia destacado várias vezes em suas anotações, mas, de repente, ela sente o desejo de pesquisar mais a fundo.

Finalmente pronta para começar pra valer, a tenente McClernan pega o telefone na sua mesa e liga para a casa de Joshua Gallagher. A secretária eletrônica atende depois do terceiro toque e ela desliga. A seguir, tenta o celular — um toque e vai direto para a caixa postal. Dessa vez, ela deixa o nome e o número de telefone e pede a Gallagher que retorne a ligação.

Para sua surpresa, ele liga em cinco minutos. Ela explica que está reanalisando o caso da irmã e os outros três assassinatos de 1988. Em nenhum momento menciona a amostra de DNA faltante. De fala mansa e tom constrangido, Gallagher parece perplexo pelo fato de o caso ainda estar aberto. Parece ainda mais perplexo alguns minutos mais tarde quando a tenente pergunta se pode encontrá-lo assim que possível, deixando claro que está disposta a dirigir rumo ao norte, até Hanover. Sem hesitar, Gallagher diz à detetive que seria um prazer ir até Maryland para encontrá-la, mas que teria de ser na semana seguinte; é a temporada dos achigãs-boca-pequena e ele tem uma viagem de quatro dias programada para pescar no Susquehanna. Depois de fazerem planos para se encontrarem na delegacia central de polícia na quarta-feira seguinte às 11h, a detetive McClernan agradece a atenção dispensada e os dois desligam.

Seu próximo telefonema é para Catherine Gallagher, a mãe de Joshua, que atende ao segundo toque. Às 14h, então, a tenente já está sentada na sala de estar daquela senhora com uma xícara de chá na sua frente, cercada por dezenas de estatuetas de porcelana Hummel e três gatos de pelo longo. A tenente McClernan inicia a conversa perguntando sobre Natasha, depois, como acontece muitas vezes, fica sentada e apenas escuta. É um prazer para a sra. Gallagher falar do sorriso e do quarto bagunçado da filha, e de como ela estava treinando para tentar entrar para a equipe de ginástica artística dos EUA e ir para as Olimpíadas. Fala à tenente de todos os planos de Natasha para fazer aula de teatro na faculdade e se mudar para Nova York após a formatura. Depois pega de uma gaveta embaixo da mesa de centro um grande álbum de fotografias — sua vida outrora feliz congelada no tempo sob páginas plastificadas — e convida a tenente McClernan para sentar no sofá e folheá-lo com ela.

Perseguindo o Bicho-Papão

Vendo uma foto de Joshua Gallagher jovem montado em uma motocicleta na entrada da garagem, a tenente aproveita a oportunidade para desviar o rumo da conversa. Ao ouvir o nome do filho, a sra. Gallagher imediatamente aponta para uma fotografia em cima da prateleira da lareira. Os netos, ela explica. Andrew e Phillip. Eles moram na Pensilvânia, mas a visitam regularmente com Joshua e sua adorável esposa, Samantha. A tenente toma um gole de chá e faz uma pergunta sobre o tempo em que Joshua estudou na Penn State. Alguns minutos mais tarde, tem suas respostas.

Joshua frequentou a universidade graças a uma bolsa de estudos de luta greco-romana, mas, logo após lesionar o ombro, decidiu que os sacrifícios para ser um estudante-atleta da Primeira Divisão eram altos demais em termos de tempo e estresse para a sua personalidade tipo A. Após muitas noites insones, ele abandonou a equipe de luta greco-romana e focou nos estudos. Logo em seguida, começou a trabalhar em regime de meio expediente num armazém para ajudar a pagar as mensalidades. Também conheceu uma garota. Seu nome era Anna e vinha de uma família rica dos subúrbios abastados de Nova York. Por um tempo, foram inseparáveis. Depois, de repente, era o final do semestre de primavera e hora de cada um voltar para suas respectivas cidades natais para passar o verão. Joshua queria ficar em Happy Valley para trabalhar e alugar um apartamento para os dois morarem juntos. Anna não queria — sentia falta da família e queria passar o verão no litoral com eles. Joshua não ficou feliz, mas os dois se visitaram durante as férias e conseguiram manter o relacionamento. Até o outono, quando ambos voltaram para o campus e o irrequieto Josh entendeu que estava farto e que era hora de conhecer outras garotas. Anna ficou arrasada. Incapaz de dormir ou de se concentrar nos estudos, acabou largando a faculdade e voltando para Nova York logo antes das férias de Natal. Pouco depois, Joshua ligou para casa deprimido e explicou aos pais que a faculdade não fazia mais parte do seu destino. Estava pronto para encontrar um trabalho de verdade e dar um rumo à própria vida. Os pais ficaram decepcionados, é claro, mas acabaram apoiando sua decisão.

Agora, enfim, a tenente McClernan entra no assunto derradeiro da tarde: o sr. Gallagher. Tomando todo o cuidado para ser o mais delicada possível, pergunta à sra. Gallagher sobre o estado de espírito do finado marido após a perda da filha. Enquanto a sra. Gallagher dá uma longa resposta, a tenente faz muitas anotações: "Num primeiro momento, ele ficou totalmente desnorteado, não era capaz de reagir. Pensamos em interná-lo, mas, na manhã do velório de Natasha, ele parecia ter se recuperado. Decidimos fazer terapia juntos, e fizemos por um bom período. Parecia mesmo que estava funcionando. Ele estava melhorando, tenho certeza. Até voltou a jogar golfe nos fins de semana. Depois tudo desandou novamente. Ele começou a ter dificuldade para dormir, aí deu para beber toda noite para ajudar o sono, mas também não funcionou. Só deixava ele com mais raiva. Não sei o que desencadeou tudo novamente, mas algo deve ter acontecido. Ele… mudou. Tentei conversar a respeito, mas ele não me abria espaço. Depois parou de ir à terapia. Por fim, como último recurso, inventei uma desculpa para ficar fora de casa um dia, depois do jantar, e mandei Josh ter uma conversa a sós com ele. Mas não ajudou. Ele ficou furioso porque agi sem consultá-lo e as coisas só pioraram ainda mais. Poucos dias depois disso… ele se foi. E, em todos esses anos, eu nunca descobri o que estava por trás daquela piora tão repentina."

No caminho de volta à delegacia — com os olhos vermelhos e espirrando por causa dos malditos gatos da sra. Gallagher —, a tenente liga para o número de informações e obtém o telefone da secretaria da Penn State University. Esperando que, àquela hora da tarde, a ligação caísse na secretária eletrônica, ela fica agradavelmente surpresa quando uma mulher de voz alegre atende. A tenente explica o que está procurando e é imediatamente transferida para o departamento competente. Uma mulher com uma voz igualmente alegre anota o nome completo e o número da identidade de Joshua Gallagher, além do celular da tenente, e promete que entrará em contato assim que localizar as informações solicitadas.

Prestes a jogar o celular no banco do carona e dar o dia por encerrado, a tenente McClernan muda de ideia e digita o número da casa de Frank Hapney, o único que conseguiu obter. São 16h55, então ela calcula uns cinquenta por cento de chance de encontrá-lo em casa. Desta vez, ela dá sorte: Hapney atende e parece que andou bebendo.

Cinco minutos mais tarde, McClernan já tem tudo o que precisa.

Frank Hapney não vê nem fala com Joshua Gallagher há mais de uma década. Lembra vagamente da noite do assassinato de Natasha Gallagher e sabe que falou com a polícia naquela mesma semana para confirmar o álibi de Josh, mas conta à tenente a mesma coisa que disse aos policiais naquela época: tinha bebido demais e apagou. Ele *acha* que lembra de Josh indo embora por volta da meia-noite, mas pode ter sido muito mais cedo ou até mesmo muito mais tarde. É impossível ter certeza, especialmente depois de tantos anos. A tenente McClernan finalmente pergunta a Hapney sobre a loja de materiais de construção Andersen's e os dezoito meses que ele e Joshua trabalharam lá juntos.

"Isso mesmo", diz Hapney, embolando as palavras. "Eu era um novato, mas o Josh já estava lá há um bom tempo quando eu entrei e se encarregava de muitas entregas. Tinha noite que ele até ia para casa dirigindo um daqueles caminhões basculantes, em outras, ia com a van mesmo. Tudo dependia do tipo de carga que ele tinha entregado no dia.

A tenente McClernan adormece naquela noite com uma sensação boa em relação ao item oito da sua lista. Afinal de contas, Joshua Gallagher não tem nada que corresponda ao perfil do Bicho-Papão: era jovem demais na época dos assassinatos, morava num sobrado com vizinhos dos dois lados, não tem qualquer ligação com três das quatro vítimas e não se parece nem um pouco com o retrato falado do assassino feito pela polícia. Além do mais, o sororicídio — o ato de matar a própria irmã — é extremamente raro entre os serial killers modernos. Se a investigação da tenente continuar nessa direção, vai ser fácil riscar Joshua Gallagher da lista e passar para o item nove.

No entanto... várias questões preocupantes que surgiram com o item oito não a deixam em paz.

A ausência de um teste de DNA, um álibi questionável, problemas com garotas e acesso fácil a uma van. Não é suficiente para disparar seu alarme interno, mas sem dúvida é suficiente para acionar alguns bipes ruidosos e esporádicos. Pelo menos um padrão interessante está começando a surgir e a tenente McClernan acha que, na semana que vem, vai obter as respostas que está procurando.

Mas, por obra do destino, tudo acontece mais depressa.

Dois dias mais tarde, Jennifer Schall, funcionária do Administrativo da Penn State, retorna a ligação de McClernan e a tenente descobre a verdade sobre a saída precoce de Joshua Gallagher da universidade. Depois de uma queixa por perseguição e assédio ter sido feita contra Joshua em outubro de 1985 por sua ex-namorada Anna Garfield — na verdade ela é que havia rompido com Joshua, e não o contrário —, ele recebeu uma advertência e foi instruído a não contatá-la novamente. Quando a srta. Garfield fez uma segunda reclamação no início de dezembro de 1985, acusando-o de invadir seu quarto no dormitório e vandalizar seus pertences pessoais — um incidente capturado em vídeo pelas câmeras de segurança no corredor dos dormitórios —, Joshua Gallagher foi sumariamente expulso e permanentemente proibido de entrar no campus. Os agentes de segurança da universidade perguntaram se a srta. Garfield queria dar queixa, mas ela declinou e assinou uma declaração confirmando sua decisão. Como ele tinha 18 anos e já era considerado legalmente maior, a reitoria não se deu ao trabalho de telefonar para os pais de Joshua. Apenas uma carta de afastamento, de uma página, em tom brusco, foi enviada para a casa da família.

Interessante, a tenente McClernan pensa. *Depois de todos esses anos, será que Catherine Gallagher está mentindo para proteger o filho? Ou será que ela desconhece a verdade?*

A tenente agradece a Jennifer Schall pelas informações e pergunta se a Penn State mantém fotos dos ex-alunos em arquivo — talvez de velhos anuários ou fichas de identificação. Ela gostaria de examinar bem a foto de Anna Garfield. Jennifer diz que terá de verificar e promete dar uma resposta.

Após informar a Jennifer seu endereço de e-mail e encerrar o telefonema, a tenente liga imediatamente para a Reuter's Machinery em Hanover e pede para falar com o supervisor de Joshua Gallagher. Ela sabe que aquela é uma situação delicada e a última coisa que quer fazer é assustar Gallagher, mas seu alarme interno está começando a emitir bipes um pouco mais altos agora e ela precisa de uma certa e valiosa resposta. Depois de quase cinco minutos de espera, um homem com um tom grosseiro pega a extensão. A tenente se identifica e afirma que tem uma pergunta importante para Joshua Gallagher a respeito do caso da irmã. Ela sabe que ele não está trabalhando hoje, e pergunta se por acaso alguém saberia dizer onde encon-trá-lo. A tenente não fica nem um pouco chocada com a resposta do super-visor — e o volume do alarme dentro da sua cabeça imediatamente sobe. Ao que parece, Joshua Gallagher não está pescando no rio Susquehanna. Na verdade, ele apenas ligou de manhã para avisar que não iria trabalhar, alegando uma forte diarreia e febre alta.

A tenente desliga o telefone e pega o envelope de papel pardo que contém os perfis de DNA do sr. e da sra. Gallagher. Olhando para as impressões de trinta anos atrás, recorda da conversa na sala de estar de Catherine Gallagher e de algo que sua interlocutora disse enquanto folheava o álbum de fotografias. A tenente achou o comentário estranho, mas não disse nada na hora porque não queria interromper a fluidez da conversa. Com anos de experiência adqui-rida a duras penas, ela sabia que, uma vez que você interrompe alguém no meio de um exposição sobre um assunto particularmente difícil, geralmente é impossível recomeçar.

A tenente pega o telefone, localiza no bloco de notas o número que está procurando e digita. Catherine Gallagher atende após o segundo toque e parece ficar sinceramente contente em ouvi-la. Depois dos cumprimentos de praxe, a tenente McClernan vai direto ao assunto.

"Eu estava revisando minhas anotações esta manhã...", começa, "e vi que há algumas coisas que eu gostaria de esclarecer."

"Claro. No que eu puder ajudar..."

A tenente começa com uma pergunta vaga.

"A senhora mencionou que sua filha estava planejando fazer aula de teatro na faculdade e se mudar depois da formatura. A senhora até disse para onde, mas eu não anotei. Era Nova York ou Los Angeles?"

"Ah, era Nova York", a sra. Gallagher informa, um tom melancólico insi-nuando-se na voz. "Ela sempre quis atuar em uma peça da Broadway."

"Isso mesmo. Agora lembrei. Obrigada."

"De nada."

"Só mais uma última pergunta, sra. Gallagher. Quando a senhora estava me mostrando as fotografias do seu filho e da sua filha, comentou algumas vezes que os dois se pareciam muito. Acho que a palavra que a senhora usou ao falar da semelhança entre eles foi "insólita".

Segue-se então um longo silêncio e, quando a sra. Gallagher finalmente responde, sua voz soa diferente.

"Ah… eu disse isso?"

"Disse, sim. Até anotei no meu caderno, pois achei estranho. A primeira vez que a senhora disse isso foi depois de me mostrar uma foto dos dois na praia. Eles eram muito pequenos e acho que estavam construindo um castelo de areia. A segunda vez foi quando estávamos vendo uma fotografia que seu marido tirou durante uma visita da família à Penn State."

"Receio não estar lembrando bem. Sinto muito."

"Não se preocupe, sra. Gallagher", a tenente diz e remexe nos papéis para dar a impressão de que está ocupada. "Então, antes de desligar, a pergunta que eu gostaria de fazer para a senhora é a seguinte, e preciso que seja muito sincera comigo. É muito importante que a senhora me diga a verdade agora."

"Tudo bem", a voz é quase um sussurro.

"Seu filho Joshua… ele foi adotado, não foi?"

A tenente ouve um respiro fundo do outro lado da linha e sabe que seu palpite está correto.

"Está tudo bem, sra. Gallagher?"

"A decisão de não contar a Josh foi do meu marido."

A tenente McClernan se endireita na cadeira e espera que a sra. Gallagher prossiga.

"Ele não queria que o Josh se sentisse excluído quando crescesse. Queria que ele se sentisse parte da família. Depois, alguns anos mais tarde, quando Natasha nasceu — um milagre, foi o que os médicos disseram — e os dois se pareciam tanto… ficou ainda mais fácil manter o segredo."

"Ninguém mais sabe?"

"Minha irmã e um casal de tios na Carolina do Sul, mas só eles."

"Joshua nunca ficou sabendo?"

"Não, nunca", ela começa a chorar. "Tudo que a gente mais queria é que ele fosse feliz…"

Depois de desligar o telefone, a tenente McClernan escreve *Adotado —*
não haveria correspondência familiar na parte inferior da página impressa do
perfil de DNA da sra. Gallagher e a põe de volta no envelope de papel pardo.
Joga-o sobre a mesa e passa o resto da manhã examinando os cadernos do
detetive Harper. Ela já fez isso meia dúzia de vezes, mas acha que repetir mais
uma vez não vai fazer mal a ninguém. Alguns minutos após o meio-dia, recebe
um e-mail de Jennifer Schall, da Penn State. Uma foto colorida desbotada
está anexada. A tenente olha atentamente para a foto, o coração e o alarme
interno em disparada, e pensa: *Dá para entender por que Josh estava tão gamado*
nela. Anna Garfield é uma jovem linda com grandes olhos castanhos, lábios
carnudos, um delicado nariz aristocrático e longos e brilhantes cabelos casta-
nho-claros.

Na mosca.

A tenente levanta da escrivaninha e bate à porta do capitão Bradford. Após
colocá-lo rapidamente a par de todos os detalhes, sai para contatar o xerife do
condado de Harford e volta à escrivaninha para ligar para a equipe de investigadores do condado de York. Em York, assim como nos condados vizinhos de
Lancaster e Adams, o resultado é nulo. Nenhuma adolescente de cabelos longos
foi morta por estrangulamento nos últimos dez anos. Nenhuma orelha decepada
nem marcas de mordida ou cenas de crime com corpos posados.

Mas quando expandem a busca para incluir mais meia dúzia de condados,
os detetives logo obtêm uma resposta positiva.

Dois anos atrás, a noroeste do condado de Juniata, o cadáver de uma
garota de 17 anos com longos cabelos loiros foi encontrado: morte por
estrangulamento. A vítima, Sheila Rafferty, tinha o que parecia ser uma
única mordida no ombro esquerdo, mas o legista não deu certeza porque o
corpo havia ficado muito tempo no rio. Pescadores se depararam com
o cadáver em águas rasas ao longo das margens rochosas do Susquehanna.

Tudo está se encaixando agora. E rápido.

Quando chega à delegacia central de polícia do Estado de Maryland dois
dias mais tarde, Joshua Gallagher já está sendo vigiado vinte e quatro horas
por dia. Ele não dá um passo sem que os detetives não saibam exatamente o
que ele está fazendo. A tenente McClernan cumprimenta Gallagher no

saguão e o convida a se sentar na única cadeira à frente da sua escrivaninha. Eles conversam por aproximadamente trinta minutos. O comportamento da tenente é descontraído, quase amistoso. Ela não faz perguntas difíceis. Gallagher afunda na cadeira, parecendo quase entediado às vezes. A voz é firme; as repostas, breves e diretas. A certa altura, ele até boceja.

Alguns minutos antes de terminarem, a tenente, da forma mais discreta possível, começa a mexer num pequeno brinco de argola na orelha esquerda. Do outro lado da sala, a detetive Janet Ellis vê o sinal e imediatamente se levanta da mesa, carregando um envelope de papel pardo. Seus longos cabelos castanhos chegam quase até a cintura, uma clara violação das regras do departamento. Ela se aproxima da mesa da tenente McClernan e, abrindo um sorriso amistoso para Joshua Gallagher, diz:

"Desculpe interromper, tenente, mas aqui está a pasta que a senhora pediu."

"Muito obrigada, Anna", a tenente responde, pegando a pasta.

Joshua Gallagher imediatamente se endireita na cadeira e tem dificuldade para desviar os olhos da detetive Ellis enquanto ela volta para a própria mesa. A tenente McClernan abre a pasta e finge ler o que tem dentro. Espiando pela parte de cima do dossiê, observa o esforço no rosto de Gallagher. Após cerca de trinta segundos, fecha a pasta e termina a conversa.

Enquanto Joshua Gallagher atravessa o estacionamento da Central, a tenente McClernan permanece sentada atrás da escrivaninha, observando os apoios para os braços da cadeira da qual Gallagher acabou de se levantar — e a marca brilhante de suor que ele deixou para trás. Calçando luvas, a tenente se levanta, retira um cotonete do tubo estéril onde estava armazenado e coleta cuidadosamente amostras de cada um dos apoios.

6

Não haverá julgamento. Nada de flashes espocando fora do tribunal. Nada de transmissões dramáticas do processo na televisão. Nada de imagens diárias do monstro. Do Bicho-Papão. De Joshua Gallagher.

Ele admite tudo e vai além: afora as quatro garotas de Edgewood em 1988, inclusive a própria irmã, mais outras três — uma em 2001 no oeste de Maryland e outras duas, em 2006 e 2018, na Pensilvânia.

E a polícia acredita que ainda tem mais.

7

Na segunda-feira, 2 de dezembro de 2019, estou sentado atrás da escrivaninha no meu home office, imprimindo as páginas do dia, quando meu celular começa a tocar. Olho para a tela: P. E. MD. Curioso, atendo.

"Alô."

"Senhor Richard Chizmar?", pergunta uma voz feminina.

"Sim, sou eu mesmo. Quem está falando?"

"Sou a tenente McClernan, da Polícia do Estado de Maryland."

"Sei quem é", digo. "Andei te vendo por tudo quanto é lugar ultimamente."

Ela ri. Mas não de alegria.

"Eu também não me aguento mais."

"Não foi o que eu quis dizer."

"Ouça", ela pede, indo direto ao assunto. "Tenho uma proposta incomum para lhe fazer."

"Pode falar."

"Está escrevendo um novo livro sobre o caso Joshua Gallagher."

"Isso é uma pergunta?", questiono, sem saber que rumo a conversa tomaria.

"Não."

Espero um pouco mais, mas ela não diz nada.

"Recebi uma proposta para revisar o manuscrito original e escrever um novo posfácio."

"Bom para você", ela diz, parecendo estar falando sério. "Mas espero que ainda não tenha assinado o contrato."

"Por quê?"

"Porque acho que, em breve, vão fazer uma proposta bem melhor."

"Por quê?"

"Joshua Gallagher quer falar com você, só com você."

8

As regras básicas são simples. Não posso entrar com nada na sala. Nenhum papel ou instrumento para escrever, nenhum tipo de dispositivo de gravação. O áudio e o vídeo da entrevista serão gravados pela polícia e eu terei total acesso ao material não editado. Além da minha lista de perguntas, a polícia vai me fornecer algumas outras. Todos os direitos de impressão da entrevista pertencem a mim. O material em vídeo, porém, é de propriedade exclusiva da Polícia do Estado de Maryland. Durante toda a entrevista, Joshua Gallagher ficará com pernas e braços algemados. Um guarda armado ficará na sala conosco o tempo todo. Terei sessenta minutos para realizar a entrevista.

9

Data da Entrevista: quinta-feira, 5 de dezembro de 2019

Hora: 13h30

Local: Penitenciária de Maryland, Baltimore, MD

[Joshua Gallagher não se parece em nada com o adolescente altivo, mas na dele, e sarado da época do colégio. Os anos não lhe foram gentis. Josh está gordo e barbado. Sua expressão mansa não muda enquanto os guardas o põem sentado do outro lado da mesa. Cheirando a suor e a sabão em pó barato, não parece contente nem descontente em me ver. Tem um leve tique no olho direito. Bate nervosamente com o pé no chão, fazendo tilintar a corrente que prende seus tornozelos. Não se assemelha nem um pouco a um homem que admitiu ter matado sete jovens mulheres.]

RICHARD CHIZMAR: Por que eu, Josh? Por que *eu* estou aqui?

JOSHUA GALLAGHER: Por vários motivos. [Pigarreia.] Segui sua carreira com muito interesse. Você se saiu bem. Até aluguei *Matador de Aluguel 2*, na Redbox. Também nunca esqueci que você foi ao velório da minha irmã.

CHIZMAR: Metade da cidade compareceu.

GALLAGHER: Você esteve presente o tempo todo. Se tornou parte de tudo.

CHIZMAR: Quando exatamente me tornei parte de tudo?

GALLAGHER: Quando você e sua amiga repórter começaram a fazer perguntas para metade da cidade. Quando você começou a montar um álbum de recortes sobre os assassinatos.

CHIZMAR: Vejo que você de fato leu o livro.

GALLAGHER: Claro que li.

CHIZMAR: Suponho que foi você que começou a ligar para o meu apartamento e desligar na semana em que o livro foi publicado.

GALLAGHER: Eu queria ouvir sua voz.

CHIZMAR: E foi você que ligou todas aquelas vezes para a casa dos meus pais?

GALLAGHER: [Assente.] Sim.

CHIZMAR: Por quê?

GALLAGHER: Não sei exatamente. Eles se tornaram parte de tudo, acho.

CHIZMAR: Minha mãe ficou morrendo de medo.

GALLAGHER: Sinto muito. Ela não merecia. Mas acho que talvez o motivo fosse esse: te assustar.

CHIZMAR: Você queria que eu parasse?

GALLAGHER: Acho que não. Não sei o que eu realmente queria.

CHIZMAR: Você me seguiu?

GALLAGHER: Quando?

CHIZMAR: Em 88. Em Edgewood.

GALLAGHER: [Assente.] Às vezes. Um pouco depois, também.

CHIZMAR: Depois que o livro foi lançado?

GALLAGHER: [Assente.]

CHIZMAR: Onde?

GALLAGHER: Isso não é importante.

CHIZMAR: Para mim, é.

GALLAGHER: Você não tem outras perguntas para mim?

CHIZMAR: [Pausa.] Anna Garfield. Tudo isso começou com ela?

GALLAGHER: [Respira fundo.] Sim e não.

CHIZMAR: Pode explicar o que quer dizer com isso?

GALLAGHER: Posso tentar. [Longa pausa; as batidas no chão ficam mais rápidas.] Algo dentro de mim está partido. Sempre esteve, desde que eu me entendo por gente. Algo na minha cabeça está escangalhado. Está... está errado.

CHIZMAR: Continue.

GALLAGHER: Não sei explicar melhor. Li os livros. Sei que parece clichê, mas...

CHIZMAR: Livros?

GALLAGHER: Livros sobre assassinos. Serial killers.

CHIZMAR: Você aprendeu alguma coisa sobre si mesmo com esses livros?

GALLAGHER: [Pausa.] Que não estou sozinho.

CHIZMAR: A Natasha foi a primeira? Ou houve outras antes dela?

GALLAGHER: [Faz que não com a cabeça.] Pensei a respeito. Muito. Cheguei perto algumas vezes.

CHIZMAR: O que te deteve?

GALLAGHER: Medo. Eu tinha medo de cruzar aquela linha. Medo de ser pego. Medo de gostar. Então me contentei com outras coisas.

CHIZMAR: Animais?

GALLAGHER: [Assente.]

CHIZMAR: Quando você começou a ferir animais?

GALLAGHER: Eu devia ter uns 8 ou 9 anos.

CHIZMAR: Animais de que tipo?

GALLAGHER: Ah, de todos os tipos. Peixes. Sapos. Coelhos. Depois, gatos e cachorros. Um cavalo num matagal, uma vez. Foi de noite. Foi incrível.

CHIZMAR: E você sabia que era errado?

GALLAGHER: Sabia.

CHIZMAR: O que você achava que tinha de errado?

GALLAGHER: Não sei. Eu só sabia que tinha... *alguma coisa* dentro de mim, uma coisa *ruim*, que *precisava* daquilo, e eu não podia contar pra ninguém.

Eu tentava manter essa coisa trancada atrás de uma porta, mas, às vezes, eu não era forte o bastante.

CHIZMAR: Você gostava de maltratar animais?

GALLAGHER: No início, não... mas isso foi mudando com o tempo. Ficou mais fácil. E eu fui ficando melhor.

CHIZMAR: Teve alguma coisa na sua infância que pode ter desencadeado pensamentos desse tipo? Alguma espécie de gatilho, ponto de partida ou catalisador?

GALLAGHER: Você quer saber se fui abusado sexualmente ou fisicamente? Se meus pais me batiam ou me trancavam num armário o dia todo? Se eu caí e sofri uma lesão que afetou o funcionamento do meu cérebro? [Faz que não com a cabeça.] Não. Nada desse tipo.

CHIZMAR: Qual é sua primeira lembrança dessa "coisa ruim" dentro de você?

GALLAGHER: [Longa pausa.] Eu tinha 7 anos e estava na festa de aniversário de um amigo. A irmã mais velha dele estava no balanço no jardim dos fundos da casa. Ela me olhou e sorriu, e eu me lembro de ter ficado ali em pé, segurando meu pedaço de bolo no prato de papel, pensando: *Vou voltar hoje à noite, entrar de fininho na casa e esmagar teu crânio com um tijolo.* Foi um pensamento que simplesmente surgiu na minha cabeça, do nada. Por que eu queria machucar ela? Não sei. Por que um tijolo? Eu... eu não sei.

CHIZMAR: Você era popular no ensino médio. Lembro de te ver nas festinhas. Circulando com garotos e garotas.

GALLAGHER: [Faz que não com a cabeça.] Era porque eu era bom na luta greco-romana. Aquelas pessoas nunca me conheceram de verdade, nem quiseram me conhecer.

CHIZMAR: E ao longo de todos aqueles anos — os torneios de luta greco-romana, as festas da escola e da formatura — você estava lutando contra aqueles sentimentos ruins?

GALLAGHER: [Assente.] Às vezes, por uma ou duas semanas, até que passava, mas sempre voltava. Sempre.

CHIZMAR: Quero voltar à faculdade e a Anna Garfield. Você pode me dizer o que aconteceu?

GALLAGHER: Estávamos apaixonados. Tínhamos feito planos para ficar juntos pra sempre. E, do nada, ela me trocou por outra pessoa.

CHIZMAR: E então quis machucá-la?

GALLAGHER: Na época, não. Eu fiquei deprimido demais. Estava sem chão. Eu só queria fazer ela mudar de ideia de alguma maneira. Mas depois... sim. Eu queria machucar ela. Eu odiava ela pelo que ela havia feito comigo, pelo que havia feito eu sentir. E por isso eu me odiava também.

CHIZMAR: Você seguiu ela pelo campus, invadiu o carro e o quarto dela no dormitório, mas nunca tentou machucar ela fisicamente?

GALLAGHER: Ah, tentei, sim. Duas vezes, no verão seguinte, fui até onde ela morava com os pais, mas amarelei no último minuto. E por isso senti ainda mais ódio de mim mesmo.

CHIZMAR: A Anna Garfield disse recentemente a um repórter que você tinha sido sexualmente bruto com ela.

GALLAGHER: É mesmo, é? Bem, era disso que ela gostava. Foi *ela* que me pediu para ser amarrada. Foi *ela* que me pediu para ser estrangulada. Eu nunca tinha feito nada disso antes dela. Pode perguntar pras minhas antigas namoradas.

CHIZMAR: A atração por cabelos compridos... era por causa da Anna?

GALLAGHER: Sabe, é engraçado... eu só percebi que estava fazendo aquilo depois, quando li a respeito.

CHIZMAR: [Longa pausa.] Você sabe que eu tenho que perguntar isso: por que você matou a Natasha?

GALLAGHER: Cedo ou tarde, ia acontecer. Eu pensei muito a respeito quando a gente era mais jovem. Quase fui até o fim uma vez, cerca de um ano antes. A gente tava fazendo um passeio em Loch Raven e eu peguei uma pedra mais ou menos do tamanho do meu punho. Então me aproximei por trás e só não fui em frente por isso aqui [faz com o polegar e o indicador sinal de pouquinho].

CHIZMAR: Desistiu por que naquele dia?

GALLAGHER: Fiquei com medo.

CHIZMAR: Então o que aconteceu na noite de 2 de junho? Por que dessa vez você conseguiu?

GALLAGHER: [Suspira.] Olha, eu sei que você quer que eu diga que algo *espantoso* aconteceu... que eu, tipo, senti uma espécie de descarga de energia extraterrestre atravessar meu corpo ou que tive um sonho ou ouvi vozes. [Os olhos de Josh se arregalam.] Ou talvez que o diabo me forçou a fazer aquilo. Mas... não. Não foi isso que aconteceu. Mais cedo naquele dia, enquanto eu estava malhando na academia e, depois, enquanto eu estava no chuveiro, vi tudo com muita clareza na minha mente: como eu levaria ela para o bosque, como mataria, como faria parecer que tivesse sido outra pessoa, tudo. De repente, tudo se encaixou. Eu tinha combinado de encontrar o [Frank] Hapney depois da academia, então fiquei com ele algumas horas, então, em vez de ir pra casa, fui pra casa dos meus pais em Edgewood.

CHIZMAR: E bateu na janela dela?

GALLAGHER: [Faz que não com a cabeça.] Não, em nenhum momento cogitei entrar pela janela dela. Já era mais de meia-noite quando eu cheguei. Eu tinha a chave, entrei pela porta da frente na ponta dos pés e atravessei o corredor. Saímos às escondidas da mesma maneira.

CHIZMAR: E a tela? O sangue no parapeito da janela?

GALLAGHER: Ela deu um cortezinho no dedo sei lá como procurando as botas no fundo armário. Estava muito escuro e ela não conseguia ver o que estava fazendo. Usei minha camisa para limpar o sangue e, quando ela se distraiu, deixei de propósito uma manchinha no parapeito. Ao mesmo tempo, abri totalmente a janela e arranquei a tela.

CHIZMAR: Exatamente como você havia planejado mais cedo no chuveiro?

GALLAGHER: Isso mesmo.

CHIZMAR: O que você disse para ela naquela noite? Como conseguiu convencer ela a te acompanhar?

GALLAGHER: Ela só tinha 15 anos. Não foi difícil. Eu disse que tinha ficado bebendo com o Hapney no nosso lugar de sempre no bosque e que ele tinha apagado. E eu precisava que ela me ajudasse a pôr ele novamente no carro.

CHIZMAR: Aí você levou sua irmã para o bosque e matou ela?

GALLAGHER: Sim.

CHIZMAR: Mas ela resistiu, certo? Lutou com você.

GALLAGHER: Sim.

CHIZMAR: [Pausa.] E as três outras garotas de Edgewood... por que elas?

GALLAGHER: Mais ou menos pelo mesmo motivo. Assim que eu vi elas eu *sabia*. Na hora. Sabia que ia matar. E sabia exatamente como.

CHIZMAR: A polícia não conseguiu estabelecer nenhuma ligação direta entre suas vítimas. Você não conhecia nenhuma das outras garotas?

GALLAGHER: [Faz que não com a cabeça.] Não. Vi a Kacey Robinson saindo da Biblioteca uma tarde. Ela estava sozinha e eu estava saindo do estacionamento do Santoni's. Eu segui ela até a casa dela naquele dia e fiquei só stalkeando durante a semana seguinte. Com as outras, foi a mesma coisa. Vi a Madeline Wilcox num sinal de trânsito. A Riggs estava jogando hóquei na frente do colégio. A Cassidy Burch no Stop and Shop comprando uma Coca zero e um saco de batata frita. Eu estava logo atrás dela na fila, pagando a gasolina.

CHIZMAR: E, além dos cabelos compridos, elas não tinham nenhuma característica física ou de personalidade em comum?

GALLAGHER: [Pausa.] A maneira como elas olharam para mim. Como sorriram… como se estivessem gozando da minha cara.

CHIZMAR: A Annie Riggs identificou o homem que a atacou como alguém muito maior do que você.

GALLAGHER: [Dá de ombros.] Nunca fui grande, mas sempre fui forte e rápido. O resto foi tudo coisa da cabeça dela. Assim como o retrato falado da polícia não tinha nada a ver comigo.

CHIZMAR: Por que você cortou as orelhas delas?

GALLAGHER: Castigo.

CHIZMAR: Castigo por qual motivo?

GALLAGHER: Por acharem que eram melhores do que eu.

CHIZMAR: A polícia nunca conseguiu encontrar as orelhas decepadas. Correm boatos que… você comeu.

GALLAGHER: [Faz que não com a cabeça.] Nada disso. Guardei elas numa velha lata de café por um tempo, mas começaram a feder, então eu joguei no Gunpowder. Os bagres devem ter comido.

CHIZMAR: Deixar os corpos em pose se tornou parte da sua assinatura. Por quê?

GALLAGHER: Eu queria que elas parecessem estar em paz para quem encontrasse. Para as famílias.

CHIZMAR: A amarelinha, o cartaz do cachorro desaparecido, os cinco centavos e as abóboras... o que queriam dizer? Numerologia?

GALLAGHER: [Pausa.] Ainda não estou preparado para falar a respeito.

CHIZMAR: Por que não?

GALLAGHER: Porque isso abre a porta para algo que eu não estou preparado para discutir.

CHIZMAR: Quando você acha que vai estar preparado?

GALLAGHER: Não sei.

CHIZMAR: Por que você mordia suas vítimas?

GALLAGHER: Não me lembro de ter mordido nenhuma delas. Eu disse isso à polícia, mas parece que não acreditaram.

CHIZMAR: Nenhuma lembrança?

GALLAGHER: [Faz que não com a cabeça.] Zero.

CHIZMAR: Então, a certa altura, evitar ser capturado se tornou um jogo para você? Ridicularizar a polícia; deixar sua marca nas homenagens; ligar para a minha casa e desligar; circular perto da casa da Carly Albright.

GALLAGHER: Nunca cheguei perto da casa da Carly Albright. Nunca gostei muito dela. Não sei exatamente por que fiz essas outras coisas. Talvez para me distrair do que eu realmente estava fazendo.

CHIZMAR: O que você realmente estava fazendo?

GALLAGHER: Eu estava matando aquelas garotas.

CHIZMAR: A mídia criou vários apelidos para você. "Bicho-Papão" foi o que pegou. Você gostou do apelido ou ficou indiferente?

GALLAGHER: Gostei. [Pausa.] Parecia adequado, e foi a primeira vez que consegui dar um nome àquela coisa ruim que vivia dentro de mim.

CHIZMAR: Você realmente começou a pensar sobre aquela parte de você mesmo como o "Bicho-Papão"?

GALLAGHER: Sim, comecei.

CHIZMAR: O que você quer dizer com "o nome parecia adequado"?

GALLAGHER: Nas noites em que eu caçava, eu me sentia... diferente. Me sentia poderoso. Ousado. Invencível. Como se eu e a noite à minha volta fôssemos uma coisa só. Como se eu pudesse voar, atravessar paredes e ficar invisível.

CHIZMAR: Você realmente acreditava que podia fazer essas coisas?

GALLAGHER: Eu podia. E fiz. Foi por isso que eles nunca me pegaram.

CHIZMAR: Você se acha clinicamente perturbado, como algumas pessoas sugeriram?

GALLAGHER: [Pausa.] Sabe, às vezes, eu gostaria de ser. Mas, não. Tem algo de errado em mim, mas não sou louco.

CHIZMAR: Como você conseguiu ser sempre tão cuidadoso e nunca deixar provas?

GALLAGHER: Bom senso, principalmente. Eu não queria ser pego, então tentava planejar tudo de antemão. Eu usava luvas cirúrgicas, duas em cada mão, que eu comprei pagando em dinheiro na Pensilvânia. Usava camisinhas. E sempre comprava uma nova muda de roupas para vestir nas noites de caça. Pagava em dinheiro em brechós. Todas básicas. Até essa altura, a polícia sempre estava alguns passos atrás. Sinceramente, minha sorte acabou naquela noite no cemitério. Eu sabia que tinha ferido o pulso na cerca, mas não passava de um arranhão. Nem rasgou a manga da minha camisa. Depois, quando verifiquei em casa, como não tinha sangue, então calculei que estava tudo bem.

CHIZMAR: E a máscara?

GALLAGHER: O que é que tem?

CHIZMAR: Você poderia ter usado uma máscara de esqui ou muitas outras coisas para esconder o rosto. Por que fazer sua própria máscara? Você estava imitando um filme de terror, como algumas pessoas dizem?

GALLAGHER: Era a máscara do Bicho-Papão. Era o que *ele* queria.

CHIZMAR: [Pausa.] Voltando à noite no cemitério, se você não sabia que a polícia tinha uma amostra do seu sangue, por que parou depois da Cassidy Burch?

GALLAGHER: Pelo mesmo motivo de eu não ter matado ninguém antes que tudo isso começasse. Consegui manter o Bicho-Papão trancado atrás daquela porta. Fiquei tentado depois da Cassidy Burch, muitas vezes, mas consegui resistir. Até pensei em me matar algumas vezes, mas não tive coragem. Então continuei a manter aquela porta fechada.

CHIZMAR: Até a Louise Rutherford em 2001, a Colette Bowden em 2006 e a Erin Brown em 2018.

GALLAGHER: [Assente.] Sim.

CHIZMAR: O que mudou? O que essas mulheres tinham de diferente?

GALLAGHER: Era a mesma coisa de antes. Era só bater o olho nelas e eu *sabia*... não podia evitar que acontecesse. Eu tinha deixado de ser forte outra vez. Nada mais profundo ou místico do que isso.

CHIZMAR: Teve um motivo para você não cortar as orelhas delas dessa vez? Ou deixar algo para a polícia?

GALLAGHER: Achei que já não era necessário.

CHIZMAR: Tem mais mulheres, Josh?

GALLAGHER: [Longa pausa.]

CHIZMAR: Tem, não é?

GALLAGHER: Sim.

CHIZMAR: Pode dizer à tenente McClernan quem elas são? Onde estão?

GALLAGHER: [Longa pausa.]

CHIZMAR: Pode dizer só para mim?

GALLAGHER: Hoje, não.

CHIZMAR: Então quando?

GALLAGHER: Em breve. [Pausa.] Talvez.

CHIZMAR: As famílias precisam de um desfecho. Elas merecem saber.

GALLAGHER: Eu disse talvez.

CHIZMAR: Você falou com sua mãe desde a prisão?

GALLAGHER: Não.

CHIZMAR: Por que não?

GALLAGHER: Não tentei.

CHIZMAR: Você sente falta dela? E da sua mulher e dos seus filhos?

GALLAGHER: Sinto. Todos os dias.

CHIZMAR: E quanto a Natasha?

GALLAGHER: Sinto. Eu amava muito ela.

CHIZMAR: Você sente falta do seu pai?

GALLAGHER: [Longa pausa.]

CHIZMAR: Não?

GALLAGHER: Eu não disse isso. Claro que sinto falta dele.

CHIZMAR: Segundo sua mãe, você e seu pai passaram uma noite juntos alguns dias antes da morte dele. Sobre o que vocês conversaram?

GALLAGHER: Minha mãe me pediu para tentar descobrir o que estava incomodando o coroa. Ele não queria falar com ela.

CHIZMAR: Além do fato da filha dele ter sido assassinada.

GALLAGHER: Além disso.

CHIZMAR: E o que seu pai descobriu?

GALLAGHER: [Pausa, sorrindo.] Você sabe, não é?

CHIZMAR: Sei o quê?

GALLAGHER: Você sabe sobre o que conversamos naquela noite.

CHIZMAR: Não tenho certeza. Talvez, não saiba.

GALLAGHER: Sabe. Você sabe, sim. [Pausa, o sorriso desaparecendo.] Foi por isso que eu pedi pra falar contigo, Rich. Você é inteligente. Por isso as pessoas leem as suas histórias.

CHIZMAR: Acredite, não sou tão inteligente assim. Pode perguntar para qualquer pessoa.

GALLAGHER: Você é, sim. E você sabe exatamente sobre o que eu e meu pai conversamos. Sabe que ele viu alguma coisa ou lembrou de algo e estava ficando desconfiado. Sabe que ele estava pensando em falar com a polícia.

CHIZMAR: O que seu pai viu, Joshua?

GALLAGHER: [Longa pausa.] O filho de 10 anos brincando no bosque atrás de casa um dia. Ele foi bem silencioso, só ouvi ele chegar quando já tava em pé atrás de mim. Aí ele gritou comigo quando viu o que eu estava fazendo com o cachorro. Era só um vira-lata que eu tinha encontrado perto dos trilhos da ferrovia, magricela e pulguento. Eu prendi ele no chão com o joelho e parti pra estrangular ele com as duas mãos. Tentei explicar, inventei que o cachorro tava ferido e que eu só tava tentando acabar com o sofrimento dele. No início, ele até pareceu que estava acreditando em mim, ou pelo menos fingindo que *queria* acreditar em mim. Mas, depois, viu o sangue nas minhas mãos e o que eu tinha feito com a orelha do cachorro com o meu canivete, e aí ele *soube*. Eu nunca tinha visto ele com tanta raiva. Ele me arrastou pelo colarinho até em casa e nunca mais a gente falou a respeito.

CHIZMAR: Seu pai não se suicidou naquela noite, não é?

GALLAGHER: [Olhando para a mesa.] Não.

CHIZMAR: [Longa pausa.] Você alguma vez pensou em me machucar?

GALLAGHER: [Levantando os olhos.] Lembra do dia que você estava treinando uns arremessos na quadra de basquete atrás do colégio e eu cheguei de carro e comecei a jogar contigo?

CHIZMAR: [Assente.] Lembro.

GALLAGHER: Sabia que aquele foi um dos dias mais felizes da minha vida?

CHIZMAR: Como assim?

GALLAGHER: [Dá de ombros.] Simplesmente foi. Um pouco antes, eu estava dando uma volta de carro perto do rio em Flying Point. Tava com a janela aberta e o som no máximo, e estava me sentindo tão bem... Nenhum pensamento ruim. Nenhuma preocupação. Nenhum Bicho-Papão. Tava me sentindo quase... normal. Aí, na volta, vi você treinando arremessos e decidi parar. Você foi legal comigo. Não disse muita coisa, mas foi simpático. Jogamos H-O-R-S-E e ganhei duas das três partidas.

CHIZMAR: [Assente.]

GALLAGHER: E quando você teve que ir embora, disse pra eu ficar com a bola se quisesse continuar jogando. Disse que tinha outras três ou quatro em casa.

CHIZMAR: Lembro.

GALLAGHER: Um pouco depois, no caminho pra casa, lembro de ter pensado que eu podia parar. Talvez eu pudesse ir a algum lugar buscar ajuda e, ao voltar, eu seria como todas as outras pessoas. Como *você*. [Pausa.] Mas isso nunca aconteceu e...

GUARDA: Com licença. O tempo acabou, sr. Chizmar.

10

A tenente McClernan está me esperando no saguão depois da entrevista. Ela me entrega o celular, a carteira e as chaves do carro, e saímos juntos. O sol da tarde está alto no céu, mas a temperatura caiu e há poças no estacionamento. Choveu enquanto estávamos lá dentro.

"Você está bem?", ela pergunta.

"Acho que sim."

"Você se saiu bem. Fez ele começar a falar. Quando isso acontece, eles geralmente continuam falando."

"Ele não respondeu muitas das perguntas que você me deu."

"Ele respondeu o suficiente", ela diz. "E a história do pai… foi a primeira vez que ele admitiu que foi ele que matou. Como você sabia que devia perguntar aquilo? Não estava na lista."

Antes que eu consiga responder, tropeço nos meus próprios pés e derrubo as chaves do carro num buraco cheio de água suja. Fazendo uma careta, eu me curvo e as pesco cuidadosamente, limpando minha mão molhada na perna da calça.

"Você vai conseguir dirigir?"

"Sem problema", digo e me viro para olhar para a tenente. "Ele não era o que eu esperava."

"Eles raramente são."

"Eu tinha certeza de que ele ia dizer que o pai tinha contado que ele foi adotado. Na noite em que o Josh matou ele", digo, balançando a cabeça. "Mas acho que ele não faz a menor ideia."

"E queremos que continue assim pelo maior tempo possível."

Não digo nada. Só entro no carro e vou embora.

11

D e acordo com um estudo de 2009 realizado pelo FBI, quase 16% dos serial killers americanos foram crianças adotadas, e os adotados representam apenas 3% da população.

Até existe uma condição chamada Síndrome da Criança Adotada que foi usada como defesa jurídica bem-sucedida em vários casos de pena de morte em que o acusado havia sido adotado.

12

A entrada principal do cemitério Green Mount no Centro de Baltimore parece o portão de um castelo medieval. Só falta a ponte levadiça. Enquanto estou sentado na minha picape no estacionamento, fico olhando para as duas torres de pedra, esperando ver arqueiros vestindo armaduras e flexionando seus arcos.

Finalmente, poucos minutos depois das 17h, um Audi vermelho-fogo deixando um rastro de poeira entra em alta velocidade no estacionamento e encosta do meu lado. Carly Albright, usando uma jaqueta de inverno grande demais, calças de esqui pretas e largas e galochas cor de rosa, sai do carro. Parece uma esquimó grávida.

Salto da minha picape e olho ostensivamente para o relógio.

"Você tá atrasada."

"Vá se catar", ela diz, cobrindo o penteado de duzentos e cinquenta dólares com um capuz forrado de pelo sintético. "Alguém tem que trabalhar, sabia?"

"Eu trabalho."

"Alguns de nós têm empregos *de verdade*", ela me alfineta, esticando-se no banco dianteiro do carro e pegando um ramalhete. "Eu devia ter comprado flores de plástico. Essas aqui vão estar mortas amanhã."

"Tenho certeza de que já estão mortas."

Caminho até a caçamba da minha picape e pego a pequena coroa natalina que comprei de um florista no caminho."

"Bonita", ela diz, e dá para perceber que está sendo sincera. Carly me dá o braço e começamos a caminhar.

"Se vier a nevasca que você está esperando...", brinco, tentando não rir.

"Dãããã", reage, me cutucando com o cotovelo. "Você sabe que odeio frio", comenta e olha para o que estou vestindo, que não é muita coisa. "Não me culpe quando você morrer congelado."

Naquele exato momento, quando entramos no escuro túnel de pedra que marca a entrada principal do cemitério, a temperatura cai uns dez graus. Ao sairmos do outro lado, estamos em uma aleia com calçamento de pedra cercada por quase trinta hectares de monumentos ornamentados e lápides. O que restou da tempestade de neve da semana passada cobre os morros ondulados. Se não fosse pela silhueta dos prédios de Baltimore, visível ao longe, poderíamos estar numa pitoresca colina congelada na Nova Inglaterra.

"Sempre me esqueço de como este lugar é bonito", ela diz.

"Eu também."

"Qual foi a última vez que você esteve aqui?"

"Kara e eu demos uma passada no final do verão", digo e olho para ela. "E você?"

Ela balança a cabeça.

"No velório."

"Vamos", digo, voltando a caminhar. "Já já vai escurecer."

"Alguma notícia da tenente McClernan ou do advogado de Joshua?"

"Nada ainda."

Joshua Gallagher pediu recentemente uma continuação da nossa conversa para o início do mês. Apesar de eu ter demonstrado pouco entusiasmo, a tenente McClernan e meu agente literário estão ansiosos para que aconteça. Agora é só questão de cumprir os trâmites burocráticos.

"Eu gostaria que ele estivesse aqui para ver tudo isto", ela diz.

"Eu, não."

"Por que não?"

"Sei que ele ficaria feliz de encerrar o caso, tirar o assassino das ruas, especialmente esse, sem dúvida nenhuma", respondo, levantando os ombros. "Mas acho que ele ficaria decepcionado quando descobrisse que foi o Josh.

Durante todo esse tempo, estávamos procurando um monstro... mas parece que encontramos algo diferente."

"Ele matou oito pessoas, Rich. Pelo menos oito. Eu diria que isso faz dele um monstro."

Faço que sim com a cabeça.

"Você tem razão."

"Parece que você tem pena dele."

"Não é isso. Eu só não... entendo."

"Bem, então somos dois."

Caminhamos em silêncio e acabamos saindo da aleia e atravessando um campo aberto. Enquanto avançamos com neve na altura dos tornozelos, sinto minhas meias ficando encharcadas, mas não digo nada. Senão a bronca não vai ter fim.

"Sabe quem está enterrado aqui?", Carly pergunta, finalmente quebrando o silêncio.

"John Wilkes Booth."

Ela para e olha para mim.

"Como diabos você sabe disso?"

"Você me disse no velório."

"Ah..."

Ela segura meu braço e começa a andar novamente.

Paramos no topo de um pequeno aclive cercado por pinheiros esparsos.

"Esta é uma última morada muito tranquila", Carly observa, olhando em volta.

Apoio-me imediatamente em um joelho e uso as mãos para afastar a neve, o gelo e os gravetos de uma modesta lápide de granito. Quando termino, ponho a coroa de flores ao lado e me levanto novamente.

LYLE ALVIN HARPER

1938–2019

Pai amoroso

"Interessante", diz Carly, abaixando-se e deixando o ramalhete na base da lápide. "Nenhuma menção sobre a carreira de policial."

"Também notei."

"Acha que não por quê?"

"Creio que, no final, ele se orgulhava muito mais de ter sido um bom pai do que um bom policial."

Ela olha para mim.

"Você sente falta dele, não é?"

"Sinto."

"Qual foi a última vez que vocês se viram?"

"A questão é exatamente essa", digo, enxugando os olhos. "Faz treze anos. Fomos pescar na semana logo após o velório do meu pai. Não faz sentido eu me sentir assim."

"Para mim, faz."

Ficamos ali em pé, em silêncio, olhando para a lápide, perdidos em nossos próprios pensamentos. Finalmente, pigarreio.

"Faz questão de ter a honra ou topa deixar pra mim?", pergunto e ela me olha, confusa. "Quem vai contar pra ele que finalmente pegamos o filho da puta?"

"Ahhh... saquei", Carly diz, sorrindo. "Quer levar todo o crédito, né, espertinho?", brinca. "Não, obrigada. Eu mesma conto pra ele."

Ela segura meu braço novamente, com força, e apoia a cabeça no meu ombro. Nosso riso ecoa pelas montanhas onduladas e cobertas de neve. É um som gostoso.

ACIMA: O sobrado em Jappatowne onde Joshua Gallagher morava aos 22 anos, na época dos assassinatos *(Foto cortesia do autor)*

À ESQUERDA: Joshua aos 19 anos na Penn State University *(Foto cortesia de Shane Leonard)*

ACIMA: A casa em Hanover, Pensilvânia, onde Joshua Gallagher morava com a esposa e os dois filhos *(Foto cortesia do autor)*

ACIMA: Joshua Gallagher no trabalho
(Foto cortesia de Shane Leonard)

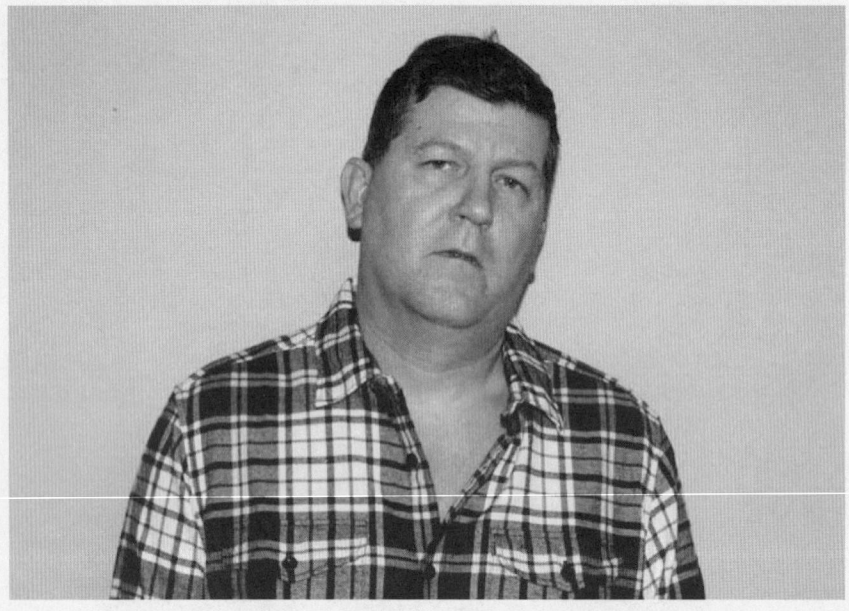

ACIMA: Foto de fichamento policial de Joshua Gallagher aos 54 anos
(Foto cortesia do The Baltimore Sun)

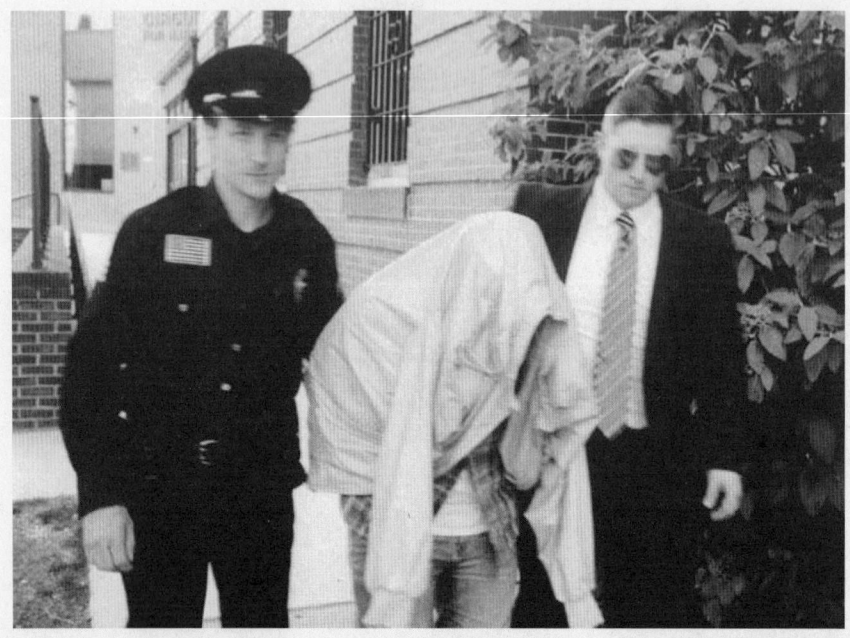

ACIMA: Joshua Gallagher sendo escoltado ao sair do Tribunal do Condado de Harford *(Foto cortesia de Logan Reynolds)*

Richard Chizmar

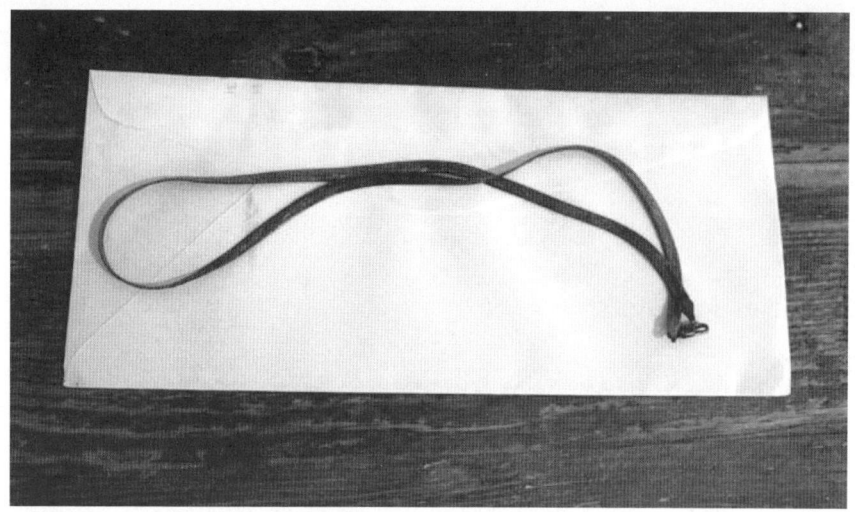

ACIMA: Um colar de ouro pertencente a Madeline Wilcox encontrado pela polícia na oficina de Joshua Gallagher localizada no porão de casa
(Foto cortesia do The Baltimore Sun*)*

À ESQUERDA: Natasha e Joshua Gallagher durante uma visita ao campus da Penn State University *(Foto cortesia de Shane Leonard)*

À DIREITA: Russell Gallagher segurando o jovem Joshua Gallagher *(Foto cortesia de Shane Leonard)*

nota do autor

Começando em agosto de 1986 e prosseguindo até os primeiros meses de 1990, alguém entrou nas casas de pelo menos vinte e cinco mulheres de Edgewood, Maryland, e, enquanto elas dormiam, tocou em seus pés, pernas, barriga e cabelos. Quando as mulheres acordavam, encontravam o homem em pé, próximo da cama, olhando fixamente para elas ou deitado no chão ali perto. Em todas essas ocorrências, o homem fugiu e desapareceu noite adentro. A polícia local só foi capaz de capturar e identificar o agressor em outubro de 1993, quando um ex-morador de Edgewood, preso em Baltimore por arrombamento e invasão, confessou que era o tal "Acariciador Fantasma", como muitos jornais o apelidaram. As impressões digitais correspondiam às encontradas em várias cenas de crime em Edgewood, e o caso foi finalmente encerrado.

Essa parte de *Perseguindo o Bicho-Papão* se baseia em fatos verídicos. Assim como várias aventuras da minha infância, as observações carinhosas sobre meus pais e muitas outras saudosas lembranças da época em que eu morei na Hanson Road antes de atravessar a nave da igreja e me casar com minha namorada de colégio. A própria cidade de Edgewood, as lojas e postos de gasolina, as escolas e parques, os bairros e ruas, são todos reais. Todos existem. Pelo menos, existiam em 1988, a época em que a maior parte dessa história se passa.

O resto de *Perseguindo o Bicho-Papão* — inclusive, por exemplo, as quatro garotas assassinadas, a investigação policial, a cidadezinha em estado de sítio e personagens como Carly Albright, o detetive Lyle Harper e Joshua Gallagher — não passam de ficção. O resultado de uma imaginação hiperativa, uma atração pela exploração das sombras ao longo de toda a vida e uma veia nostálgica com um quilômetro de extensão.

Eu sempre quis escrever um romance ambientado na minha cidade natal. Se você leu boa parte dos meus contos, já sabe que Edgewood desempenha um papel significativo no meu catálogo narrativo. Assim como a Hanson Road, o córrego Winters Run, os salgueiros-chorões e inúmeras outras lembranças da minha juventude.

Há alguns anos, pouco depois de me mudar para minha nova casa, minha esposa, Kara, e eu estávamos olhando fotos do nosso álbum de casamento quando fiz um comentário inusitado sobre como tinha sido estranho, depois de todos aqueles anos, voltar a morar com meus pais depois de me formar. Lembro daqueles meses anteriores ao nosso casamento de maneira vívida e afetuosa. Kara, é claro, só lembra que não ajudei o suficiente com os convites e outros preparativos do casamento. "Com exceção da comida", ela me disse. "Verdade seja dita, você foi superproativo na escolha do cardápio."

Logo após fechar o álbum de fotos e recolocá-lo na caixa de papelão onde eu o havia descoberto, senti uma outra viagem no túnel do tempo abrindo caminho na minha mente: o Acariciador Fantasma.

Era a primeira vez que eu pensava nele em anos e foi como um raio caindo em um céu de verão sem nuvens. Fui levado instantaneamente de volta para as várias manchetes admonitórias que dominavam nosso pequeno jornal semanal e me lembrei da tensão que tomou conta dos moradores de Edgewood, as pessoas trancando as janelas à noite e instalando sistemas de alarme, preocupadas e com medo de que o misterioso intruso um dia começasse a fazer outras coisas além de tocar suas vítimas adormecidas.

E foi assim que a ideia de *Perseguindo o Bicho-Papão* nasceu.

Como muitos escritores dirão, certas histórias nascem prematuramente; você pode ter em mente o esqueleto de uma ideia razoável ou até mesmo um protagonista, mas todo o resto — personagens secundários, elementos da trama, um começo, um meio e um fim — ainda está faltando. É claro, muitas outras histórias nascem robustas e saudáveis; nesses casos, todos os elementos da trama já estão engatilhados, um elenco completo de personagens está presente e soa verdadeiro, e tudo o que resta a fazer é ligar os pontos e criar uma narrativa fluida e cativante. Existem ainda outras narrativas, preciosas como joias, que nascem completamente formadas, como se estivessem simplesmente enterradas sob uma camada de areia que só precisa ser varrida para que a história completa seja descoberta — cheia de vida, energia e encanto — ali embaixo.

Perseguindo o Bicho-Papão foi assim para mim: estava esperando sob a superfície.

Completamente formada, transbordando de mistério e repleta de surpresas.

Surpresa número 1: por algum motivo desconhecido, imaginei imediatamente *Perseguindo o Bicho-Papão* sendo contado no formato estruturado de um livro sobre um crime verídico; na verdade, apresentado como "uma história verídica do mal em uma cidade pequena" (que, por acaso, era o subtítulo original do romance). Surpresa número 2: apesar de uma merecida reputação de pessoa esquiva e que não gosta muito da luz dos refletores, também *vi* com absoluta certeza que a história precisava ser contada a partir do meu ponto de vista pessoal. O Richard Chizmar de 22 anos seria não apenas o narrador da história macabra do Bicho-Papão, mas também agiria como sua consciência. Surpresa número 3: como fã desde sempre de livros sobre *true crime*, uma das primeiras coisas que costumo fazer é ir direto para a seção de fotos — na maioria das vezes, posicionada perto do centro do livro, com impiedosas imagens em preto e branco — para ver como eram realmente as pessoas e lugares envolvidos. O estudo daqueles rostos e cenas de crime — casas, becos e bosques — muitas vezes acrescenta uma outra camada de realidade e contundência às palavras que estou lendo. Entendi logo de cara que *Perseguindo o Bicho-Papão* teria dezenas de fotos desse tipo — que deveriam parecer inquestionavelmente autênticas. A primeira providência que tomei nesse sentido foi chamar a talentosa equipe da Sympatico Media (uma produtora local com quem tive a sorte de trabalhar em vários filmes). Forneci a eles uma longa e detalhada lista de fotografias, e eles contrataram atores para interpretar os papéis de policiais, detetives, personalidades jornalísticas e moradores locais. Depois passaram dois longos dias e noites clicando a maioria das imagens para este livro. Várias outras boas amigas se apresentaram como voluntárias para posar como vítimas do Bicho-Papão. Uma jovem vizinha assumiu o papel de Annie Riggs, a única sobrevivente. Como eu cruzava com minha vizinha frequentemente, não tive coragem de matar Annie Riggs. Meu filho Billy e eu conseguimos produzir e tirar as fotografias restantes. Surpreendentemente, apesar de todos os vários papéis/atores e cenários envolvidos, cometemos um único erro, por sinal constrangedor: um dos detetives de 1988 também aparece em uma foto de 2020 — e, imagine só, ele não envelheceu um dia sequer.

Bem, aqui está: os aspectos práticos, o *como* e o *porquê* de *Perseguindo o Bicho-Papão*. Uma fusão ficcional — singular e satisfatória, assim espero — do que "realmente aconteceu" e do que "poderia ter acontecido", e também um retrato pessoal de um período muito peculiar da minha vivência em uma cidadezinha tão especial. Espero que vocês tenham gostado da viagem tanto quanto eu.

agradecimentos

C omo sempre acontece, tive muita ajuda para escrever este livro. Eu gostaria de agradecer de coração a:

Kara, Billy e Noah, por praticamente tudo; meus pais, em quem penso com saudade todos os dias; John, Rita, Mary e Nancy, irmãos e anjos da guarda; e meus velhos amigos do Wood, todos irmãos de sangue, especial-mente os Hanson Road Boys.

Os Tipton, por gentilezas demais para serem elencadas nesta página.

Annie Keele, Natasha Slutzky, Kacey Newman, Madeline Anderson e Cassidy Ward, por terem colocado à disposição seu talento e sua confiança.

Brian Anderson, Steve Sines, Doug Sharretts e Melvin Futrell, por terem dedicado tempo de seus atribulados dias para brincar de faz de conta.

Bev Vincent, Billy Chizmar (mais uma vez), Robert Mingee e Jeff Martin, pelas primeiras leituras e generosos conselhos.

Brandon Lescure e Everett Glovier, da Sympatico Media, pela excelência fotográfica e pela mediocridade na atuação.

Gail Cross, da Desert Isle Design, pela assistência técnica e de design.

Vários membros do Federal Bureau of Investigation, da Polícia do Estado de Maryland e da Polícia do Condado de Harford, pelos inestimáveis conselhos técnicos. Vocês sabem quem são.

Dave Wehage, Deborah Lynn, Alex Baliko e Matt e Nate Slutzky, por me deixarem saquear seus álbuns de fotos.

Alex McVey, pelo excelente retrato falado.

A família Keele, por ajudar com minha ideia maluca e aturar o estranho — mas encantador — vizinho.

Jimmy Cavanaugh, por estar presente desde o início.

James Renner, por lutar por uma causa justa e pelo maravilhoso prefácio.

Stephen King, pela amizade e pelos conselhos.

Danielle Marie e Jason Myers, pela amizade, pelo apoio e encorajamento incansáveis.

A "Equipe de Rua" de *Perseguindo o Bicho-Papão*, por acreditar neste autor e neste projeto, e por todo o seu árduo trabalho.

Brian Freeman, Mindy Jarusek e Dan Hocker, por tomarem conta de tudo e me manterem na linha. Não é fácil.

Ryan Lewis, por ser um dos mocinhos e por ter navegado pelo labirinto infinito que é La-La Land (como meu pai costumava dizer).

Kristin Nelson, por trabalhar com tanto afinco por mim, sempre com um sorriso na voz. Não sei bem como ela faz isso, mas sou imensamente grato.

Ed Schlesinger, por ajudar a dar a *Perseguindo o Bicho-Papão* a forma de um livro do qual me orgulho muito, e por fazer isso com tanta gentileza e generosidade.

E por fim, mas certamente não menos importante, todas as boas pessoas de Edgewood, do passado e de hoje, por me darem um lugar que sempre poderei chamar de "lar".